관작루에 오르다
登觀雀樓

해는 산 너머로 지려 하는데
황하는 바다로 흘러들어가네
천 리 머나먼 곳을 보려 하기에
다시 누각을 한 층 더 올라간다네

白日依山盡
黃河入海流
欲窮千里目
更上一層樓

# 얼녀팔살 5

석탄 新무협 판타지 소설

초판 1쇄 찍은 날 § 2005년 6월 23일
초판 1쇄 펴낸 날 § 2005년 6월 30일

지은이 § 석탄
펴낸이 § 서경석

편집장 § 문혜영
편집 § 서지현 · 최하나

펴낸곳 § 도서출판 청어람
등록번호 § 제1081-1-89호
등록일자 § 1999. 5. 31
어람번호 § 제2-0631호

주소 § 경기도 부천시 원미구 심곡1동 350-1 남성B/D 3F (우) 420-011
전화 § 032-656-4452  팩스 § 032-656-4453
http://www.chungeoram.com
E-mail § eoram99@chollian.net

ISBN 89-5831-602-0 04810
ISBN 89-5831-461-3 (SET)

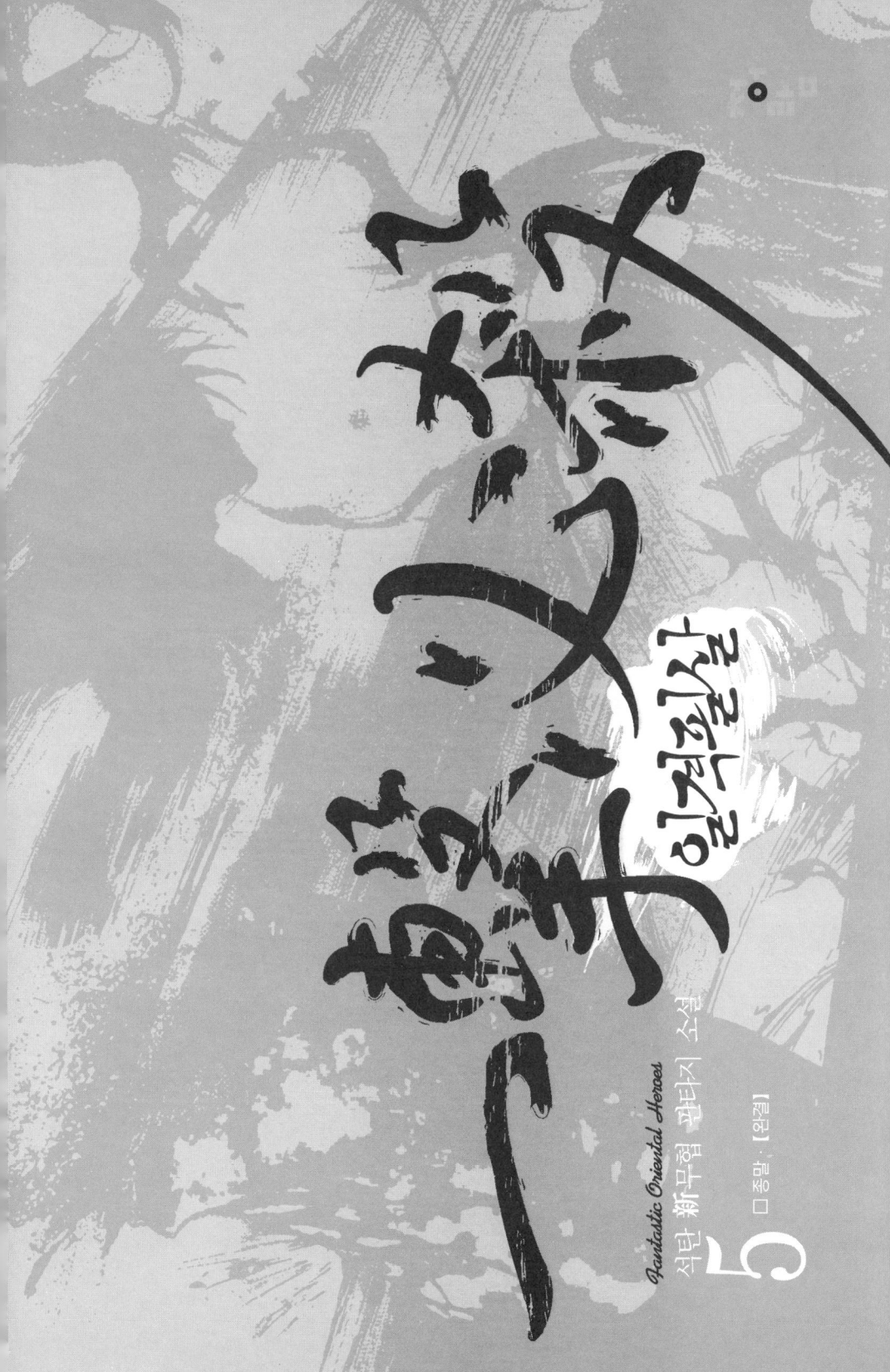

목차

제13장
전란(戰亂)의 시작

전란(戰亂)의 시작 1

❶

　혁련휘는 눈물을 흘렸다. 움켜쥔 주먹 위로 눈물이 떨어졌다. 그 느낌이 섬뜩할 만큼 선명해 소름이 돋았다. 가슴속은 칼부림을 받은 것처럼 온통 뜨겁고 아팠다.

　아우 위지강천의 시신을 보았다. 조각난 몸을 맞추기 위해 직접 손을 댔다. 누구에게도 시킬 수 없었다. 볼 수 없을 만큼 처참한 것도 그렇지만, 아우의 주검은 자신의 손으로 거두어야 한다는 생각 때문이었다.

　피를 토하고 미치광이처럼 날뛰던 사위 놈을 윽박질러서 딸년과 함께 고향 땅으로 보냈다. 복수를 해야 한다는 사위에게 한마디 했다. 자신, 혁련휘 자신마저 죽거든 그리하라고. 하지만 그전에 반드시 복수할 수 있는 능력을 키우라고.

　입술을 부들대는 사위 놈과 딸년에게 거듭 강조를 했다. 복수는 자신이 할 것이며 후사를 도모하는 것이 너희들의 몫이라고. 그러나 만일의 불상사가 생길 경우, 무모한 짓을 하지 말고 흑마왕을 찾으라고 했다. 그를 자신과 위지강천처럼 대할 것이며, 그를 통해서 모든 일을 대비하라고 말했다.

"무림맹! 이 쳐죽일 놈들……!"

연기처럼 피어오르는 향불 앞에서 혁련휘는 이를 갈았다. 이미 모든 벽력대에게 전투 소집 명령을 내렸다. 철혈대가 전신인 그들은 독 바른 검이 되었다. 일부 병력들은 벌써 본전인 이곳 충앙 땅에 집결해 있었다.

"너희들이 저지른 일의 대가가 어떤 것인지 알려주마!"

바람도 없건만 혁련휘의 장삼이 화라락 부풀며 흔들렸다. 해는 뜨거웠고, 벽력대전 앞의 넓은 연무장엔 오천여 군사가 운집했다. 장작으로 높이 쌓여진 제단 위엔 위지강천의 시신이 있었다. 죽거든 태워 뿌려달라고 했었다. 고향 땅의 바람 부는 언덕과 강줄기에 뿌려달라고 했었다.

"아우야, 내 너의 목숨 값을 백 배, 천 배로 받아내마!"

혁련휘는 장작 하나를 집어 들었다. 손끝에 벽력신수의 푸른 기운이 몰리더니 장작에 확, 하고 불이 붙었다. 불붙은 장작은 중들의 다비식 때처럼 쌓아놓은 제단에 던져졌다. 불길은 붉은 물이 번지는 것처럼 금세 타올랐다.

불길에 휘감기는 위지강천의 시신을 바라보며 혁련휘는 이를 물었다. 이수의 마지막 얼굴도 떠올랐다. 팔다리가 잘린 채로 숨만 붙었던 이수는 위지강천의 최후를 전하고 죽었다. 그걸 말하기 위해 숨을 놓지 않았던 거다.

어쩌면 놈들은 그걸 노렸는지도 모른다. 아니, 십중팔구는 분명 그랬을 것이다. 그 때문에 이수의 목숨이 붙어 있도록 놔뒀던 거다. 이수와 살아남은 병사들의 말을 빌리면 놈들의 무공은 상상을 초월했다. 백룡단원 전체가 검강을 뿌려대는 경지라 했다. 허황된 소리처럼 들렸다.

하지만 결과는 그렇지가 않았다. 그들 백 명과 십팔금강동인, 곤륜이성의 전인이라던 연무기란 놈, 그렇게 구성된 인원들이 만든 일은 몰살이었다. 옛 철무련의 본전인 무한의 제이 벽력월인궁 인원들이 전멸한 것이다. 수천 명의 목숨들이 그들의 손에 죽었다. 믿지 못할 일이 벌어진 거다.

이제 전쟁이다. 물러설 수 없는 최후, 서로를 죽이거나 죽지 않는 이상 끝나지 않을 참혹함이 시작된 것이다. 지나온 한평생, 수많은 격전과 죽음의 위기 속에서 살아온 세월이었지만, 어쩌면 이제 그 마지막이 찾아온 것인지도 몰랐다. 그러나 후회는 없었다. 형님인 조극강을 알았고 아우인 위지강천을 알았으며, 그들과 같이했던 시간은 영원할 것이다.

거친 열기로 타오르는 위지강천의 시신을 보던 혁련휘의 눈이 꿈틀 치솟았다.

"피 빚은… 반드시 피로 갚는다……!"

사려문 잇새로 작은 음성을 흘려낸 혁련휘는 뒤돌아섰다. 운집한 병사들의 모습을 좌에서 우로 쓸어본 그는 두 손을 번쩍 쳐들며 소리쳤다.

"전쟁이다!"

병사들의 우레와 같은 함성이 뒤를 이어 터졌다.

"우와아아아아!"

## ❷

"크아악!"

옆에서 들린 비명 소리에 조대구(趙大邱)는 퍼뜩 고개를 돌렸다. 나무 뒤로 보이는 벽력대원 하나가 단창에 가슴이 뚫려 넘어가고 있었다. 단창을 잡은 자는 무림맹의 무사였다. 그들만의 표식인 흰색 무복은 피로 범벅이었다.

"이 새끼!"

갑자기 누군가 수풀을 헤치고 튀어나왔다. 맹렬하게 목을 후비고 들어오는 검날이 먼저였다. 조대구는 유엽도로 맞받아쳤다. 무의식적인 동작이었다.

캉! 하는 날카로운 소리와 진동이 손에 느껴졌을 때 적의 모습이 보였다. 잠시 정신을 판 사이 수풀을 뛰어넘어 한 놈이 달려든 것이다.

"죽어라!"

달려든 무림맹 무사의 검은 독사처럼 좌우를 찔러대며 재차 쇄도했다. 조대구는 연신 뒷걸음질을 하면서도 유엽도를 후려 그었다.

카카카캉! 하는 충돌음과 불꽃이 정신없이 튀었다. 달려드는 놈의 얼굴이 악귀처럼 일그러진 것도 보였다.

"윽!"

조대구는 짧은 신음을 터뜨렸다. 팔뚝에 화끈한 통증이 엄습했다. 검에 그어진 것이다. 순간적으로 발이 흐트러졌다. 그 기회를 포착한 무림맹 무사의 검이 다시 목줄기로 꽂혀왔다. 처음처럼 유엽도를 올려 그었다.

캉!

맹렬한 소리가 터지고 조대구가 뒤로 쓰러졌다. 튕겨진 검과 몸을 빙글 돌린 무림맹 무사는 엎어지듯이 조대구를 덮쳤다, 검을 전광처럼 내밀면서.

조대구는 땅을 짚었던 손을 움켜쥐었다. 그러자 한가득 흙이 잡혔다. 그걸 앞으로 던졌다.

"엇!"

검을 찔러오던 무림맹 무사의 안면에 흙이 뿌려졌다. 눈에 흙이 들어간 무사는 한순간 균형을 잃고 비틀댔다. 조대구는 그 순간을 놓치지 않고 일어섰다. 일어섬과 동시에 유엽도를 아래서 위, 사선으로 그어 올렸다.

피이잇!

"커헉!"

무림맹 무사의 하복부에서 어깨까지 갈라졌다. 피와 함께 내부의 것들을 쏟아낸 무사는 풀썩 쓰러졌다.

"헉, 헉, 허억."

거친 숨을 몰아쉬며 조대구는 무릎을 꿇었다. 칼로 땅을 짚었지만 몸은 또 무너졌다. 엉덩이마저 땅에 닿자 팔이 부르르 떨렸다. 바닥에 댄 손으로 죽은 자의 피가 흘러와 닿았다. 얼른 손을 떼고 엉덩이를 뒤로 밀었다.

등에 닿은 것은 작은 바위와 키 작은 관목들이었다. 용케 그 사이에 몸을 넣으니 자신의 존재가 가려지는 것 같았다. 대신 숲의 모든 것이 눈에 들어왔다. 비명 소리와 병장기 부딪치는 소리, 살이 갈라지는 소리와 피가 터지는 소리……

"허억, 허억, 제기랄……."

유엽도 잡은 손을 부들거리며 조대구는 숨을 몰아쉬었다. 정주로 들어가는 길목의 이 언덕과 수풀 속에서 전투를 치른 지 어느덧 사흘이 지났다. 그동안 죽어간 양측의 사상자는 이루 헤아릴 수도 없었다. 하지만 싸움은 쉬지 않고 계속됐다.

"빌어먹을 놈들!"

욕설을 내뱉고는 있지만 그게 무림맹을 향한 것인지, 다른 누구를 향한 것인지 모호했다. 부들대는 손으로 이마에 흐르는 식은땀을 닦아냈다. 높이 자란 나무들 사이로 문득 하늘이 보였다. 파란 하늘은 높고 진했다. 그 아래 나뭇잎들은 푸름에 지쳐 색이 바래고 있었다. 가을이 오고 있는 것이다.

'벼들이 다 익어갈 텐데……. 어머니와 동생 둘이서 추수하긴 벅차지 않을까? 손바닥만한 논이지만.'

때아닌 추수 생각에 조대구는 눈이 아득해졌다. 그 생각의 너머에는 두고 온 고향의 어머니와 동생 생각이 가득했다. 누누이 말리는 어머니의 손길을 뿌리치고 떠나온 길이었다. 이제 막 목소리가 갈라지기 시작한 동생 놈이 따라오겠다고 강짜를 부렸다. 그걸 다 밀치고 온 길이었다.

잘못된 것이 있다면 자신이 칼을 배웠다는 거였다. 농사만 지어 가지고는 집안을 일으킬 수 없기에, 없는 살림을 축내어 무관엘 부지런히 다녔다. 배운 거라곤 육합도법(六合刀法) 하나뿐이지만, 피땀을 흘린 덕분인지 나름의 성취가 있었다. 그렇게 칼을 휘두른 지 오 년이 되었을 때 집을 나온 거다.

벽력문의 무사 시험에 응시해서 통과했을 땐 하늘을 얻은 것만 같았다. 철무련과 함께 천하를 양분한 거대 무인 집단, 그곳의 무사가 된다는 것은 삶이 바뀐다는 것을 의미했다. 실제로 조대구 자신의 삶은 그 일을 기점으로 바뀌었다. 흙 파먹는 농투성이가 아니라 칼을 찬 무사가 된 것이다.

그러나 어쩌면 그때부터가 잘못된 길의 시작이었는지도 모른다. 무사가 되었다는 것, 칼을 잡은 자가 되었다는 것, 그것은 삶과 죽음의 양쪽에 발을 놓고 줄타기하는 위험한 인생이었다. 칼을 잡은 이상 필연적으로 휘두르게 마련이고, 그것은 타인의 목숨을 빼앗는 일로 귀결된다. 또한 그럼으로써 자신의 목숨 또한 타인의 손에 노림을 당하게 되는 거다.

그것이 칼을 가진 자들의 숙명이었다. 그걸 몰랐다. 그저 칼 가진 위세에, 천하를 호령하는 집단의 일원이 된 우쭐함에, 흙을 파지 않아도 집안에 내놓을 수 있는 돈이 있기에 그냥 흐뭇했다. 하지만 그 결과는, 그것들의 대가는 너무 참혹했다. 지금처럼 지옥 같은 일이 찾아올 줄은 상상도 못했다. 무너진 철무련과의 잦은 전투가 있었지만, 이번엔 자신 같은 신참까지 모두 동원된 총력전이었다. 지금 사방이 죽음이었다.

"으윽……!"

검에 갈라진 팔에서 새삼 통증이 솟구쳤다. 조대구는 그때서야 품 안의 면포를 꺼내 팔에 감았다. 후끈한 열기와 함께 갈증이 찾아왔다. 허리춤에 매단 죽통을 열어 벌컥벌컥 들이켰다. 물은 금세 바닥났다. 하지만 마지막 한 방울까지 다 마셨다. 언제 또다시 마실 수 있을지 알

수 없는 노릇이었다. 어쩌면, 지금 마시는 이 물이 생의 마지막 물이
될는지도 모른다.

"커허!"

숨을 몰아 내쉬며 조대구는 앞을 봤다. 자신이 죽인 무림맹 무사의
시체가 생경스럽게 보였다. 그 옆의 나무 건너에는 단창에 찔려 죽은
벽력대원이 보였다. 그를 죽였던 단창의 무림맹 무사는 다른 벽력대원
에게 칼을 맞았다. 목이 반쯤 벌어진 채로 널브러진 그 시체 위로 다른
자들이 뛰어다녔다.

조대구 자신만을 제외하고 사방은 지금 격전 중이었다. 숲을 쑤시고
들어온 햇빛에 비친 병장기들이 여기저기서 번쩍거렸다. 그때마다 쇳
소리가 났고 어김없이 비명이 터졌다. 새삼스럽게 오한이 들었다. 왜
이 지옥 속에 자신이 있는 것인지, 어째서 여기까지 오게 된 것인지 알
수 없었다.

쾅!

후끈한 열기와 격한 충격에 조대구는 고개를 처박았다. 흙먼지가 날
리는 사이로 고개를 들어보니 시체들이 있던 곳에 구덩이가 파였다.
누군가 화탄을 던진 것이다. 그 화탄에 휩쓸린 무림맹 무사 예닐곱 명
이 동시에 날아갔다. 시체들은 조각난 채로 사방에 흩어졌다. 새삼스
럽진 않았다. 흔하지 않아서 그렇지, 양쪽 모두가 화탄을 사용했다. 누
군가 그걸 쓴 거다.

"모두 전진! 한 놈도 남기지 말고 도살해라!"

마주 보이는 숲 속에서 한 무리의 벽력대원들이 달려 나왔다. 선두
에서 소리치며 달리는 자는 분대주가 분명했다. 조대구의 눈에 낯익은
자는 아니었다. 새로 나타난 벽력대원들은 혼전을 벌이던 무림맹 무사

들을 도륙했다.

"다 죽여! 죽여 버려!"

눈이 부리부리한 분대주는 커다란 감산도를 휘둘렀다. 그 칼에 걸린 무림맹 무사들은 목이 날아가고 허리가 동강났다. 혼전 양상이던 숲 속은 순식간에 벽력대원들의 기세로 돌아섰다. 무림맹 무사들은 뒤로 밀리며 도주했다. 하지만 잠깐의 기세였다. 그렇게 밀려간 무림맹 무사들은 다시 몰려왔고, 그때는 벽력대원들이 밀려갔다. 그런 공방이 벌써 사흘째였다.

유엽도를 움켜쥐며 조대구는 몸을 더욱 구부리고 뒤로 밀었다. 몸이 바위와 작은 관목 사이에 더욱 파묻혔다. 사람들은 자신을 보지 못하는 것 같았다. 감산도를 휘두르는 벽력분대주의 부리한 눈이 선명하게 보였다. 그런데 착각이었을까? 한순간 그의 목을 새하얀 빛이 관통하는 것 같았다.

조대구는 손으로 입을 막으며 눈을 부릅떴다. 자신이 본 건 착각이 아니었다. 분대주의 목을 관통한 건 정말 빛이었다. 하지만 그냥 빛이 아니라 주인의 명령에 따르는 검강이라는 빛이었다.

"크하하하하!"

커다랗게 웃음 짓는 백룡무복의 사내, 작은 관목들과 수풀을 바람처럼 밀어내고 나타난 사내는 백룡단원이었다. 사내의 손에서 빛은 또 휘둘러졌다.

후아아앙!

나무와 사람, 그리고 그들의 병기가 한꺼번에 잘려 나갔다. 기세를 올리고 무림맹 무사들을 뒤쫓던 벽력대원들은 한순간에 죽어 넘어갔다. 백룡무복을 입은 사내의 뒤로 다시 무림맹의 무사들이 몰려나왔다. 이번엔 그들의 차례였다.

"으하하하! 벽력월인궁의 떨거지들을 모두 쳐죽여라!"

검기가 어린 검을 치켜들고 사내는 소리쳤다. 뭉클대는 그 기운처럼 무림맹 무사들은 밀물이 되어 달려 나왔다. 그런데 그 순간, 연속해서 폭음이 터졌다.

콰콰콰콰쾅!

천지가 뒤집어지는 느낌에 조대구는 고개를 더욱 처박았다. 땅이 진동하는 충격이 있기 전에 그가 본 것은 날아가는 무림맹 무사들이었다. 뒤집어지는 땅거죽과 함께 그들은 허공으로 솟구쳤다. 누군가 또 화탄을 던진 거다. 하지만 이번엔 한 개가 아니고 여러 개였다. 모두 백룡단원을 노린 게 분명했다.

"이런 씹어먹을 놈들!"

소리치는 백룡단원이 보였다. 폭발의 충격으로 여기저기 의복이 찢어지고 불길에 그슬린 모습이었다. 하지만 그의 검은 분노로 검강의 기운이 넘실거렸다. 그런 그가 달려 나왔다.

"이야아아!"

소리 지르며 달려 나오는 백룡단원은 검을 전방으로 그어 던졌다. 나무와 숲 뒤에 있는 적들을 단번에 요절내려는 손짓이었다. 그의 바람처럼 터져 나간 검강은 나무와 수풀을 거대한 낫처럼 베어내며 유린했다. 하지만 그곳에선 비명이 터지지 않았다. 대신 좌우에서 화살 비가 터졌다.

피피피피피핑!

당황한 백룡단원은 발끝으로 땅에 찍으며 몸을 뒤틀었다. 그대로 몸을 돌리며 검을 신속하게 그어댔다. 희끗한 빛의 선들이 그의 몸을 감싸고 그 위에 화살들이 부딪쳤다.

타다다다닥, 하는 소리가 끝나고 화살들이 떨어졌을 때 전경이 드러났다.

"크윽, 이 개잡놈들!"

백룡단원의 몸에 여러 개의 화살이 박혔다. 대부분이 검에 잘리고 튕겨 나갔지만, 방어하는 그 사이를 뚫고 들어간 몇 개는 목적을 달성한 것이다. 하지만 그럼에도 백룡단원의 기세는 줄지 않는 것 같았다. 흉측하게 미간이 일그러져 있지만, 고통은 그의 분노를 더욱 증가시킨 모양이었다.

숲의 사방에서는 격전의 소리가 가득 울려 퍼지고 있었다. 하지만 지금 여기는 그곳과 별개의 상황처럼 정적 속의 긴박함이 흘렀다. 천천히, 아주 천천히 백룡단원은 발을 내밀었다. 검의 방향은 좌우의 어느 쪽에도 치우치지 않았다. 그러던 한순간, 지이잉 하고 그의 검이 우는 찰나에 몸이 움직였다.

"타아앗!"

검이 우는 순간 그의 검강이 폭출했다. 몸을 순식간에 좌측으로 돌린 백룡단원은 바람처럼 달렸다. 좌측 숲에서 당황한 화살들이 쏟아졌다. 하지만 검강은 그것들을 한 번에 걷어내고 수풀과 사람들을 도륙했다.

후아아앙!

나무들이 잘리면서 피가 솟구쳤다. 여태까지 쇠뇌를 쏘아대던 벽력대원들이 동시다발적으로 죽어 넘어갔다. 그런 그들의 몸 위로 검강이 거듭해서 그어졌다. 하지만 바로 그때에 우측 숲에 있던 벽력대원들이 달려 나왔다.

"이 쳐죽일 놈아!"

누군가가 격하게 소리치면서 화탄을 던졌다. 백룡단원의 몸이 훌쩍 돌면서 검이 그어졌다. 검강에 부딪친 화탄은 공중에서 터져 버렸다.

콰앙!

화끈한 폭풍 속으로 쇠뇌가 무차별적으로 쏘아졌다. 하지만 기습이 성공했던 처음과 달리 백룡단원은 검으로 그 모든 걸 쳐내었다. 그리고 마주 달려오며 검을 그어댔다.

백룡단원의 검이 그어질 때마다 벽력대원들이 조각났다. 이십여 명 남짓 하던 대원들은 어느새 네 명밖에 남지 않았다. 그들이 쏘던 쇠뇌는 무용지물이었다. 그런데 넷밖에 남지 않은 그들이 일을 벌였다.

"죽어라! 개자식아!"

화탄에 불을 붙인 한 대원이 백룡단원에게 달려들었다. 손에 들었던 쇠뇌는 버렸다. 그와 동시에 다른 두 명의 대원도 달려들었다. 당황한 백룡단원은 검을 종횡으로 그어댔다. 처음 달려든 대원의 팔다리가 끊어지며 화탄이 터졌다.

콰앙!

코앞의 충격을 방어하기도 전에 양옆에서 달려든 다른 대원들의 몸에서도 화탄이 터졌다.

콰쾅!

"으윽!"

비틀대며 물러나는 백룡단원의 눈에 마지막 대원이 보였다. 이를 악다물고 달려드는 그의 얼굴을 보며 백룡단원은 검을 그어 올렸다. 하지만 몸이 반절로 갈라지는 그 순간에 화탄이 터졌다. 두 사람의 모습이 겹쳐 보였다.

콰앙!

흙먼지와 함께 벽력대원의 몸뚱이가 터지며 사방으로 흩어졌다. 자욱한 피먼지는 한동안 가시지 않았다. 그 먼지가 가라앉았을 때 조대구는 보았다. 백룡단원이 검으로 지탱하며 무릎을 꿇고 있었다. 그런 그의 왼쪽 다리가 보이지 않았다.

조대구는 이상한 기분이 들었다. 고개 숙인 백룡단원의 주위로 죽은 벽력대원들의 시신이 보였다. 모두 조각나고 갈라졌으며, 화탄에 찢겨 나간 시신들이었다. 조금 전까지만 해도 살아 숨 쉬던 그들이 모두 죽은 것이다.

머리끝으로 이상한 열기가 몰려드는 걸 느끼며 조대구는 엉덩이를 밀었다. 손의 떨림은 멎었다. 발끝에 힘을 주고 무릎을 세웠다. 머리끝에 몰렸던 열기는 이제 전신으로 퍼지는 중이었다. 그 열기가 무엇인지 조대구는 이제 알았다.

분노! 분노였다. 동료들이 죽은 것에 대한 분노, 그런 동료들의 곁에서 숨죽이고 숨은 자신에 대한 분노, 동료들을 짚단처럼 베어 죽인 백룡단원에 대한 분노, 서로 칼과 검을 겨누고 죽여야만 하는 이 상황에 대한 분노, 어떻게 돌아가는 모를 혼탁한 세상에 대한 분노, 그리고 분노해야만 하는 자신의 심정에 대한 거듭된 분노…….

"이야아아아!"

유엽도를 치켜들고 조대구는 달려갔다. 검을 짚고 고개를 숙였던 백룡단원의 고개가 들렸다. 부들대며 입술을 무는 그의 얼굴이 선명하게 보였다.

조대구는 검을 치켜드는 백룡단원의 머리 위에서 유엽도를 후려쳐 내렸다. 그 순간 흙을 튀기고 올라온 백룡단원의 검이 복부를 긋고 지나갔다.

"컥!"

불로 지진 것 같은 충격이 복부를 강타했다. 조대구는 출렁대며 유엽도를 놓았다. 백룡단원의 머리에 반이나 박혀 들어간 유엽도가 텅, 날을 흔들었다.

"거어어……."

백룡단원의 입에서 이상한 소리가 나왔다. 옆머리를 지나 콧날까지 박힌 유엽도의 날은 기괴한 모습을 연출했다. 그 칼날이 흔들리자 백룡단원의 머리도 흔들렸다. 그러곤 이상한 소리를 내던 입이 일그러지며 몸이 엎어졌다.

"허어억, 내, 내 배……."

조대구는 배를 움켜잡고 뒷걸음질했다. 두 손으로 잡았지만 배 안에서 장기들이 쏟아져 나왔다. 그걸 수습할 길이 없었다. 통증은 이제 느껴지지도 않았다. 그대로 주저앉았다.

"허억."

한쪽 손으로 땅을 짚고 있지만 자꾸 힘이 빠져나갔다. 눈도 조금씩 감겨왔다. 문득 이대로 죽는 것일까 하고 생각했다. 죽음을 생각하자 왠지 웃음이 나왔다. 도대체 무엇 때문에 기를 쓰고 살아온 것인지 이해가 되질 않았다. 이렇게 죽을 것을, 이 젊은 나이에 싸우다가 죽을 것을 왜…….

흐려지는 조대구의 시선 속으로 숲을 가로질러 달려오는 한 무리의 사내들이 보였다. 흰옷은 분명 무림맹의 무사들이었다. 그 선두에서 달리던 사내가 자신을 스쳐 지나갔다. 팔에서 휘둘린 것은 분명 검이라고 생각했다.

피웃!

"한 놈도 남기지 말고 다 섬멸하라!"

검을 휘두르며 소리치는 무림맹 무사의 뒤로 조대구의 머리가 떨어져 내렸다.


❸


유갑성(柳甲星)은 걸음을 멈추고 백룡단원을 죽인 놈의 머리통을 돌아보았다. 벌써 이곳 정주 남향에서만 여덟의 백룡단원이 죽었다. 벽력대 놈들은 저렇게 폭사하면서까지 백룡단원들을 해치웠다. 진저리 쳐지는 놈들이었다.

피융!

"헉!"

뺨을 스치는 화살의 기세에 유갑성은 기겁하며 몸을 숙였다. 재빠르게 달려가 전방의 고목 뒤로 몸을 붙였다. 심장이 벌떡거렸다. 하마터면 죽을 뻔한 것이다.

"개도적 같은 놈들!"

저절로 욕설이 튀어나왔다. 주위를 보니 자신처럼 다른 조원들도 모두 몸을 감췄다. 쇠뇌의 화살이 계속해서 빗발치고 있기 때문이다. 하지만 잠시 후면 화살이 멈출 것이다. 그때를 노려야 했다. 또한 선두는 자신이 서야 했다. 무림맹 외칠단의 제십이 분임조장인 자신이 저들을 이끌어야 하는 것이다.

'제기랄, 도대체 이게 무슨 지랄이냔 말야?'

유갑성은 속으로 욕을 했다. 그 대상은 무림맹이었고, 자신의 사문인 종남 장문인 태인이었다.

'빌어먹을 늙은이들. 앉아서 주는 밥이나 받아 처먹다가 뒈질 것이지.'

새삼스럽게 화가 치밀었다. 무림맹을 이룬 그들의 욕심이 아니었다면 이런 몰상식한 전쟁은 벌어지지 않았을 터였다. 벌써 얼마나 많은 젊은이들이 죽었는지 모른다. 이곳에서의 전투만 벌써 사흘째였다. 하지만 밀고 밀리는 소모적인 공방만이 있을 뿐, 양측이 얻은 소득은 아무것도 없었다.

한마디로, 역시 벽력월인궁이었다.

벽력신수 혁련휘는 질풍처럼 쳐들어왔다. 위지강천이 죽은 지 불과 사흘 만에 전격전을 벌인 것이다. 정주로 통하는 모든 길목을 막은 그는 치고 빠지는 전법을 쓰면서도 길목을 열지 않았다. 천하의 모든 벽력대원들이 다 모여든 것 같았다.

"썅노무 세상!"

머리 위로 날아가 고목에 박히는 화살의 파동을 느끼며 유갑성은 또 욕을 했다. 양쪽의 사상자는 수도 없이 많았다. 특히 벽력월인궁의 사상자는 더 많았다. 원인은 백룡단원들 때문이었다. 그들이 휘두르는 검강에는 대항할 상대가 없었다. 그러나 철혈대가 전신인 벽력대는 저항했다.

비단 저항했을 뿐만 아니라 남쪽에서만 여덟의 백룡단원을 폭사시켰다. 그들이 택한 방법은 동귀어진, 백룡단원들을 물고 함께 가버리는 자살이었다. 벽력대들이 쏘는 저 성능 좋은 쇠뇌와 철갑투창마차도 문제였지만, 보다 근본적인 문제는 생명을 도외시한 놈들의 근성이었다. 그건 정말이지 무서웠다.

지금도 이곳의 전후좌우 사방에선 혼전이 벌어지고 있다. 소림의 무승들이 봉과 계도를 휘둘렀고, 무당, 아미, 점창, 공동, 종남, 청성의 무사들이 검을 그어댔다. 그들 사이에는 무시무시한 힘을 발휘하는 백룡단원들이 있었다.

'대관절 저런 괴물들을 어떻게 만들어낸 거야?'

사방에서 들리는 검강의 폭음 소리와 화탄의 폭발 소리를 들으며 유갑성은 이를 물었다. 자신의 사문인 종남에서도 많은 젊은이들이 차출되어 갔다. 영문도 모르고 불려간 그들의 숫자는 백여 명이 넘었다. 하지만 돌아온 건 어저께 화탄에 폭사한 자신의 막내 사제뿐이었다. 나머지가 어디 있는지는 아무도 몰랐다.

죽기 전까지 백룡단원으로서 보여준 막내 사제의 신위는 놀라웠다. 하지만 그것이 무공의 성취로 이루어진 것이 아니란 걸 유갑성은 바로 알았다. 그럴 수도 없었다. 불과 수개월 만에 그런 성취를 보인다는 건 있을 수도 없는 일이었다. 소문이 틀림없다면 인간강화비술이란 대법을 받은 게 분명했다.

피이잉!

고목 옆을 스쳐 날아가는 화살의 울음에 유갑성은 고개를 움츠렸다.

"제길!"

욕은 또 튀어나왔다. 하지만 역시 대상은 무림맹의 수뇌부였다. 사이한 비술로 젊은이들을 희생시키는 그들의 야욕이 저주스러웠다. 청진을 비롯한 청율과 고월자, 그리고 다른 파의 장문인들과 자신의 사문인 종남의 태인 장문까지 그들이 궁극에 바라는 것은 하나였다. 그 일 때문에 이런 일이 벌어진 거다.

천하제패. 옛 철무련의 철혈무제 조극강 이후 그 누구도 이루지 못했던 그 일을 하겠다고 저 지랄들인 거다. 그 때문에 젊은이들을 괴물로 만들고 남에게 싸움을 건 거다. 자신은 이제 불혹이 지났다. 그 때문에 안다. 서른 무렵까지만 해도 이런 생각은 하지도 못했다. 하지만 이건 아니었다. 그들의 야욕 때문에 전쟁이 일어나고, 수많은 목숨들이 죽는 이런 일은 정말 아니었다.

"조장님! 화살이 멎었습니다!"

뒤쪽에서 누군가 소리쳤다. 유갑성은 시선을 던졌다. 자신처럼 나무 뒤에 몸을 숨긴 자는 무당의 젊은 놈이었다. 유갑성은 속으로 코웃음이 나왔다.

'그래, 죽고 싶단 말이지?'

어차피 종남의 일원으로 참여한 자신이 흐름을 바꿀 수는 없는 노릇이었다. 그럴 만한 위치에 있지도 않았다. 발을 뺄 수 없다면, 함께 흐를 도리밖에 없었다.

"일어서라! 전진!"

소리친 유갑성은 몸을 일으켰다. 자신의 명령에 따라 몸을 일으키는 조원들이 보였다. 곧장 전방을 향해 달려나갔다. 수풀을 헤치고 뛰어나가자 벽력대원들이 보였다. 하지만 다른 것도 보였다. 그건 죽음과 동격이었다.

"흩어져!"

유갑성은 소리치며 바닥을 개처럼 굴렀다. 그런 그의 머리 위로 엄청난 힘의 바람들이 지나갔다.

퓨퓨퓨퓨퓨퓽!

철갑마차, 거기서 터지는 투창의 화살들. 그것들이 달려 나오던 조원들의 몸통을 꿰뚫었다.

상황은 순식간이었다. 벽력대 놈들은 기다렸던 거다. 작은 쇠뇌의 화살로 약올려 놓고 우리를 유인했던 거다. 이 숲까지 저걸 가져오리라곤 생각도 못했다.

"이런 개 같은!"

정신없이 굴리던 몸을 멈춘 유갑성은 이를 물었다. 조원들은 모두 꼬치가 되어 쓰러졌다. 완벽하게 의표를 찔린 것이다. 장애물이 없는 넓은 장소에서만 사용하리라던 생각을 깨고 놈들은 숲 속에 저걸 몰고 왔다.

"이 새끼들!"

유갑성은 검을 떨치며 일어섰다. 분노한 얼굴로 뒤돌아서는 그의 눈에 도약하는 벽력대원 하나가 보였다. 두 손을 머리 위로 쳐들고 거검을 든 자였다.

벽력대원의 두 손이 검을 힘차게 내리그었다.

캉!

"으흑!"

올려 막은 유갑성의 검이 두 동강으로 부러졌다. 벽력대원의 검은 내려앉는 체중까지 싣고 유갑성의 어깨에 틀어박혔다. 화끈한 통증에 유갑성은 안면을 일그러뜨렸다.

"무림맹의 개잡종 놈아! 죽여주마!"

거검을 내려친 벽력대원은 유갑성의 가슴을 발로 밀어 찼다.

"억!"

검이 빠지고 유갑성은 뒤로 벌렁 나자빠졌다. 그런 그에게 벽력대원은 검을 치켜들고 다시 달려들었다.

유갑성은 눈을 부릅떴다. 검을 내려치는 벽력대원의 뒤로도 다른 벽력대원들이 달리는 게 보였다. 이제 마지막이었다.

"컥!"

벽력대원의 몸이 움찔하며 신음을 토했다. 바로 직전에 회청색 빛이 그의 상반신을 지나갔다. 너무도 찰나간의 일이라서 분간이 되지 않았다.

유갑성을 죽이려던 벽력대원의 몸이 사선으로 갈라져 내렸다. 검을 두 손으로 잡은 그 모습 그대로, 미끄러지듯이 떨어진 그의 상반신이 땅을 두들겼다.

"허억!"

숨을 들이키며 유갑성은 몸을 뒤로 밀었다. 그제야 사태가 파악되었다. 벽력대원은 검강에 갈라져 죽은 것이다. 그리고 다른 벽력대원들도 지금 죽고 있었다.

후아아앙!

검강이 일으키는 소리가 소름 끼쳤다. 그렇게 검을 휘두르는 백룡단원의 손끝에서 벽력대원들은 죽어 넘어갔다. 철갑마차가 투창을 했지만 소용이 없었다.

백룡단원은 유갑성처럼 땅을 굴렀다. 간발의 차로 창대들은 백룡단원의 머리 위로 지나갔다. 평지 같으면 표홀한 신법을 구사할 것이나, 숲에는 그게 아니었다. 때문에 백룡단원은 상황에 가장 맞는 방법을 택한 것이다.

땅을 구르던 백룡단원의 몸이 불쑥 튀어 올랐다. 투창을 해댄 철갑마차의 앞이었다. 마차를 조종하던 자들의 눈에 당황이 어렸다. 하지만 그 순간 백룡단원의 검은 종과 횡을 그어댔다.

피, 피, 피이잇!

가늘고 선명한 검강이 난무하며 사람과 철갑마차, 그것들이 동시에 쪼개졌다. 그런데 그 순간, 쪼개지는 철갑마차에서 폭발이 일어났다.

콰앙!

내려앉던 백룡단원의 몸이 다시 허공으로 붕 떠올랐다. 그 몸을 아래로부터 밀어 올리는 것은 붉은 폭발이었다.

"헛! 저, 저런!"

유갑성은 자신도 모르게 소리를 질렀다. 예상치 못한 일이 너무도 찰나간에 벌어진 것이다. 아마도 마차에 있던 화탄이 터졌거나, 죽는 순간의 누군가가 터뜨린 것이 분명했다. 그러나 그보다 더 중요한 건 백룡단원의 안위였다.

철갑마차의 파편들과 솟구치던 백룡단원의 몸은 공교롭게도 유갑성의 옆으로 떨어졌다. 쿵! 소리를 내고 떨어진 백룡단원은 바로 몸을 뒤틀며 일어섰다. 하지만 비틀거리며 피를 흘렸다.

"크으윽!"

화상을 입은 것처럼 흉측하게 변한 백룡단원의 몰골은 말이 아니었다. 얼굴은 허물이 벗겨진 것처럼 붉은 속살이 드러나 피가 흘렀다. 왼손은 어디로 갔는지 손목 부근부터 보이질 않았다. 백룡이 그려진 무복은 시커멓게 그슬리고 찢어져 버렸다. 한마디로 서 있는 게 신기한 처참한 몰골이었다.

"이… 죽일… 놈들……!"

비틀대면서도 백룡단원은 이를 갈았다. 검은 다시 세워지고 있었다. 바로 그 순간에 쇠뇌들이 발사되었다.

피피피피피핑!

폭파된 철갑마차의 뒤쪽에서 벽력대원들이 뛰어나왔다. 그들이 발사한 화살들은 벡룡단원의 몸에 사정없이 박혔다.

"커허헉!"

술 취한 사람처럼 백룡단원은 정신없이 뒤로 밀렸다. 하지만 그런 그의 손에서 검강이 다시 뻗어 나왔다.

"다 죽일 테다!"

어디서 그런 힘이 나오는 것인지, 시뻘게진 눈으로 백룡단원은 다시 전진했다. 손에는 검강이 뻗어 나온 검을 들고서였다.

"쏴라! 화탄을 던져!"

벽력대원들 중 누군가 소리쳤다. 그 순간 유갑성은 덜컥 심장이 내려앉았다.

피피피피피핑!

화살이 다시 쏘아졌다. 새카만 점으로 보이는 그것들이 백룡단원의 전신에 또 박혔다. 하지만 그 모습을 유갑성은 끝까지 보지 못했다. 주저앉은 자신의 몸에도 화살이 이빨을 박았기 때문이다. 섬뜩한 느낌들이 전신에 엄습했다. 그러나 더욱더 두렵고 무서운 건, 영혼까지 때리는 화탄의 폭발이었다.

콰앙!

새카맣게 뒤집어지는 장막 속에서 유갑성은 백룡단원의 몸이 조각나는 걸 보았다. 그런데 그 사이로 다른 사람의 팔다리도 보였다. 왠지 눈에 익은 몸뚱이였다. 하지만 상관없다고 생각했다. 빙글빙글 돌아가는 세상이 점점 흐려졌다. 지금부터 길고 긴 잠에 빠질 것만 같은 느낌이 들었다.

❹

정주로 들어가는 관도의 한 중앙에 연무기가 섰다. 관도와 주변의
들길과 산길 모두에서 격전이 벌어지는 중이었다. 숲에선 폭음이 치솟
고 들에선 비명 소리가 메아리쳤다.

저 멀리 하늘을 보는 것인지, 죽어가는 사람들의 비명 소리를 듣는
것인지 모를 연무기의 눈이 법천에게 돌아갔다.

"혁련휘의 종적은 아직 찾지 못한 거요?"

연무기의 뒤에 서 있던 법천과 법지 중, 법천은 바로 말을 받았다.

"아직입니다. 정주 인근에 있다는 것은 확실하지만, 철저하게 자신
을 숨기고 있습니다."

대답하는 법천의 뒤쪽으로 관도의 여기저기에 십팔금강동인들이 보
였다. 일견 무질서하게 서 있는 그들의 시선은 전투가 벌어지는 현장
에서 떠나질 않았다.

"흠, 숨어서 싸우겠다? 말로 듣던 바와는 다른 자로군."

연무기의 말에 법지가 불쑥 나서며 입을 벌렸다.

"상황에 따라 대처하는 겁니다. 그를 과소평가해서는 안 됩니다."

연무기는 잠시 법지를 돌아보았다. 그러다가 고개를 끄덕였다.

"뭘 말하려는지 아오. 벽력월인궁의 수장쯤 되는 자가 생각이 없을
리가 없겠지."

다시 관도 끝을 응시하는 연무기의 입이 자연스럽게 또 열렸다.

"그나저나 상당히 빠른 대응이구려. 우리보다 앞서 아군을 치다니,
위지강천의 다음으로 혁련휘를 제거하려던 우리의 계획이 차질을 빚었

구려."

법천이 같은 쪽을 바라보며 대답했다.

"우리가 안이했던 게지요."

연무기의 볼이 잠깐 꿈틀하더니 시선이 돌아왔다.

법천은 상관없다는 표정으로 말을 이었다.

"사흘의 시간이면 저들에겐 충분했지요. 위지강천에겐 기습이 됐을지 몰라도, 그 뒤로 사흘이 흐른 혁련휘에겐 선전 포고가 된 셈이지요. 그 시간을 우리가 벌어준 셈입니다."

무표정하던 연무기의 입이 다시 벌어졌다.

"나를 탓하는 게구려?"

법천은 연무기의 시선을 응시하며 대답했다.

"그런 뜻이 아닙니다. 우린 우리 힘에 취해 상대를 얕보았습니다. 언제든 쳐들어가 목을 딸 수 있으리란 생각이었던 게지요. 그 때문에 시간을 허비했습니다. 그건 만류하지 못한 저희에게도 책임이 있습니다. 똑같은 생각이었으니까요. 하지만 막상 부딪친 상대는 전혀 다릅니다. 상대는 천하를 집어삼켰던 철무련, 벽력월인궁입니다. 우린 그걸 잊으면 안 됩니다."

무표정하던 연무기의 얼굴에서 눈이 반짝거렸다. 말없이 다시 돌아간 그의 고개는 천천히 끄덕였다.

"그렇지요. 상대는 조극강과 함께 천하를 제패했던 벽력신수 혁련휘지요."

많은 뜻이 함축된 말이었다. 연무기의 말처럼 혁련휘의 존재는 새삼스러웠다. 위지강천처럼 손쉽게 죽일 수 있을 줄 알았던 그는 지금 자신들의 본거지를 둘러싸고 총력전을 펼치고 있었다.

어디서 지휘하는 것인지 종적도 묘연했다. 자신들의 힘을 안 그는 직접적인 충돌을 회피했다. 요소요소를 기습적으로 치고 빠지고, 화탄과 쇠뇌로 무장한 돌격조를 편성해 자신들을 괴롭혔다. 벌써 전력에 많은 손실이 있었다.

"백룡단원들은 몇이나 전사했습니까?"

다시 묻는 연무기에게 법천은 나직하게 대답했다.

"보고 계시는 남쪽에서만 아홉이 폭사했습니다. 동쪽에서는 여섯, 서쪽에서 열둘, 북쪽에서 일곱이 전사해 도합 서른넷의 백룡단원이 사망했습니다."

"생각보다 손실이 너무 크구려. 위에는 보고가 된 겁니까?"

"모두 보고가 되었습니다."

"심려들이 크시겠구려."

"상대가 혁련휘이니 감수해야 한다고 하셨습니다. 하지만 백룡단원의 희생이 오 할을 넘기 전에 승기를 잡아야 한다고 당부하셨습니다."

"오 할이라……."

"후속 조치를 취하고 계신다고도 말씀하셨습니다."

연무기는 다시 고개를 끄덕였다. 후속 조치가 무엇을 말하는지 알기 때문이었다. 죽어간 백룡단원을 대신할 자들을 만들어내겠다는 얘기였다.

"제이의 백룡단이 되는 건가요?"

설핏 웃으며 묻는 연무기의 얼굴을 보고 법천 대신 법지가 대답했다.

"그들이 오기 전에 일을 끝내야 합니다. 이는 우리의 명예가 걸린 일입니다."

미소 짓던 연무기의 잘난 얼굴이 다시 꿈틀했다.

"명예라… 그렇구려. 우리의 명예가 달린 일이지요. 곤두박질쳤던 우리의 명예."

가늘어진 연무기의 눈에서 퍼릇한 빛이 새어 나왔다. 그러던 그가 시선을 다시 수습하며 법천에게 물었다.

"흑마왕 그자의 정황은 아직입니까?"

작게 고개를 숙여 보인 법천은 담담하게 대답했다.

"벽력월인궁을 떠난 이후로 자취가 끊겼습니다. 총력을 기울여 찾고 있으나, 아직은 그자의 행적이 묘연합니다. 다만 한 가지 확인된 사실은 예전의 동료들과 떠났다는 것입니다."

"예전의 동료라면 그들입니까?"

"그렇습니다. 화산의 풍오자와 젊은 도사, 그리고 근본을 알 수 없는 무사 하나가 그들입니다."

미간이 좁아지는 연무기는 나직하게 말했다.

"도대체가 알 수 없는 놈이야. 철무련을 쳐 없앤 놈이 그 모든 걸 버리고 왜 떠났을까? 대관절 어디로 간 것일까?"

의문의 눈길을 보내는 연무기의 시선 너머에서 폭발이 또 일어났다.

"쯧, 또 터뜨리는군."

못마땅한 연무기의 시선을 따라 법천과 법지의 시선도 숲을 향했다. 폭발이 일어난 곳이었다. 무림맹에도 화탄이 있지만, 저렇게 피아의 목숨을 도외시하고 터뜨리진 않았다. 아니, 그렇게 하지 못했다.

"시간을 아껴야겠군."

연무기는 검을 들어올렸다. 그런 그의 행동을 보고 십팔금강동인은 일제히 계도를 잡고 모여들었다.

연무기는 누구에게랄 것도 없이 나직하게 말했다.

"벽력신수 혁련휘를 오늘 잡는다."

바람에 떠밀리는 홑씨처럼 연무기의 신형이 앞으로 나아갔다. 그 뒤를 법천과 법지, 나머지 금강동인들이 따라갔다.

❺

전투가 한창인 관도의 끝과 숲 쪽으로 멀어지는 십팔금강동인들을 보며 이호패는 낮은 소리로 중얼댔다.

"움직이는군. 남쪽의 전투는 오늘로 끝나겠어."

이호패의 뒤에서 한 사내가 시선을 좇았다. 그 사내에게 이호패가 물었다.

"총관, 혁련휘가 어디에 있을 것 같나?"

언젠가 무림맹의 개회를 소리쳐 선언하던 사내, 대륙상가의 총관 한상경은 조심스럽게 대답했다.

"정주 인근에 있다는 것은 확신합니다만, 자신의 존재가 드러나면 집중 공격을 받을 터이니, 아무래도 의표를 찌르는 곳에 있지 않겠습니까?"

"그래, 그가 죽으면 벽력월인궁도 끝이지. 흑마왕 그놈이 합세하지 않는 이상 말이야. 그런데 그런 그가 어디에 있냐 이 말이야."

"혹시……."

"혹시 뭐?"

잠시 머뭇대던 한상경은 얼굴을 스치는 나뭇잎을 걷어내며 대답했다.

"누구도 알아보지 못하도록 변복이나 변장을 하고 있는 것은 아닐까요?"

수풀 속에 몸을 숨겼던 이호패는 몸을 일으켰다. 얼굴엔 뜨악한 표정이 역력했다.

"변장을? 천하의 벽력신수 혁련휘가?"

뒷머리를 긁으며 한상경은 무안한 표정을 지었다.

"그, 그저 소인의 짧은 생각일 뿐입니다."

잠시 바라보던 이호패는 갑자기 눈빛을 번쩍 뿜었다.

"아니야! 그럴 수도, 그럴지도 몰라!"

흥분한 얼굴로 이호패는 다시 되뇌었다.

"변장이라… 변복이란 말이지?"

한상경의 눈빛을 느낀 이호패는 다른 것을 물었다.

"그들의 준비는 어떤가?"

즉시 고개를 숙여 보인 한상경은 조심스런 눈매로 대답했다.

"모든 조치가 끝났습니다. 염려하실 일은 없을 겁니다."

"모두 확실하겠지?"

"심려 마십시오. 선발된 인원 모두 대륙상가와 연을 맺고 있는 자들로 구성했습니다. 첫 번째가 다른 문파의 제자들로 채워졌지만, 이번엔 그 수효를 감당할 수 없었던 것이 오히려 호재가 되었습니다."

이호패는 득의한 미소를 지었다.

"그래, 그래야지. 그래야 하고 말고. 저런 자들에게 영광을 넘겨줄 수는 없지. 어떻게 계획하고 잡은 기회인데 이걸 놓치겠나? 지금은 청진이 모든 걸 좌우하고 있지만, 종국에는 우리 대륙상가가 모든 걸 갖게 될 것이야."

이호패의 눈은 파랗게 빛을 냈다. 그가 보는 전투의 현장에선 격한 비명 소리들이 더욱더 거세졌다.

"연무기 저자는 물론, 소림의 십팔금강동인들도 모두 소모품에 불과해. 장기판의 졸인 셈이지. 저들이 지금은 힘을 가진 듯 보이지만, 흑마왕 그자, 그리고 암흑마궁의 세력과 충돌하면 모두가 꺼질 촛불이야. 그건 흑마왕이나 암흑마궁도 마찬가지지."

파란 눈으로 이호패는 사이하게 웃었다.

"저들이 모두 서로를 상잔하도록 끌어들이면 되는 거야. 바로 지금처럼 말이지. 그리고 그 후에 올 세상을 우리가 거머쥐면 되는 거지."

이호패의 뒤에서 한상경은 고개를 숙여 보이며 짧게 대답했다.

"여부가 있겠습니까?"

사이한 미소를 흘리던 이호패는 돌아서서 다시 물었다.

"흑마왕과 암흑마궁의 소식은 없는 건가?"

고개를 들어 시선을 맞춘 한상경은 바로 대답했다.

"맹의 정보에는 아직 그러한 것들이 없습니다. 하나 본 가의 정보에는 북변 땅에서 그러한 자들을 보았다는 정보가 입수되었습니다. 상로를 통한 정보지요."

"북변 땅이라고?"

잠시 생각에 잠기던 이호패는 명령을 내렸다.

"확실치는 않으나 만에 하나 그자라면 놓쳐서는 안 된다. 모든 상로를 총동원해서 그자의 종적을 찾아라. 그리고 소문을 퍼뜨려라. 위지강천이 죽은 일도 말이다."

"옛, 그리합지요."

"빌어먹을 거란, 여진족 놈들. 그놈들 땅엔 소문조차도 넘어가질 못한단 말이야."

이곳의 전쟁과는 달리 영토를 놓고 벌이는 여진족과 한족의 전쟁을 생각하며 이호패는 입술을 물었다. 전쟁은 벌써 수년째였다. 과거에도 있었고, 앞으로도 끊이지 않을 전쟁이었다. 누가 이기든 상관없었다.

하지만 지금 눈앞의 전쟁, 무인들이 벌이는 이 전쟁은 반드시 자신이 승리해야 했다. 그러기 위해서 흑마왕 그자, 그자가 돌아와야 했다.

"그자를 반드시 찾아내!"

이호패의 격한 외침에 한상경은 급히 고개를 숙였다.

숲은 피바람으로 흔들렸다.

전란(戰亂)의 시작 2

①

　새벽 하늘의 검푸름이 돌을 던지면 쩡 소리를 낼 것만 같았다. 맑고 투명한 청자기나 유리처럼 보이는 하늘은 별들을 감추는 중이었다.

　"어, 제법 쌀쌀한데."

　용태웅은 옷깃을 여미며 하늘을 봤다. 그러다가 시선을 다시 전방에 두었다.

　으스름 돋는 날씨이긴 했다. 이제 가을이 얼굴을 내밀려고 하는 계절이지만, 차가운 북변의 땅, 흑룡 강변의 새벽은 몸을 움츠리게 했다.

　"도대체 이게 몇 번째지?"

　다시 입을 벌리는 용태웅의 말에 대답하는 사람은 없었다. 풍오자는 여전히 나무에 기댄 채 졸아댔고 임홍빈은 눈 감고 달달거렸다. 계장수만 시종일관 전방을 노려보았다.

　일행이 앉은 곳은 초지길이 지나는 옆의 야트막한 등성이었다. 길이

가로지르는 건너에는 작은 목조 가옥과 초옥들이 군데군데 보였다. 그 한가운데 새로 지은 듯한 커다란 목조 건물이 눈에 띄었다. 삼층이나 되는 높이였다.

중원의 유명주루처럼 멋들어진 처마와 용마루를 보이는 전각은 새벽빛에 희끄무레했다. 전각의 너머 저 멀리로는 통하(通河)의 불빛이 보였다. 그 옆으로 흘러가는 목단강(牧丹江)의 물소리가 들려오는 것만 같았다.

계장수는 전각의 불빛을 보며 용태웅의 말을 되새겼다. 정말 몇 번째인지 모른다. 북변이라는 막연한 단서만을 가지고 들어온 이 땅은 이미 암흑마궁이 신교의 이름으로 덮어버린 땅이었다.

가는 곳마다 놈들의 포교당이 세워져 있었다. 말 그대로 초원에 번진 들불처럼 놈들의 신앙은 퍼져 나갔다. 눈에 보이는 대로 놈들의 자취를 깨부수며 전진했지만 놈들의 몸통은 잡히지 않았다.

놈들은 용의주도했다. 포교의 수단으로서 이미 예상했던 방법을 택했다. 동북에 널리 퍼진 여진과 거란, 말갈 등과 해동의 한 뿌리인 배달동이의 옛 전설과 조상의 신앙을 뒤집어쓰고 포교했다. 바로 삼신 신앙이었다.

거기다가 교묘하게 포교 지역에 필요한 것들. 우물을 파고 마을을 정비하거나, 병자를 돌보는 무료 의원을 개설하고, 상로를 열어 살길을 마련해 주거나, 자금을 동원해 마을의 유력한 유지들을 회유해서 포교 당을 열었다.

지금 서쪽으로 가면 요하를 두고 한족과 여진족의 전쟁이 한창이었다. 역사를 두고 벌이는 전쟁이었다. 하지만 그것과는 별개로 계장수 일행은 전쟁을 치르면서 이곳까지 왔다. 수많은 암흑마궁의 포교당을 부수며 단서를 추적해 온 것이다. 하지만 단서는 없었다. 그저 지금처럼 또 다른 포교당만이 있을 뿐.

"저 안에선 또 광란이 벌어지고 있겠지?"

삼층의 포교당을 바라보며 용태웅은 지겹다는 음색으로 말했다.

보지 않아도 알 수 있는 일이었다. 일부러 통하를 비낀 변두리에 세운 포교당은 사람들로 북적였다. 저 안에 있는 사람들 거의 모두가 통하 사람들이었다. 거추장스런 시선을 피해 변두리에 포교당을 세운 거다. 그리고 외곽은 오히려 포교당한 사람들이 순례하는 기분으로 찾아드는 이점도 있었다.

포교당 안은 암흑마궁의 교리로 무장한 목부(牧夫)라 불리우는 자가 사람들에게 연설을 하고 있을 것이다. 어둠 속에 헤매는 어린양이었던 사람들은 신앙의 빛으로 광명을 찾게 될 것이다. 목부가 내뱉는 한마디 한마디에 사람들은 환호하며 소리 지르고, 유일신 아리만과 그의 신탁을 받아 부활한 신녀 마고자나를 찬양할 것이다.

"도대체 이것들은 어디에 박혀 있는 거야? 만날 깃털만 쥐어 갖고 흥이 나겠나, 제기랄 거."

용태웅의 뚱한 소리는 떨고 있던 임홍빈의 얼굴을 들게 했다.

"언제까지 여기 있을 거야? 계속 있을 거면 불이라도 피우면 안 될까?"

한기가 참기 힘든 모양이었다. 하지만 불을 피울 수는 없었다. 다른 때처럼 참고 지켜보다가, 찬양 경배가 끝나고 아리만을 향한 찬송가가 울려 퍼질 때 들고나는 자들이 없는지 확인한 후에 덮쳐야 했다. 또 그때가 임홍빈이 일할 때이기도 했다.

"홍빈아."

갑자기 들린 풍오자의 목소리에 임홍빈이 고개를 돌렸다.

부스스한 얼굴로 눈을 뜬 풍오자는 임홍빈에게 두 팔을 벌리며 다정하게 말했다.

"많이 추우면 이리 오련? 내가 꼬옥 안아주마, 어서."

미간이 흉하게 일그러진 임홍빈은 훌쩍 물러나 앉으며 욕설을 했다.

"미치려면 곱게 미칠 거지, 이젠 아주 발악을 하는구려."

게슴츠레하던 풍오자의 눈도 확 떠졌다.

"뭐, 이 쌍놈아!"

나무에서 등을 떼고 상체를 세우는 풍오자에게 용태웅은 짧고 강하게 면박을 줬다.

"아, 대충해요. 우리가 뭐 하는지 잊었어요?"

뭐라고 한마디 욕설할 것 같았던 풍오자는 그냥 다시 주저앉았다. 하지만 곱지 않은 시선을 용태웅에게서 떼지 않았다.

석상처럼 가만히 앉아서 포교당만 보고 있는 계장수를 향해 풍오자는 무심하게 입을 벌렸다.

"조상들의 본래 땅에 온 기분이 어떠냐?"

계장수의 시선이 돌아왔다. 무슨 소리냐고 묻는 그 얼굴에 대고 풍오자는 또 말했다.

"여기 말이다, 흑룡강이 흐르고 목단강이 흘러가는 이 땅. 이곳은 해동성국(海東盛國)으로 불렸던 대발해(大渤海)의 시원지다."

계장수는 물론 임홍빈과 용태웅의 시선도 한데 모였다.

"저기 저 통하를 더 넘어 동으로 가면 목단강이 남으로 흐르지. 한족들은 그 강을 모단강(牡丹江)이라고 부르지만, 배달동이의 후손들은 모두 목단강이라고 한다."

새벽별 아래의 어딘가로 시선을 던지는 풍오자에게 계장수가 묵직한 음성으로 물었다.

"발해라구요? 그들은 고구려의 국기(國基)를 계승한 나라가 아닙니까? 그들이 건국의 기초를 세운 곳이 이곳입니까?"

희미하게 웃어 보인 풍오자가 고개를 끄덕였다.

"목단강의 원이름은 바로 발해하(渤海河)였다. 당나라 한인들은 홀한하(忽汗河)라고 불렀지. 이 강에는 옛부터 내려오는 전설이 있다."

"전설이요? 그게 뭔데요?"

추위를 잊은 듯한 얼굴로 임홍빈이 물었다. 반짝대는 그 눈에서 계장수의 검은 얼굴로 시선을 돌린 풍오자는 희미한 미소를 놓지 않고 다시 말을 이었다.

"옛날 옛적부터 이곳에 살던 말갈인들은 천신 아불개은도리(阿不凱恩都里)를 청하여 악마 야이자고(耶爾茲庫)와 싸워 이긴 후에 그를 산 밑에 눌러두었다 한다. 야이자고의 제자 홀이한(忽爾汗)은 원한을 품고 말갈인만 보면 잡아먹는 것으로 복수를 했지."

초롱초롱 빛을 내는 임홍빈과 용태웅을 번갈아 보며 풍오자는 느긋하게 말을 이었다.

"그런 그가 큰 강을 보자 거대한 느릅나무로 변하여 수원(水原)을 막아버렸다. 사람들은 가뭄에 죽어갔지. 때마침 말갈인 부족 중에 목단이라는 청년이 있었는데, 그는 천신의 도움으로 느릅나무를 베어 넘어뜨렸지. 그러고는 바위로 변했다. 사람들은 영웅이 변한 그 바위를 목단봉이라 불렀고, 느릅나무 밑에서 흘러나오는 물을 목단강이라고 부른 거지."

가만히 입을 닫는 풍오자를 보며 임홍빈과 용태웅은 눈을 멀뚱거렸다. 그러다가 용태웅은 불쑥 물었다.

"그래서요? 그게 다예요? 뒷얘기는 없어요? 예쁜 처자들이 얽히고설키고, 돈도 좀 손에 쥐고 그런 얘기 말입니다. 그런 건 하나도 없는 겁니까?"

"그러게. 알맹이 없는 얘기네."

임홍빈까지 보태자 풍오자는 꿈틀대던 입매를 결국 터뜨렸다.

"도대체 뭘 바라는 거야, 이 개자식들아!"

때마침 포교당을 바라보고 있던 계장수는 일행에게 말하며 일어섰다.

"이제 가야겠소."

등성을 단숨에 내려 초지를 가로지르는 계장수를 보며 으르렁대고 비죽대던 세 사람도 몸을 일으켰다.

**❷**

알 수 없는 노랫소리가 안에서부터 흘러나왔다. 수백 명이 부르는 노랫소리는 전각의 벽을 흔들면서 새벽 하늘을 밀고 올라갔다.

커다란 두 짝 문 앞에 등을 기댄 계장수는 조용히 문을 밀었다. 문은 소리없이 열렸다. 때마침 뒤를 돌아보는 두 사내를 계장수의 검은 손이 유령처럼 움켜잡았다.

끽 소리도 못 내고 두 사내가 쓰러졌다. 사내들의 몸을 조용하게 옆으로 치운 후, 계장수는 살며시 안쪽 문으로 다가섰다. 뒤따라 들어온 풍오자와 임홍빈은 계장수의 등 뒤로 붙었다. 용태웅은 뒷문이 있는 곳에서 길을 막을 것이다.

경배당의 안쪽 문을 밀자 스르르 열렸다. 후끈한 열기가 열린 틈새로 화악 밀려 나왔다. 등을 보이고 서서 광란의 몸짓으로 노래 부르는 자들의 모습이 보였다. 그들의 앞으로는 넓은 공간에 마련된 수백 석의 자리에 사람들이 빼곡이 앉아 있었다. 그들 모두가 보는 것은 연단에서 손짓하는 목부였다.

소리없이 서 있는 자들의 등 뒤로 붙은 계장수 등은 사방을 두루 살폈다. 똑같은 구조에 익숙한 상황. 이제까지 깨부숴 왔던 다른 포교당과 다른 점이 없었다. 일층엔 널따란 공간을 두고 이층과 삼층엔 좌석을 배치해 중앙 전방의 연단을 향해 집중하도록 만든 구조. 주루와 비슷했다.

사람들은 모두 제정신이 아니었다. 아리만과 마고지나를 찬송하는 노래를 부르며 목부의 손짓 하나, 내뱉는 말 한 토막에 자지러졌다. 그러다가 급물살을 탄 듯 분위기가 한껏 고조되면서 또 다른 노래가 시작됐다.

*어아어아 나리 한배검 가미고이*
*배달나라 나리 다모 골잘 너나도 가오소*
*어아어아 차마 무가시하다라시 거미무니*
*설뎨나라 나리 골잘 다모 한라두리온*
*차무 구셜하니 마무온다.*
*어아어아 나리 골잘 다모 한라하니 무리*
*설뎨 마부리야 디미온 디차 마무니*
*하니유모 거마무다.*

*어아어아 나리 골잘 다모 한라 고비온 마무*
*배달나라 달이하소*
*골잘 가미고미 나리 한배검 나리 한배검*


노랫가락을 듣던 풍오자는 미간을 심하게 찡그리며 중얼댔다.

"어아가(於阿歌)로구만… 이 쳐죽일 것들 같으니라구."

고개 돌린 계장수가 바로 되물었다.

"어아가라니요? 그게 뭡니까?"

임홍빈만이 호기심 가득한 눈으로 바라볼 뿐, 노래에 취한 사람들은 세 사람의 존재도, 나누는 대화도 듣지 못했다. 집단 최면에 걸린 것만 같았다.

자리에 앉지 못하고 서 있는 자들의 등 너머로 연단을 노려보며 풍오자는 작게 입을 벌렸다.

"어아가는 배달국 황웅천황 시대의 신가(神歌)다. 동부여의 동명성왕은 단군 제삿날이나 경축일에 부르게 했고 고구려의 광개토대왕이 출전 시에 부르게 하여 군사들의 사기를 북돋우던 노래다. 배달동이의 노래지."

계장수의 미간이 좁아지는 동안 임홍빈은 아무렇지도 않은 표정으로 말했다.

"이들도 따지고 보면 모두 배달동이족이 아닌가요? 이곳이 발해국의 시원지라면서요? 그런 저들이 저 노래를 부른다고 해서 이상할 건 없잖아요? 자기들 노래인데?"

주먹을 확 들어올리던 풍오자는 입술을 물며 용케도 참아냈다.

"내가 잃느니 죽지, 죽어. 누가 그걸 모르냐? 우리가 지금 염려하는 건 그런 게 아니라 그 노래에 얽힌 역사성과 고대 정신을 뒤집어써 조상의 힘에 편승해 사람들 속으로 파고드는 마고지나 패거리들의 행위를 염려하는 것이지, 이 개놈아."

주변을 의식하고 조용하게 나오는 풍오자의 욕설에 임홍빈은 입술을 비죽거렸다. 다시 앞쪽으로 시선을 돌린 계장수는 무심한 듯이 흘려 말했다.

"그년이 호가호위(狐假虎威)하려는 게 이젠 확실하군."

더 이상 기다릴 필요가 없다는 듯 계장수는 가슴을 쭉 펴고 앞을 향해 소리쳤다.

"들어라!"

천둥 벽력처럼 터진 소리에 사람들의 시선은 일제히 뒤를 향했다. 이어지던 노랫소리도 그치고 광란스런 몸짓과 선동하던 목부의 몸도 멈췄다.

무슨 일인지 분간하지 못하고 쳐다만 보는 사람들에게 계장수는 다시 외쳤다.

"암흑마궁 마고지나의 주구들! 네놈들의 목을 치러 왔다!"

잠시 동안 움직임이 없던 사람들은 그제야 사단이 난 것을 깨닫고 웅성거렸다. 연단에 서서 바라보던 목부는 성난 목소리로 고함을 쳐댔다.

"어리석고 우매한 악마의 자식아! 이 성전이 어디라고 네놈이 발을 들여놓았느냐! 우주를 관장하시는 아리만의 노여움이 네놈에게 천벌을 내리리라!"

소리치는 목부의 바로 앞, 사람들이 앉은 맨 앞좌석에서 스무 명 남짓한 사내들이 일어섰다. 붉은빛이 감도는 눈알에 적의가 뚜렷한 그들의 얼굴은 마공에 물든 자들이 틀림없었다.

사내들을 보고 계장수의 앞으로 불쑥 나선 풍오자는 거친 욕설을 퍼부으며 달려갔다.

"개 쌍녀러 호로새끼! 진짜 천벌이 뭔지 네놈 똥구녕이 간질거리게 만들어주마!"

사람들이 앉은 좌석 사이로 난 통로로 달려간 풍오자는 한철검을 빼지도 않고 검갑째 휘둘렀다. 그 손짓에 맞아서 스무 명의 사내가 깨지고 터져 쓰러졌다.

툭탁툭탁대는 사이 이리저리 휙휙 날아가 떨어지는 사내들을 보고 목부는 눈을 휘둥그렇게 떴다. 저도 모르게 연단에서 뒷걸음질하던 목부는 휙 뒤돌아섰다. 마지막 사내가 풍오자의 검에 맞아 나가떨어지는 걸 본 그 순간이었다.

"억!"

도망가려던 목부는 숨이 막혔다. 자신의 목을 움켜잡은 자가, 갑자기 눈앞에 나타난 자가 누구인지 알 수 없었다. 언젠가 먼발치로 본 두 분 궁주처럼 커다란 사내였다.

"왜? 어디 가려고?"

사내가 웃는 걸 보고 목부는 도망갈 수 없다는 것을 알았다. 하지만 신의 뜻대로 모든 것이 역사될 것인 만큼 큰 두려움은 없었다. 저들은 신의 적이었다.

"더럽고 불편한 악마들아! 너희들의 영혼은 지옥의 불구덩이에 던져질 것이다! 회개하라! 유일신 어버이 아리만 앞에 엎드려 너희 죄를 고하고 빌어라! 그것만이 너희들이 살길이며 구원받을 길이다! 회개하라!"

소리치는 목부를 보던 용태웅은 손아귀를 꽈악 움켜쥐었다. 목부사내의 얼굴은 금방 벌게지고 혀가 밀려 나왔다. 그런 사내를 번쩍 들어서 연단 아래로 던져 버렸다.

우당탕 소리를 내며 마룻바닥에 떨어진 목부는 사람들의 소요 속에서 버둥대다 일어섰다. 하지만 어느새 다가온 풍오자가 휘두른 손에 쫙, 하고 따귀를 맞았다.

다시 바닥을 구른 목부사내를 풍오자는 멱살잡이로 일으켜 세웠다.

"너 이 호로새끼야! 뭐, 회개하라고? 오냐, 그래! 내가 회개가 뭔지 작신하게 가르쳐 주마!"

풍오자는 목부를 연단 쪽으로 끌고 가더니 상체를 연단에 걸치게 했다. 곧바로 바지를 쫙쫙 찢어버렸다. 그 모양을 보고 사람들 여기저기서 여자들의 비명 소리가 들렸다. 하지만 목부의 엉덩이를 까버린 풍오자는 한철검으로 냅다 후려쳤다.

"아이고! 사람 살려!"

목부의 비명 속에 찰싹, 철퍼덕, 하는 타격 소리는 계속 터졌다. 사내의 비명도 더욱 요란해졌다.

"아악! 아이고! 어르신 살려줍쇼! 잘못했습니다요! 아악!"

살려달라고 비명 지르는 사내를 풍오자는 놔줄 기색이 아니었다. 사람들은 어찌 된 영문인지 몰라서 그냥 눈만 휘둥그레 뜨고 쳐다만 봤다.

풍오자의 옆으로 다가선 계장수는 조용히 만류했다.

"그만 하십시오."

힐긋 계장수를 본 풍오자는 붉어진 목부사내의 엉덩이를 냅다 차버렸다.

"어이쿠!"

바닥을 굴러 엉금대며 몸을 사리는 사내 옆에는 이미 맞아서 꿈틀대는 스무 명의 젊은 사내가 있었다. 그들을 보고 계장수는 임홍빈에게 말했다.

"네 차례다."

수백 명의 사람들의 표정을 살피던 홍빈은 고개를 까딱해 보이고는 앞으로 나섰다. 품 안에서 손바닥보다 조금 큰 듯한 팔각 모양의 청동 거울을 꺼낸 홍빈은 왼손에 그걸 들고 오른손엔 부적을 들었다. 거울은 무극조화신경이었다.

쓰러진 스무 명의 사내 중 제일 첫 번째 사내에게 다가간 홍빈은 부적을 사내의 이마에 붙이고 진언을 외우기 시작했다. 입 안으로만 웅얼대는 그 소리가 실내에 조용히 퍼질 무렵, 왼손에 든 거울을 사내의 얼굴에 들이댔다.

거울이 뿌연 빛을 머금기 시작했다. 도대체 무슨 일이 벌어지고 있는 것인지 사람들이 침을 삼킬 무렵, 눈부시게 하얀 빛을 거울이 뿜어냈다.

"커어억……."

거울의 빛을 받은 사내가 입을 벌리고 기음을 토했다. 그리고 몸을 떨어댔다. 하지만 그것도 잠시, 사내의 이마에 붙어 있던 부적이 홀연히 타올랐다. 아니, 그것은 타올랐다기보다도 그냥 가루가 되고 연기가 되는 것 같은 모습이었다.

부적이 타오른 연기, 빛 같은 그것은 거울 속으로 빨려 들어갔다. 아지랑이의 꼬리처럼 빨려 들어가는 그것은 길고 가늘었다. 그리고 혼자가 아니었다. 젊은 사내의 이마, 부적이 붙어 있던 자리에서 파릇하게 꿈틀대는 빛을 끌어 당겨냈다.

밀고 당기는 실랑이처럼 흔들리던 파란 빛은 거울 속으로 빨려 들어갔다. 그것이 완전하게 거울 속으로 사라지자, 붉은빛이던 사내의 눈이 정상으로 돌아왔다. 흔들리던 몸도 고정되었고, 그제야 얻어맞은 팔다리가 아프다고 소리 질렀다.

그 과정을 지켜본 사람들은 그때서야 뭔가를 알아낸 눈빛들이었다.

나머지 사내들을 상대로 한 홍빈의 치료 아닌 치료는 계속되었다. 그때마다 사람들은 작은 감탄을 쏟아내고 격려의 환호를 했다. 좀 전까지 목부의 선동으로 마고자나와 악신 아리만을 찬양하던 때와는 사뭇 달랐다. 그렇게 마지막 청년까지 정상으로 돌아왔을 때, 사람들은 한 소리로 기쁨의 소리를 질렀다.

"우와아아아아!"

내려다보며 숨죽이던 이층과 삼층의 사람들까지 한데 지른 소리는 포교당을 흔들었다. 홍빈은 재빠르게 두 손을 모아 보이며 웃음을 짓고 주인공 행세를 했다.

깨어난 청년들은 사람들이 묻는 소리에 기분 나쁜 꿈을 꿨다고 얘기했다. 깨고 싶어도 깰 수 없는 꿈이었다고 거듭 말했다. 아무것도 생각나지 않고, 아무도 알아볼 수 없었다고 말했다. 영생의 힘을 나눠준다며 선택받은 청년들의 상태가 어떠했는지 사람들은 이제 확실하게 알았다.

"저자를 죽입시다!"

누군가 목부를 겨냥해 소리 지르자 사람들은 따라서 외쳐 댔다.

"죽이자! 저놈은 우리 조상을 이용해서 우리를 속였다!"

"맞아! 신녀와 두 궁주는 삼신의 환생이라고 거짓말을 했어!"

"영생을 준다고 할 때부터 이상했어! 파란 빛을 쏘인 다음부터 청년들이 짐승 눈알로 변해서 제 가족도 알아보지 못했다구! 그까짓 게 무슨 영생이야!"

외치는 사람들의 기세는 사뭇 흉흉했다. 바닥에서 그런 사태의 변화를 보던 목부사내의 눈이 갑자기 독하게 일그러졌다. 그러더니 삽시간에 붉은 빛에 휩싸였다. 사내는 바람처럼 바닥에서 일어나더니 좌석으로 달려들었다.

"아악!"

여자의 비명 소리가 들렸을 때 목부의 손엔 갓난아기가 강보에 싸인 채 들려 있었다.

"돌려줘요! 내 아기! 내 아기!"

안타깝게 소리치는 여자의 목소리가 처절하게 울려 퍼졌다. 분노하던 사람들은 갑작스런 사태에 어쩔 줄 몰라 했다. 소리치는 여자나 사람들이 하는 소리가 무엇인지는 정확하게 모르지만, 계장수 등도 그들의 마음은 알 수 있었다.

목부사내를 향해 미간을 뒤튼 계장수는 나직하고 힘있게 말을 던졌다.

"아기를 돌려줘라."

이미 눈가에 혈광을 뿌리기 시작한 사내는 목소리마저 사이하게 변한 채로 대답했다.

"크흐흐흐. 개소리를 지껄이는구나. 어버이 아리만의 역사하심에는 그물코만큼의 허실도 없다. 모든 것은 그분의 뜻대로 이루어지게 되어 있지."

"이런 찢어 죽일 새끼!"

용태웅이 소리치며 달려들려는 걸 풍오자가 만류했다.

붉은 물이 뚝뚝 떨어질 것 같은 눈으로 목부는 다시 말했다.

"너희들은 우주의 먼지 같은 것들. 오늘 이곳은 너희가 가질 것이나, 결국에 온 천하는 그분의 발밑에 엎드리리라. 그때가 되면, 너희는 일찍이 겪어보지 못한 고통에 떨며 그분의 종이 되지 못한 것을 후회하리라."

목부사내의 붉은 눈이 출렁댔다. 웃고 있는 게 확실했다. 그런 사내의 손이 아기의 머리를 잡았다. 그 손에 퍼릇한 힘줄이 돋는 것을 보고 임홍빈이 헛바람을 삼켰다.

"헛! 저, 저거……!"

그 순간 계장수의 오른 주먹이 앞으로 뻗어나갔다. 바람보다 빠르게 허공을 때린 그 주먹에서 시커먼 강철 기둥이 쭉 폭발했다. 그 끝에서 목부사내의 머리는 더 화려하게 폭발했다.

파앙!

소리의 충격이 모두의 귀를 흔드는 가운데 목부사내의 몸이 비틀비틀 흔들렸다. 몸에 있어야 할 머리는 어디론가 사라지고 없었다. 서너 걸음을 비칠대다 몸이 쓰러졌다. 팔에 안긴 아기는 용태웅의 손으로 넘어갔다.

바람처럼 달려들어 아이를 낚아챈 용태웅은 아기를 살폈다. 그리고 곧 알아듣지 못할 말로 감사를 드리는 아이 엄마에게 아기를 넘겨주었다. 모두가 안도의 숨을 내쉬는 그때, 풍오자는 사람들에게 큰 소리로 말했다.

"모두 들으시오!"

사람들의 시선은 산발한 풍오자의 얼굴과 큰 바위 같은 느낌의 용태웅, 염험한 신통력을 지닌 임홍빈과 무적의 장수 같은 계장수에게 시선을 박았다.

"오늘의 일을 널리 알리시오! 그대들에게 조상의 신통을 빙자해 영생을 설파하는 이들은 기실 저 먼 이역의 악신을 섬기는 무리로서, 미풍과 양속을 해치고 이롭지 못한 근본을 세워 사람들을 해치며, 종래에는 인류와 세상의 근본을 뒤집어 저희들의 지옥을 세상에 구현하고자 하는 무리들이오!"

삼층까지 꽉 찬 사람들은 우우 하는 두려운 소리를 내었다.

"오늘 보았듯이 저들은 사람의 목숨을 도구와 수단으로 삼는 자들이오! 영생은 거짓이며, 산 사람의 생령을 빨아 힘의 근원으로 삼는 사악한 무리들이오! 헛된 미혹에 흔들리지 말 것이며, 자신들의 본분을 다하고, 이제까지 그래 왔던 것처럼 조상을 섬기고 이웃과 자녀들을 애정으로 대하며, 거짓을 버리고 진실과 성실로서 세상을 살아간다면 그것이 바로 참 세상, 널리 인간을 이롭게 하는 단군왕검의 세상이 펼쳐질 것이오!"

사람들은 큰 소리로 또다시 환호했다. 수염을 매만지는 풍오자의 뒤에서 계장수는 넌지시 물어봤다.

"이쪽 사람들 말을 겨우 몇 마디 하는 수준이 아니구려? 뭐라고 한 거요?"

홍빈과 용태웅도 한마디씩 했다.

"다시 보여요. 식탐이나 하는 늙고 추접한 도사로 안 보인다니깐요."

"선조가 고구려라 하더니만, 이쪽 말이 아주 유창하시구랴?"

홍빈에게 눈알을 부라려 보인 풍오자는 헛기침하며 사람들에게 다시 손을 흔들었다. 그러면서 슬그머니 계장수에게 말했다.

"이제 마무리해야 하지 않니?"

은근한 그 어투와 모양을 바라보던 계장수는 불쑥 두 주먹을 들었다.

"빨리빨리 나가라고 해요."

장수의 두 손에서 푸른 화염이 넘실대며 피어났다. 포교당을 소각할 일만 남은 것이다.

"자, 어서 이곳을 나가시오! 이곳은 이제 곧 불에 타 없어질 거요!"

풍오자의 외침 소리에 맞춰 사람들은 신속하게 포교당을 빠져나가기 시작했다.

두 주먹에 푸른 화염을 머금은 계장수는 사람들이 빠져나가는 모습을 보다 연단으로 뒤돌아섰다. 그런데 갑자기 누군가의 말소리가 들렸다. 계장수를 부르는 소리 같았다.

"이보시오, 장수."

돌아선 계장수의 앞에 쭈글쭈글 주름진 얼굴의 마르고 꼬부라진 늙은이가 있었다.

"무슨 일이오? 어서 나가시오."

풍오자가 말했지만 늙은이는 계장수만을 보며 다시 말했다.

"그대는 혹시 검은 장수가 아니오?"

풍오자는 그제야 미간을 좁히며 늙은이를 보았다.

풍오자보다도 더 늙어 보이는 늙은이가 또 말했다.

"만일 그대가 약속된 검은 장수가 맞다면 천년벽(千年壁)으로 가보시오. 그곳에서 그대가 옛적에 맹세한 발자취를 찾으리다."

뒤돌아 나가는 늙은이의 등을 풍오자는 홀린 사람처럼 바라보았다.

용태웅과 임홍빈이 잽싸게 물었다.

"뭐라는 겁니까?"

"어르신 표정이 왜 그러세요?"

계장수가 뒤늦게 물었다.

"나를 두고 한 말 같은데, 뭐라고 한 거요?"

계장수에게 시선을 돌린 풍오자는 아무렇지도 않은 듯이 대답했다.

"불이나 질러라. 그 후에 얘기하자."

잠시 풍오자의 눈을 직시한 계장수는 두 주먹을 연달아 내질렀다. 주먹에서 터진 삼매진화의 권풍은 포교당의 사방에 작렬하며 불이 붙었다. 불은 삽시간에 타올랐다.


❸


동모산(東牟山)에 오른 계장수는 흔적만이 남은 성터를 보았다. 옛 발해의 땅. 숙신(肅愼)의 본거지이며 홀한주(忽汗州)로 불렸던 곳. 대조영(大祚榮)이 발해를 세운 뒤 성을 쌓고 수도로 삼았으며, 상경용천부(上京龍泉府)로 도읍을 옮길 때까지 오십구 년간 발해의 수도였던 곳. 조상의 땅이었다.

"그 늙은이가 말하던 게 저것인가 보구나."

풍오자가 가리키는 곳을 계장수를 포함해 임홍빈과 용태웅도 봤다.

사당. 산 정상에 지어진 사당이었다. 그 안에 검은 바위가 커다란 비석처럼 서 있었다.

"저게 그건가?"

"천년벽?"

임홍빈과 용태웅이 먼저 다가갔다. 계장수와 풍오자는 무거운 눈으로 쳐다만 봤다.

풍오자의 생각은 깊고 복잡했다. 생각지 못했던 일들이 눈앞에 드러난 것이다.

검은 장수의 전설. 따지고 보면 자신도 천기자가 남긴 유지에서 계장수의 존재를 감지한 것이었다. 검은 칼을 든 장수. 그것이 동북 지방의 민가에 퍼진 전설 중 하나라는 것을 생각 못한 것은 자신이 너무 오래 한족들과 어울려 살았기 때문이라고 생각했다.

검은 장수의 전설.

아득히 오래전 단군조선의 시대에 그가 있었다. 사십삼대 물리단군의 현손이며, 대장군이었던 고열가가 만인의 추대로써 사십칠대 단군의 제위에 올랐다. 그를 보필해 외적을 물리치고 외척과 환관들의 발호를 막아 그들의 목을 친 장수가 있었으니, 그가 바로 검은 얼굴의 장수 목대고(木大高)다.

달은 차면 기울게 마련이런가. 찬란한 역사와 문화를 구가하던 고조선은 이때에 이르러 이미 쇠락하기 시작했다. 임술 오십칠년, 종실 해모수가 수유의 제후 기비(箕丕)와 짜고 웅심산에서 내려와 조선의 옛 도읍 백악산을 습격 점령하고, 천왕랑(天王郎), 즉 단군이라 칭하고 치세하였다.

해모수는 기비를 번조선 왕으로 임명하고 여러 추종자들에게 벼슬을 내렸다. 이러한 수순으로 강력한 단군조선의 대체 세력인 북부여가 시작되자 쇠락의 일로에서 겨우 명맥을 유지하던 단군조선의 형세는 더욱 쇠잔해졌다.

계해 오십팔 년에 이르러는 단군이 명령을 내려도 거의 시행되는 일이 없었다. 설상가상으로 여러 장수들이 스스로의 용맹만으로 난을 일으키는 일이 빈번하였으며, 나라 살림은 바닥이 나 백성들의 삶은 궁핍하였다.

단군은 두문불출 밤을 새우며 고민으로 날을 지냈다. 마침내 같은 해 초봄, 단군은 삼신께 제사를 지내고 오가를 불러 제위에서 물러날 것을 말했다. 오가들의 만류에도 불구하고 단군은 옥문을 열어 사형수를 제외한 죄수들과 전쟁 포로들을 석방하였다.

바로 이튿날, 제위를 버린 고열가는 산으로 들어갔다. 그 후 오 년간 오가들이 나라를 재건하기 위해 힘썼으나, 결국 단군조선은 해모수가 세운 북부여에 흡수되었다. 역대 단군 이천구십육 년 만에 막을 내린 것이다.

고열가가 단군의 제위에 있는 동안 한족들과의 분쟁으로 국경을 수비하던 목대고는 그 사실을 뒤늦게 알게 되었다. 허위단심 달려와 피눈물을 뿌린 그는 홀로 북부여의 해모수를 죽이기 위해 길을 나섰다. 하지만 중과부적. 해모수의 군대를 홀로 대적하던 그는 결국 죽음을 맞이했다.

창칼에 수도 없이 찔린 목대고가 죽기 직전, 하늘에서 하얀 구름 같은 것이 내려와 목대고의 몸을 감쌌다가 흩어졌다고 전설은 말한다. 그 하얀 구름은 이미 신인이 된 고열가라고도 하며, 삼신의 강림이라고도 말들을 했다. 어쨌든 그렇게 신이한 일이 있고 난 직후 목대고는 한 마디를 남기고 숨을 거뒀다.

"나는 이제 가겠노라. 너희들이 피를 나눈 형제이기에 모든 걸 용서한다. 하지만 먼 훗날에 형제가 아닌 자들이 형제의 이름으로 형제를

죽이는 때가 오면, 그때엔 내가 다시 나리라. 기억하라. 나는 너희들의
곁에 있겠노라."

검은 장수의 전설. 목대고의 이야기가 바로 이것이었다. 그리고 그
것을 풍오자는 계장수에게 말해 주었다.

"뭐야? 이건 그냥 지석묘(支石墓) 같은걸?"

검은 비석을 둘러보던 용태웅이 한 말이었다. 임홍빈은 다른 걸 찾
은 소릴 냈다.

"여기 봐. 누가 참배석 위에 글을 남겼어."

홍빈의 말에 용태웅은 급히 고개를 숙이고 봤다.

"어? 정말이네. 돌에 정성 들여 새겨 넣었는걸?"

풍오자도 다가가서 머리를 수그렸다.

계장수는 세 사람의 모습과 검고 커다란 바위, 천년벽이라 불리우는
비석을 보면서 생각에 잠겼다. 지난번 사천에서는 족장이라는 자가 의
미심장한 소릴 했었다. 조상의 자취를 좇으라고. 이번엔 다 죽어가
는 늙은이가 비슷한 소릴 했다. 검은 장수를 운운하며.

뭔가, 이것이. 대관절 이것들이 어떤 의미가 있는 것인가? 왜 그들은
자신에게 그런 말을 한 것일까? 꼭 점쟁이처럼, 마치 기다렸다는 듯이
말해 준 그들의 행태와 상황이 너무 비슷했다. 그들은 무엇을 알기에
자신에게 그런 말을 한 것인가? 자신을 알고 기다리기라도 했단 말인
가? 그런 밑도 끝도 없는 말들을 전하기 위해서? 하지만 인위성은 어디
에도 없어 보였다.

한 가지 확실한 것이 있다면, 일련의 상황들이 자신을 중심에 두고
짜 맞춰지고 있다는 거였다. 그건 확실했다.

"이리 와봐라. 재밌는 얘기가 있다."

풍오자의 손짓에 계장수는 천천히 다가갔다.

"이거 좀 읽어봐라."

임홍빈과 용태웅이 비킨 자리로 계장수는 무릎을 꿇고 앉았다. 글이 있는 곳은 사람들이 참배를 위해 몸을 엎드리는 돌바닥이었다. 작고 정교하며 선명하게 새겨진 글들은 써넣은 사람의 정성과 문재(文才)를 알게 해주었다.

천년벽에 이르러 목대고의 기상과 정신을 엿본다. 이곳은 발해국의 시원지이며, 옛 제국 단군조선의 장수 목대고가 태어난 땅이다. 이곳을 접하여 스스로 중원인임을 부끄럽게 여기노라. 배달동이의 기상은 이토록 가슴 벅차고 용맹스러우며, 인의와 도덕을 알고 천지조화의 기운을 담은 천상의 가르침이다. 이제 주군의 눈물을 따라 장렬히 산화한 배달동이의 한 장수를 지표로 삼아 그 뒤를 좇노라. 그가 마지막 묻힌 곳은 철령 땅이니, 그의 태어나고 스러짐은 광활한 북변의 땅을 모두 아울렀노라.

　　　　　부끄러움에 삼가 고개를 숙이는 한족의 유랑객 모용지우가.

계장수의 눈이 마지막 구절에 이르러 크게 뜨여졌다.

"모용지우……?"

기억 속의 이름이다. 아니, 잊을 수가 없는 이름이다. 삶을 포기하려던 전생의 어린 시절에, 이름 모를 고조선의 고묘에서 맞닥뜨린 이름이다. 그곳에서 얻은 철령기는 조극강이던 자신의 삶을 송두리째 바꾸어 놓았다.

모용지우, 무덤 속에서 철령기의 해독본을 남기고 죽은 해골의 사체. 그 이름이 모용지우였다. 그런 그가 조극강, 아니, 계장수 자신 앞에 다시 이름을 드러낸 것이다. 이것은 무슨 의미인가? 도대체 무얼 말하는 건가?

"설마 그 무덤이 목대고의 묘……?"

계장수는 자신도 모르게 중얼거렸다. 그렇다. 자신의 생각이 맞는다면 얘기가 들어맞는다. 여기 남겨진 글을 보면 모용지우는 목대고의 묘를 찾아 떠났음이 분명하다. 그런 그가 우연히 아무 묘에나 들어가 죽음을 맞았을 리는 만무하다.

그 당시에는 그가 남긴 글이나 묘의 어디에도 그러한 흔적이 없었지만, 이제는 확실해졌다. 그는 오랜 세월 배달동이족을 연구한 학자였다. 그는 철령 땅에서 잊혀진 목대고의 묘를 찾아냈고, 그 안에서 철령기를 복원하고 최후를 맞은 것이다.

"이렇게 공교로운 일이 있나……."

다시 중얼대는 계장수에게 풍오자가 말을 걸었다.

"정말 공교롭지? 모용민의 조부이며, 네놈 계집의 증조부가 되는 사람의 흔적이 여기 있다니 말이야."

계장수는 놀란 눈으로 돌아봤다.

"화연의 증조부라구요?"

"몰랐냐? 천재 의원 모용민의 조부는 유명한 학자였다. 말년엔 그 행적이 알려지지 않고 천하를 유랑한단 소리만이 떠돌았지. 네 여자의 가문은 아주 유명한 학자 집안이었다."

오히려 놀란 눈을 다시 들이댄 건 임홍빈과 용태웅이었다. 그들의 얼굴을 밀어내며 풍오자는 의아한 눈매로 물었다.

"공교롭단 건 그걸 알고서 한 말이 아니었냐? 그게 아니면 뭘 가지고 한 말이냐?"

풍오자의 얼굴에 시선을 박던 임홍빈과 용태웅의 시선이 나란히 계장수에게로 돌았다.

계장수는 잠깐 동안 아무 말도 않고 풍오자만 봤다. 아니, 그 뒤의 하늘을 봤다.

"야, 뭘 보는 거야? 저기 뭐 있냐?"

용태웅이 집적대고 임홍빈이 계장수의 시선을 따라 눈길을 돌릴 때, 계장수는 무릎을 펴고 일어섰다. 바닥에서 일어선 계장수는 작게 울타리가 쳐진 사당의 경계를 넘어 안으로 들어갔다. 그렇게 몇 발자국을 걸어 비석 앞에 섰다.

검은 바윗덩이, 비석을 마주하고 선 계장수는 이상하게 마음이 가라앉는 것을 느꼈다. 천천히 손을 뻗어 비석을 쓰다듬었다. 아련한 세월의 상처들이 손끝에 느껴졌다. 비석은 천 년을 훌쩍 넘어 아득하게 버텨온 세월을 말하는 것 같았다.

등 뒤로 세 사람의 시선을 받으며, 흡사 비석과 말을 나누는 것처럼 쓰다듬던 계장수의 손이 한곳에서 멈췄다.

구멍이었다. 마치 검으로 찌른 듯한 구멍이 비석의 몸통 중심에 나 있었다. 비석의 다른 곳에 파여진 수많은 흉터들과 달리 잘 보이지 않았다. 하지만 그곳을 손이 매만지던 순간, 계장수는 벼락을 맞은 것 같은 느낌을 순간적으로 받았다.

구멍, 아니, 흔적을 노려보며 계장수는 천천히 손을 떼었다. 그리고 귀신도를 잡아 뽑았다.

"야, 뭐 하는 거야?"

"어? 왜 그래?"

용태웅과 임홍빈이 부르는 소리에도 계장수는 뒤돌아보지 않았다.

풍오자의 무거운 눈매가 등에 박히는 것처럼 느껴졌다.

계장수는 귀신도를 구멍에 갖다 댔다. 그리고 천천히 들이밀었다.

"어?"

"어라?"

역시 용태웅과 임홍빈이 놀라는 소리가 들렸지만, 그 순간 놀란 것은 정작 계장수 본인이었다.

비석 안으로 귀신도가 밀려들어간 순간, 칼을 타고 얼음처럼 차갑고 명징한 기운들이 쏟아져 들어왔다. 그것은 곧바로 팔을 타고 올라 머리 속으로 맹렬히 밀려들어 왔다.

계장수는 전신의 털이 다 곤두서는 느낌이었다. 하지만 왠지 낯익은 그 느낌에 팔을 거두지 않았다. 비석으로부터 몰려든 기운은 머리 속을 치달으며 눈앞에 영상들을 그려냈다.

이상한 경험이었다. 눈을 뜨고 생각을 하는 순간인데도 마치 꿈을 꾸는 것처럼 장면장면들이 펼쳐져 보였다.

한 사내가 보였다. 검은 칼을 든 사내였다. 그가 맞서 싸우는 존재는 붉은 화염으로 둘러싸인 영체, 마고지나였다. 사내는 두 친구와 더불어 영체를 제압하는 데 성공했다. 그런데 두 친구가 낯이 익었다. 그들은 독왕과 암왕이었다.

'이럴 수가! 저들이 왜? 가만, 그렇다면 저 사내는 도왕 계문설?'

꿈같은 장면을 보면서도 계장수는 놀랐다. 꿈을 꾸는 것 같은 장면은 계속 이어졌다. 도왕 계문설이 집을 나섰다. 타고난 수명이 다해 죽음을 맞으러 가는 길이었다. 꿈결 같은 상황에 비현실적인 걸 보고 있는 상태였지만 계장수는 알 수 있었다.

계문설은 어딘지 모를 단군 사당에 이르러 삼신께 제를 올렸다. 그리고 다시 태어날 것을 간곡히 빌고 또 빌었다. 조상신을 빙자한 악의 무리들을 물리쳤지만, 그들의 뿌리를 뽑지 못하고 재난의 씨앗이 될 마고지나를 죽이지 못해 후환이 염려된다고 기도했다.

안타까움과 간곡함이 계장수의 마음에도 전해졌다. 삼백 년 후에는 죽이지 못한, 그저 붙잡고만 있을 뿐인 마고지나가 부활해 득세를 할 것이란 심려가 그의 마음에 가득했다. 그걸 막기 위해서 다시 태어나게 되기를 빌고 또 빌었다.

얼마나 오랫동안 기원했던 것일까? 사당에 지쳐 쓰러진 계문설의 몸 위로 하얗고 성스러운 빛이 내려앉았다. 계문설의 전신을 어루만져 주는 것 같은 그 빛은 잠시 후에 사라졌다. 그리고 그 직후에 계문설이 일어섰다.

주위를 둘러보던 계문설은 문득 뒤로 돌았다. 그리고 전방을 똑바로 직시하며 또박또박 말했다.

"남은 일은 이제 그대의 몫이다."

계장수는 소스라치게 놀랐다.

'뭐, 뭐야, 이거! 나보고 말하는 거야?'

꿈같은 일을 겪고 있는 지금, 그 꿈보다 더 꿈같고 터무니없는 일이 벌어지고 있는 것이다. 하지만 분명, 계문설의 저 눈은 자신을 보고 있는 것이 틀림없었다.

"천륜을 어길 수는 없는 법. 나의 환생은 받아들여지지 않았다. 하지만 그대, 목대고는 일찍이 하늘을 흔드는 충성으로 맹세를 맺은 자. 그대의 맹세는 이루어지리라. 하나 다시 난 그대를 적들의 손에 죽게 할 것인즉, 그 죽음을 준 자들의 손에 의해 그대는 또다시 환생하매, 남은 일의 인과는 모두 그대의 손으로 거두리라. 그것이 하늘이 정한 그대의 소명이다."

놀란 계장수를 보는 계문설의 얼굴은 단정하고도 단호했다. 하지만 그 얼굴 아래 어딘가 못다 한 말을 다하고픈 심정이 숨겨져 있는 것 같았다. 그걸 물어보려고 계장수는 입을 벌렸다. 그 순간 계문설은 손을 밀었다.

"가라."

갑자기 태풍에 밀린 사람처럼, 벼락을 맞은 사람처럼 계장수는 부웅 뒤로 날았다. 비석으로부터 밀려간 그 몸이 바닥에 엉덩방아를 찧고 앉았을 때 놀란 얼굴로 용태웅과 임홍빈, 풍오자가 달려왔다.

"야! 왜 그래?"

"뭐, 뭐야?"

"야, 이놈아! 괜찮은 거냐?"

세 사람은 멍하니 비석만 보고 앉아 있는 계장수를 흔들었다. 하지만 계장수는 귀신도를 앞으로 내민 그 자세 그대로 비석만 바라봤다. 꼭 실성한 사람 같았다.

"이 자식 이거 맛이 갔는데?"

용태웅이 손을 계장수의 눈앞에서 흔들어 보였다. 그것이 계장수에겐 선명하게 보였다. 하지만 방금 전의 그것, 현실의 속에서 꿈을 꾼 것 같은 그 일, 너무도 생생한 계문설의 얼굴과 그 목소리가 눈앞에, 두 귀에 생생했다.

'나는 두 번을 다시 태어난 건가? 나의 첫 번째 생은 목대고? 그 후엔 조극강? 목씨 집안의 신물인 용봉지환을 가지고 버려진 고아? 그건 결국 피를 물림 하는 집안에 다시 태어났다는 건가? 피의 본성으로 집안의 후손으로 거듭해서? 그래서 암흑마궁의 생사비결로 다시 환생한 곳도 역시 목씨?

생각을 거듭하는 계장수의 앞에서 이번엔 임홍빈이 호들갑을 떨었다. 하지만 그 순간에도 계장수의 생각은 계속 이어졌다.

'그래, 언젠가 계씨 성이 목씨를 감추기 위해 위로 획을 더하고 아래로 아들 자 자를 넣었다고 했지. 그렇게 된 거구나. 나는 계속해서 목씨 집안에 태어난 거야. 내 집안의 피를 가지고서 내 핏줄들 속에서 다시 태어난 거였어.'

꿈틀대는 계장수의 얼굴을 풍오자가 거칠게 후려쳤다.

쫘악!

놀라서 입을 벌리는 임홍빈과 용태웅은 아랑곳 않고, 돌아간 계장수의 얼굴을 바로 돌리며 풍오자가 말했다.

"야, 이 자식아! 정신 차려!"

멍한 눈꺼풀을 꿈벅꿈벅대던 계장수는 풍오자에게 나지막하게 말했다.

"술을 마시고 싶소."

풍오자는 물론, 용태웅과 임홍빈까지도 미친놈을 보는 눈으로 계장수를 봤다.


❹


통하의 주점에서 술을 마시는 계장수 일행은 벌써 세 동이째 술을 비워내는 중이었다. 원래 풍오자가 한술을 하고 용태웅도 말술이었지만, 오늘의 주범은 계장수였다.

"꿀꺽, 꿀꺽, 꿀꺽."

숨도 쉬지 않고 독한 고량주를 계장수는 물 마시듯 마셨다. 왜 그러냐고 물어봐도 대답없이 술만 들이켰다.

"이런 쌩! 술 못 마시고 죽은 귀신이 붙었나? 아, 작작 마셔!"

용태웅이 버럭 소리치자 주점 안의 사람들이 다 일행을 쳐다보았다. 하지만 정작 계장수는 신경도 쓰지 않았다.

"술 좀 더 시켜, 독한 걸로."

한마디를 던지고 또 술을 마셨다. 그런 계장수를 이번엔 풍오자가 건드렸다.

"야, 왜 그라냐? 갑자기 왜 이러냐고? 우리도 이유는 알아야 될 거 아니야?"

대답없는 계장수를 보고 풍오자가 인상을 쓸 때 임홍빈이 조심스럽게 입을 벌렸다.

"혹시 말이에요……."

풍오자는 냉큼 되물었다.

"혹시 뭐?"

용태웅도 궁금한 듯 재촉했다.

"말해 봐."

두 사람의 눈치를 살핀 임홍빈은 머뭇대다가 말했다.

"화연 아가씨가 보고 싶어서 저러는 게 아닐까요?"

용태웅의 미간이 파르르 떨리는 걸 본 임홍빈은 아차 싶은 얼굴로 상체를 뺐다. 하지만 벼락처럼 측면으로 쳐들어온 풍오자의 손은 막지 못했다.

"이 개코 같은 눔아!"

"아이쿠!"

옆머리를 쥐어 박힌 임홍빈은 죽는시늉으로 머리를 감쌌다. 그걸 풍오자는 더 쥐어박으려고 손을 이리저리 뻗어댔다.

계장수는 그들의 모습을 보면서 계속 술을 마셨다. 술은 마셔도 마셔도 취하지 않았다. 취하려고 마시는 술인데 마실수록 정신이 명료해져 갔다.

자신이 이러고 있는 짓이 소용없는 것 같았다. 어차피 정해진 일인 것을 고민해 봐야 소용없는 일이었다. 하지만 오늘 알게 된 일은 너무도, 정말 감당하기 힘들 만큼 충격적인 일이었다. 어쩌면 지금의 이 행동은 그걸 감당하고 삭여내기 위한 시간을 벌기 위해서 하는 일인지도 몰랐다.

'그래, 조극강에서 죽고 계장수로 다시 태어난 걸 알게 된 그 순간에, 그렇게 만든 것들을 모두 죽이겠다고 맹세하지 않았던가. 정소연, 그것이 아직 살아 있다. 그리고 내가 다시 환생한 이유이기도 한 마고자나, 그것과 하나가 되어 있다. 그것들을 모두 죽이고 소멸하는 것이 나의 소명이다. 하지만, 하지만 나의 원생이 단군조선의 장수 목대고라니. 검은 장수……'

계장수는 스스로에게 다짐을 하듯, 혹은 어이없어하는 듯 고개를 혼들다 술을 마셨다. 그렇게 술잔을 내린 계장수의 시선으로 한 무리의 사내들이 보였다.

"어, 날씨가 제법 쌀쌀한걸?"

"그러게 말이야. 북변의 하늘은 퍼런 얼음이라더니만 그게 맞는가 봐."

"이보쇼, 주인장! 여기 뜨끈한 국물하고 고량주 좀 내오쇼!"

등짐을 진 사내들은 원거리 행상을 다니는 상인들이 틀림없었다. 게다가 중원인들이었다.

잠시 후, 술을 내온 주인사내에게 사내들은 말을 걸었다.

"이보쇼, 주인장. 이곳은 신교인지 뭔지 하는 집단 때문에 폐해가 심각하다지요?"

주인은 큰일날 소리 말라는 얼굴로 손을 흔들었다.

"에구, 입조심들 하셔. 사람 사는 곳 어디나 천 리를 가는 말이 있잖소. 그저 자나깨나 우리 같은 자들은 바람을 피하며 살아야지. 안 그렇소이까?"

고개를 끄덕이는 세 명의 상인에게 주인은 일일이 술을 따라주며 자연스럽게 물었다.

"그건 그렇고, 중원에서 원행들을 오신 모양인데, 중원 땅의 정세는 어떻소?"

술을 들이킨 한 사내가 입을 닦으며 말했다.

"어떻긴 뭐가 어떻겠소. 힘있는 놈들 등쌀에 죽어나는 건 우리 같은 장사치나 땅 파먹는 무지렁이들이지."

옆에 앉은 사내가 장단을 맞췄다.

"맞아. 요하에선 군대들이 전쟁을 치르고 있고 정작 중원 땅에서는 무인들이 전쟁을 일으키고 있으니, 우리처럼 힘없는 자들이야 그저 죽은 듯이 있을 밖에."

주인이 놀라 물었다.

"중원 무인들이 난을 일으켰소?"

마지막 사내가 대답했다.

"난이다뿐이오? 화산과 해남이 빠진 구대문파가 연합한 무림맹이 벽력월인궁을 쳤다오. 그 때문에 위지강천이 죽었지. 지금은 혁련휘가 그들과 전쟁을 벌이는 중이오. 원, 철무련이 망한 지 얼마나 됐다고. 쯔쯔쯧, 말세야, 말세."

떨어져 앉아 있던 계장수는 술잔을 손에서 놓쳤다.

산산조각으로 부서지는 술잔의 파편 소리에 용태웅과 임홍빈, 풍오자가 계장수를 봤다. 그들도 등짐 장사치 사내가 하는 말을 들었다.

전란(戰亂)의 시작 3

❶

별빛마저 숨어버린 밤은 너무 어두웠다. 거기다 비까지 부슬부슬 내
리니 심회가 착잡했다. 죽립을 들어올리며 혁련휘는 대륙상가, 무림맹
의 후원을 보았다. 견고한 요새처럼 보이는 돌벽 주위로는 무사들의
경계와 기찰이 삼엄하였다.

마차는 빗속에서도 불빛이 선명한 무림맹의 후원 문으로 천천히 굴
러갔다. 마차는 모두 세 대. 한 대에 두 명씩, 혁련휘 자신까지 모두 여
섯 명이 마차를 몰았다.

모두 짐마차다. 무림맹에서 죽어 나오는 시신들을 옮기기 위한 마차
였다.

'개 같은 놈들. 네놈들의 꼬리를 물기 위해서 수단과 방법을 가리지
않았다. 오늘은 네놈들의 창자가 터지는 날이 될 거다!'

혁련휘는 점점 가까워지는 불빛을 보면서 이를 갈았다. 오늘의 이

길, 이 마차를 타고 가게 된 이 순간까지 많은 고민을 했다. 형님인 조극강을 수소문해서 돌아오길 기다린 후에 거사할까도 생각했었다. 하지만 생각을 바꿨다.

형님에겐 지금 형님이 해야 할 일이 있었다. 그 때문에 모든 걸 뒤로하고 길을 나선 것이다. 형님이 지금 어떠한 처지인지도 알 수 없다. 기별을 남기겠다던 변방의 지대에도 소식이 없었다. 그렇다면 그보다도 더 먼 곳으로 벗어났음이 틀림없었다.

기다릴 수도 없는 일이었다. 아우 위지강천이 죽는 순간 자신의 죽음도 이미 정해져 있었을 것이다. 그런 놈들의 손길을 앉아서 맞을 수는 없었다. 지나온 한평생 그렇게 살아오지도 않았다. 이에는 이, 피에는 피로써 갚아줄 뿐이다.

'청진, 씹어먹을 땡중 놈! 네까짓 게 감히 내 아우를 해치고 나를 죽이려 해? 세상을 넘보는 너의 허황된 마음이 부르는 대가가 어떤 것인지 뼈저리게 알게 해주마! 내 아우를 죽인 값은 너의 심장을 씹는 것으로 하겠다!'

주먹을 쥔 혁련휘는 부르르 떨었다. 그 때문에 도롱이 위로 맺힌 빗방울들이 비보다 더 많이 떨어졌다.

마차를 발견하고 검을 뽑아 드는 무사들을 보며 혁련휘는 긴장을 풀었다. 오늘의 이 기회를 마련하기 위해 많은 공을 들였다. 때문에 결코 놓쳐서는 안 되는 일이었다.

백룡단원들. 무시무시한 무력을 뿜어내는 그들에 관한 소문은 은밀하고도 무성했다. 단절된 그 소문들을 취합하고 줄기를 거슬러 오르니 정주의 장의사에 닿았다.

북상문(北喪門). 변형된 도가 계열의 소문파였다. 하지만 장의사라고 부르는 게 맞을 만큼 그들이 하는 일은 장의와 관계된 일이 전부였다. 정주에서 제일 규모있는 그곳이 무림맹의 부름을 받은 거다. 일은 뻔했다. 원인 모르게 죽어 나오는 무림맹 무사들의 시신을 은밀하게 처리하기 위해서다.

무림맹은 철저한 보안과 함구를 요구했다. 원래는 자신들의 손으로 처리할 것이나, 워낙 처참하게 죽어 나오는 시신들을 처리할 일도 그렇거니와, 죽은 자들이 모두 구대문파와 관련있는 자들이니 장례를 치러야 했다.

정보를 알아내고 북상문의 문주 자식들을 모두 납치했다. 그리고 시간을 두고 무림맹에 드나드는 북상문의 문도들을 모두 지금의 수하들, 벽력대의 분대주들로 바꾸었다. 그동안에도 전투는 계속됐다. 하지만 놈들은 혁련휘 자신이 정작 정주 안에 있다는 사실을 모른다.

전황은 한마디로 처참하고 불리했다. 백룡단원들을 향해 벽력대원들은 화탄을 안고 함께 폭사했다. 그런데도 여태까지 자신들은 전력의 반이 소실된 반면, 놈들은 삼분지 일 정도가 피해의 전부였다. 소득이 있다면 백룡단원 서른댓이 죽은 거였다.

제일 염려가 되는 것은 연무기란 놈과 십팔금강동인의 존재였다. 그들은 혁련휘 자신이 나선다 해도 장담이 안 되는 자들이었다. 뭔가 전세를 확 뒤엎을 만한 전기가 필요했다. 그래서 그 전기를 마련하기 위해 지금 이 자리에 있는 거다.

이 밤이 지난 이후, 모든 판세는 바뀔 것이다. 저 견고한 돌담 안으로 침투해 놈들의 사악한 힘의 근원을 송두리째 깨부수고, 청진 놈을 쳐죽일 것이다. 만반의 준비는 끝났다. 다섯 명의 분대주는 이수에 버금가는 무장들이다. 저들은 죽기를 각오하고 이 일에 나섰다. 그건 혁련휘 자신도 마찬가지였다.

무림맹의 안에는 각파의 장문인들이 없었다. 막상 전쟁이 나자 그들은 책임있는 자들만을 남겨놓고 모두 자신의 문파로 돌아갔다. 물론 문도들은 남겨놓고 병력은 유치시킨 채로 였다. 지금 저 안에 있는 자는 청진과 청율, 그리고 고월자와 이호패뿐이다. 그들뿐이라면 충분히 승산이 있었다.

설사 저 안에서 죽게 된다 할지라도, 그들을 모두 죽이고 죽을 것이다. 아우 위지강천을 해친 원흉들을 모두 죽이고 죽을 작정인 거다. 후사는 이미 모두 명령을 내려놓았다. 자신이 죽게 된다면 전쟁은 끝날 것이다. 그때가 되면 벽력월인궁은 해체하고 소수의 특임조가 형님, 조극강을 찾을 것이다.

뒤는 형님이 마무리를 지어줄 것이다. 연무기도, 십팔금강동인도 모두 형님의 손으로 끝을 볼 것이다. 지금 자신은 저 안에 있는 것들만 다 죽이면 되는 거다. 운이 좋으면 살아남을 것이고, 그렇지 않다면 죽을 것이다.

'오늘밤이 이 모든 일의 분수령이 된다!'

도롱이 속으로 목을 움츠리는 혁련휘의 앞에서 초병을 서는 무림맹의 무사들이 마차를 세웠다.

"멈춰라."

고삐를 잡은 수하는 워워, 하며 마차를 멈췄다.

"헤헤. 수고들 많으십니다요."

이미 얼굴을 익힌 수하의 인사말에 무사들은 그냥 고개만 끄덕였다. 하지만 십수 명의 무사들은 마차의 주변으로 퍼지며 구석구석을 살폈다. 매일 있는 일인데도 경계를 게을리 하지 않았다.

"이건 뭐냐?"

선임 무사가 마차의 짐칸에 실린 검은 관 같은 상자를 보며 물었다.

"아, 예, 시신을 수습하고 염할 때 쓰는 도구와 약품 등이 담긴 상자입니다요."

"도구 상자라고? 전에는 저렇게 큰 것이 아니었잖나?"

"그것이, 오늘은 특별히 신경 써야 할 시신들이 있다기에 약품을 많이 실은 관계로 그러합니다요."

"특별히 신경 써? 어디 이름있는 방파의 자식이라도 돼진 겐가?"

"그것까진 소인들도……."

"열어라."

혁련휘의 옆에 앉은 수하는 잠깐 동안 대답을 못했다.

"뭐 하는 거야? 열라니까!"

수하는 뒤늦게 웃음을 흘리며 입을 벌렸다.

"말씀드린 대로 그냥 염할 때 쓰는 도구들과 약품입니다요. 시신을 처리하는 것이라 냄새도 심하게 납니다요. 굳이 그러실 필요가……."

"열라면 열 것이지, 웬 말이 그리 많은 게냐? 반항하겠다는 것이냐?"

기세에 눌린 표정으로 안절부절못하던 수하는 마지못한 몸짓으로 짐칸의 상자를 열었다. 그 안을 유심하게 살펴본 선임 무사는 아무것도 발견하지 못한 듯 곧바로 물러서며, 마차의 상하좌우를 면밀하게 점검했다.

"모두 내려라."

뜻밖의 소리에 수하는 물론 혁련휘와 다른 마차에 탄 수하들도 당황했다.

"위장 어르신, 시간이 많이 흘렀는뎁쇼. 오늘따라 왜 이러시는지…

저희가 무슨 잘못이라도 저질렀습니까요? 그렇다면 너그럽게 좀 보아주십시오."

마차에서 먼저 내린 수하는 선임 무사에게 다가가 고개를 조아리며 슬그머니 돈주머니를 쥐어줬다. 못 이기는 척 받아 든 선임 무사는 헛기침을 하며 다른 사람이 들으라는 듯이 말했다.

"별스럽게 굴려는 것이 아니라 상부의 지시가 그러하다. 요즈음 정세가 흉흉하여 기왕에 내왕하던 사람들도 각별히 검문기찰에 유의하라는 엄명이다."

돈주머니를 뒤로 얼른 숨기며 선임 무사는 마차를 향해 소리쳤다.

"자, 어서들 내려서 얼굴을 보이고 빨리 들어가라! 나도 오래 붙잡고 싶지 않다!"

선임 무사에게 돈주머니를 건넨 수하는 긴장한 모습으로 혁련휘를 돌아보았다.

혁련휘는 천천히 마차에서 내렸다. 그를 따라서 뒤쪽의 마차에서도 수하들이 내려섰다.

"모두 죽립을 벗어라! 어서!"

선임 무사의 목소리에 맞춰서 혁련휘는 죽립을 뒤로 넘겼다.

"엇!"

혁련휘의 얼굴을 본 주변의 무사들이 놀란 기음을 토했다. 선임 무사도 혁련휘의 얼굴을 보고 놀란 표정을 지었다.

"약품을 잘못 다루어 얼굴이 저 모양이 됐습니다. 놀라셨다면 용서를 바랍니다."

수하가 재빠르게 말을 붙이자 선임 무사는 당황스럽고도 무안한 헛기침을 하며 혁련휘를 다시 보았다.

죽립을 벗은 혁련휘의 얼굴은 뭉그러진 파면인이었다. 불에 데어 일그러진 것 같기도 하고 바윗덩이 같은 걸로 짓이겨진 것 같기도 했다. 차마 마주 보기 힘든 얼굴임에는 분명했다.

선임 무사는 손을 휘저으며 고개를 돌렸다.

"됐다, 어서들 들어가라!"

고개를 조아려 보이며 수하는 다시 혁련휘의 옆으로 올라탔다. 그리고 그들이 탄 마차 세 대는 후원의 열린 문 안으로 천천히 들어갔다.


❷


인피면구를 쓰길 잘했다고 혁련휘는 다시 생각했다. 만일의 경우, 자신의 용모파기는 이미 나돌았으니 여차한 경우가 생길 수 있었다. 그걸 막아보려고 돼지 가죽으로 만든 인피면구를 썼다. 때마침 비까지 내리는 어둠 속이었기에 용케 위기를 모면했다.

후원의 한쪽에는 이미 흰 장막으로 덮인 시신들이 누워 있었다. 모두 스물세 구. 죽은 몸으로 누운 그들의 위로 비는 계속해서 떨어졌다. 그들의 주변으로는 감시하거나 경계하는 무사들도 없었다. 혁련휘 일행이 도착하자 지키던 무사 세 명은 바로 자리를 떴다.

혁련휘는 어둠과 비에 잠긴 후원을 돌아보며 날카로운 눈빛을 뿜었다.

"지금부터 행동을 개시한다. 주변에 위험 요인들을 제거하며 목표물로 접근한다."

대답없이 고개만 숙여 보인 다섯 명의 수하는 검은 상자를 열고 안의 물건들을 꺼냈다. 잡다한 도구들과 약품이 담긴 작은 동이들을 꺼낸 후, 상자의 바닥을 드러냈다. 그러자 상자의 바닥이 들려졌다. 아니, 엄밀히는 이중 구조로 된 상자의 밑 부분이 개봉된 것이다. 그 안에서 다섯 자루의 도를 끄집어냈다.

상자에서 나온 건 칼뿐만이 아니었다. 시커멓게 칙칙함을 뿌리는 검은 공, 화탄을 두루 분배해 가진 후 혁련휘는 수하들의 눈을 일일이 맞추며 말을 건넸다.

"오늘의 일은 죽음으로써 완수해야 한다. 그렇지 못할 경우, 먼저 죽은 형제들의 얼굴을 대할 길이 없다."

다섯의 벽력분대주는 안광을 형형하게 빛냈다. 혁련휘는 다시 말을 건넸다.

"너희들에겐… 내가 빚을 지게 되었다. 난 아주 고맙게 생각한다."

혁련휘의 옆에 앉아왔던 수하는 격정 어린 목소리로 작게 입을 벌렸다.

"궁주……!"

나머지 넷도 뜨거운 시선을 감추지 못하고 고개를 숙였다. 그런 그들의 전신으로 차가운 비는 계속 떨어졌다.

"이제 가자."

혁련휘는 짧게 말하고 뒤돌아섰다. 그런데 그는 움직이지 못했다. 어둠 속에서 그들을 향해 다가오는 그림자들이 있었기 때문이다.

"거기 뭣들 하는 거냐?"

자리를 떴던 세 명의 무림맹 무사였다.

"엇! 저자들 칼을 지녔다!"

무사들은 신속하게 검 손잡이로 손을 뻗었다. 하지만 그보다는 혁련

휘의 몸이 더 빨랐다. 빗속을 미끄러지는 귀신처럼 거리를 좁힌 혁련
휘는 손을 펼쳤다. 도롱이 속에서 나온 퍼런 두 손은 두 사람의 가슴을
파고들어 갔다.

"커억!"

"큭!"

검을 반쯤 뽑은 나머지 한 무사가 놀랄 때, 혁련휘의 뒤에서 시린 칼
날이 튀어나왔다.

"컥!"

목과 가슴이 갈라져 쓰러지는 사내를 분대주들은 재빠르게 붙잡았
다. 곧바로 혁련휘가 처치한 두 무사와 함께 죽은 자들의 시신 곁으로
끌고 갔다.

"이 밤중에 세 놈이 더 추가된다고 해서 알 수는 없겠지."

혁련휘는 빙긋이 웃었다. 원래 있던 시체들의 곁에 죽은 자들을 놓
고 장막을 덮으니 감쪽같았다. 비가 내려서 피 냄새도 씻기고, 죽는 순
간의 비명 소리도 퍼지지 않았다. 이젠 본격적으로 움직일 때였다.

혁련휘는 분대주들과 눈을 마주친 후 돌아섰다. 무사들이 나왔던 방
향으로 조심스럽게 전진했다. 정원수와 화원 뒤에 그림자를 숨기며 전
진하자 내부의 담과 작은 쪽문이 보였다. 문 앞에는 지키는 자들이 없
었다.

아마도 후원의 끝 쪽 같았다. 정보대로라면 저 뒤에 별채가 있을 것
이다. 별채의 문 안쪽에 지키는 자들이 있을 거고, 그들을 통과해야 통
로가 나올 것이다. 그리고 또 그 통로에는 지키는 자들이 있었다. 내부
적인 관심을 끌지 않기 위해서 별채로 통하는 쪽문이나 입구에 위병을
세우지 않은 거다.

'그래, 저기란 말이지.'

눈을 가늘게 뜨는 혁련휘는 순간 흠칫했다. 그리고 모두에게 손짓으로 지시하며 기척을 지웠다. 숨소리는 물론, 심장 박동 소리도 조절하여 화단 뒤의 어둠이 되었다.

잠시 후 사람들의 기척이 들려왔다. 후원을 가로질러 나오는 자들은 모두 셋이었다. 별채로 가는 쪽문으로 향하던 그들이 후원의 한가운데 멈췄다.

혁련휘 일행이 마차를 세우고 일을 봐야 하는 곳. 시신들을 수습해야 하는 그곳으로 삼 인의 시선이 돌아갔다. 그 광경을 보는 순간, 혁련휘는 간이 졸아붙는 것 같았다. 하지만 삼 인의 인물은 다시 쪽문으로 걸음을 옮겨갔다.

안도의 숨을 내쉬던 혁련휘는 삼 인의 인물이 쪽문을 넘어가는 순간, 불빛에 드러난 그들의 면모를 확실하게 보았다. 세 사람은 혁련휘가 찾아온 목적 중의 하나인 수뇌부들, 청진과 청율과 고월자였다.

'개놈들!'

순간적으로 혁련휘는 흥분을 참지 못했다. 저도 모르게 움켜쥔 주먹이 관목의 가지를 스쳤다. 그 순간 마지막으로 문을 넘어가던 고월자가 뒤를 돌아보았다. 화단과 내리는 빗속의 어둠을 바라보던 고월자는 쪽문을 다시 넘어갔다.

'제길, 천추의 한을 남길 뻔했구나.'

스스로를 자책하며 혁련휘는 쪽문으로 다가갔다. 돌이 깔린 바닥 길을 지나 저만치 보이는 별채의 문 안으로 청진 등이 사라지는 걸 보았다. 그들의 모습이 사라지고 일 다경 정도가 지났을 때 혁련휘는 다시 전진해 갔다.

돌바닥 위에 고인 물들이 찰박대며 밟혔다. 하지만 내리는 빗소리 속에 모든 것이 파묻혔다. 별채의 입구에 등을 대고 멈춘 혁련휘는 뒤따른 수하들에게 손짓했다. 수하들은 곧바로 사방을 경계하며 벌려 섰다. 입구 앞으로 선 혁련휘는 벽력신수를 손에 끌어올렸다. 파란 그 손으로 문을 쳤다.

손은 문짝에 닿지도 않고 멈췄다. 한 치 정도를 두고 허공을 때렸지만 문 안쪽에서 파삭 하는 소리가 들렸다. 격공타격에 안쪽의 빗장이 가루가 된 것이다. 소리가 들린 그 순간 혁련휘의 좌우에서 두 명의 수하가 문을 박차고 들어갔다.

순식간에 활짝 열린 문 안쪽에는 두 명의 무림맹 무사가 당황한 얼굴로 검을 빼 드는 것이 보였다. 하지만 그들보다는 뛰어들며 칼을 휘두른 혁련휘의 수하들이 빨랐다.

마치 사과를 따내듯이 두 무사의 목이 뎅겅 잘렸다. 목 사이를 가른 두 자루의 칼 빛은 벼락같았다. 옆으로 쓰러지는 그들의 몸을 뒤따른 다른 분대주들이 받았다. 칼을 휘두른 자들은 머리를 받았고, 나머지 한 명은 신속하게 문을 닫았다.

혁련휘는 어느새 기관의 조종 장치를 잡았다. 쇠로 된 둥근 철 바퀴를 잡은 그는 주저없이 돌렸다.

귀에 거슬리는 소리가 나며 벽이 둘로 갈라졌다. 갈라진 벽 안에 장정 예닐곱이 설 만한 공간이 드러났다. 예리한 눈으로 안쪽을 살피던 혁련휘는 성큼 들어섰다. 다섯 명의 분대주도 뒤따라 들어서자 벽에서 튀어나온 쇠기둥을 잡아당겼다.

또 한 번 돌이 밀리는 소리가 났다. 하지만 이번엔 벽이 아니라 일행이 선 안쪽의 바닥이었다. 벽과 닿은 부분부터 밀려 나온 그것이 멈추자 아래로 내려가는 계단이 보였다. 이번에도 혁련휘는 주저함없이 앞서 내려갔다.

계단을 다 내려가 석도에 접어들자 혁련휘는 도롱이를 벗어 던졌다. 비에 젖은 짚 옷은 무거운 소릴 내며 바닥에 떨어졌다. 다섯의 분대주도 모두 그렇게 했다. 그리고 앞으로 전진하며 석도의 끝에서 우로 꺾어졌다.

석도의 옆으로 철창이 세워진 감옥 같은 석실들이 주욱 보였다. 그리고 다시 좌로 꺾어지는 석도의 끝 쪽에는 두 명의 간수 같은 무사들이 보였다. 저희들끼리 말을 나누다 일행을 발견한 무사들은 멍한 얼굴이었다. 하지만 곧 정신을 차리고 검을 뽑으며 비상종을 치는 설렁줄을 잡아당겼다.

혁련휘는 무사들을 발견한 순간에 이미 바닥을 박차고 달려나갔다. 아니, 모퉁이를 돌면서부터였다. 시선은 설렁줄을 잡아당기는 우측 놈에게로 향했다. 놈이 설렁줄을 잡는 그 순간, 왼손을 벼락처럼 후렸다.

휘앙!

짧고 강하며 경쾌한 소리가 터지기도 전에 푸른 장력이 공간을 갈랐다. 도깨비불처럼 터진 그것은 무사가 잡아당기는 설렁줄을 정확하게 때렸다.

픽!

"뭐, 뭐야?"

무사는 놀라며 제 목을 움츠렸다. 그 손에서 끊어진 설렁줄이 흔들렸다. 당연히 종은 울리지 않았다. 대신 무사의 머리 위, 움푹 파인 석벽에는 가루가 된 설렁줄의 파편들이 휘날렸다. 그리고 그 순간, 바닥과 벽과 천장을 차며 전진한 다섯 자루의 칼이 그들의 전신을 난

자했다.

피피피피핏!

비명도 없이 두 무사는 조각이 되어 흩어졌다.

혁련휘는 좌로 꺾어진 석도로 걸음을 옮겼다. 그런데 이번엔 막다른 길이었다. 대신 또다시 아래로 향하는 구멍과 이어진 계단이 보였다.

"가자."

짧게 말하며 돌아서던 혁련휘는 철창 안쪽을 보았다. 그 속엔 삶을 포기한 사람들처럼 널브러진 무사들이 보였다. 몰골이 말이 아니긴 하지만 모두 젊은 자들로 보였다. 이지가 흐트러진 그들은 철창 밖의 상황을 보면서도 아무 반응이 없었다.

주저없이 고개를 돌린 혁련휘는 통로 끝의 계단을 내려갔다. 내려가는 도중 비릿한 피 내음과 알 수 없는 약품 냄새들, 그리고 사람들에게서 나는 오래된 냄새들이 뒤섞여 맡아졌다. 고약하고 비위 상하며 불쾌한 내음이었다.

계단을 내려가자 다시 통로가 이어졌다. 계단의 앞뒤로 이어진 통로는 넓고 길었다. 휑하니 넓은 석도엔 위층과 달리 사람이 보이지 않았다. 방향을 앞쪽으로 잡고 혁련휘는 걸음을 옮겼다.

유등과 횃불이 벽에 걸려 이어진 석도는 밝았다. 그리고 조용했다. 꼭 아무도 없는 지하 갱도에 들어선 기분이었다. 하지만 아무도 없는 것은 아니었다. 좌우로 주욱 늘어선 철창, 그 안에 위층처럼 사람들이 있었다.

역시 모두 젊은 무사들이었다. 죄수처럼 갇힌 그들은 모두 죽음 직전의 사람들처럼 늘어진 모습이었다. 바닥에 그냥 쓰러져 숨만 내쉬는 자, 구석에 마련된 침상에서 천장만 올려다보는 자, 철창에 얼굴을 갖다 대고 혁련휘 일행을 말없이 노려보는 자, 가지각색의 그들에게서 보이는 공통점은 아무런 의지도 읽히지 않는다는 거였다.

미간을 찌푸린 혁련휘와 다섯 분대주는 천천히 석도를 따라 걸었다. 그런데 갑자기 우측 철창에서 누군가 괴성를 질렀다.

"우아아아아!"

놀란 눈으로 돌아보는 일행의 눈에 한 사내가 보였다. 산발한 머리에 벌거벗다시피 한 사내는 머리를 흔들며 철창에 온몸을 부딪쳤다. 사내가 몸을 부딪칠 때마다 쿵쿵, 하는 소리가 울렸다. 왜 그런지 모르지만 사내는 몹시 괴로운 것 같았다. 사내는 자신의 전신을 마구 쥐어뜯고 긁어댔다.

발걸음을 멈춘 일행의 눈앞에서 그 순간 괴변이 벌어졌다. 자신을 쥐어뜯고 학대하는 사내의 몸에서 굵은 지렁이들이 돋아 나오는 것처럼 혈관들이 부풀어 오르기 시작했다. 사내의 눈은 이미 흰창만이 보이고 입에는 거품이 물렸다. 부푼 혈관들은 꿈틀대고 맥동하며 전신으로 퍼져 나갔다.

"저럴 수가……!"

분대주 중의 한 명이 놀라 입을 벌린 그때, 사내의 가슴, 심장 부위가 밀려 나오는 것처럼 두드러졌다. 볼록한 그 모양 위로 굵고 꿈틀대는 혈관의 모양들이 방사형으로 퍼져 나갔다. 그러던 한순간, 사내의 전신이 폭발했다.

퍼엉!

돼지 오줌보가 터지는 소리하고 똑같았다. 사내는 너무도 삽시간에 터졌고, 인간의 형체를 이루었던 육편들은 철창 벽에, 천장에, 그리고 철창 밖으로 튀어 나왔다.

후두두둑 떨어지는 사내의 몸 조각들을 보며 혁련휘는 부릅뜬 눈을 돌리지 못했다.

"개 같은 놈들, 바로 저것이구나⋯⋯."

작은 소리로 혁련휘는 중얼댔다. 그 소리가 뭘 말하는지 다른 분대주들은 모두 알아들었다. 그것은 인간강화비술, 계장수가 혁련휘에게 언급해 준 바로 그 비술이었다. 무림맹 놈들은 이런 장소에서, 이런 과정을 통해 백룡단원이라는 초인들을 만들고 있는 거였다. 그리고 그걸 때려 부수러 온 혁련휘 등의 발걸음은 제대로 찾아온 것이기도 했다.

"오늘 이곳을 다 쓸어버린다."

나직하게 말을 내뱉은 혁련휘는 몸을 돌렸다. 그리고 다시 통로를 달리기 시작했다. 하지만 이번에도 몇 걸음 달리기 전에 장애물들이 나타났다.

"웬 놈들이냐! 서라!"

전진하는 통로의 앞쪽에서 일단의 무사들이 나타났다. 일견하여 열 명 정도. 혁련휘는 눈매를 싸늘하게 빛내며 마주 달려갔다. 달려감과 동시에 두 손바닥을 정신없이 내질렀다.

퍼런 번개 같은 장력들은 포환처럼 무사들의 몸통에 적중했다.

퍼퍼퍼퍼펑!

"커헉!"

"크악!"

뒤로 날려가고 좌우로 패대기쳐지는 무사들 사이로 혁련휘는 지나갔다. 그 뒤를 따르는 다섯의 분대주가 시린 칼 빛으로 무사들을 도륙했다.

피가 자욱히 난무하는 뒷풍경을 두고서 혁련휘는 통로의 끝 쪽으로 달렸다. 이곳 지하 어딘가에 있을 청진과 청율, 고월자를 찾아야 했다. 그들을 찾아내 도륙하고 이곳을 빠져나가야 하는 거다. 물론 빠져나가는 것은 희망 사항에 불과할지라도, 품에 든 화탄으로 이곳을 날려 버릴 것이다.

"멈춰라!"

격렬한 호통 소리와 함께 통로의 끝 쪽, 바로 앞의 철창이 거칠게 열렸다. 그 안에서 튀어나온 회색 그림자는 반대편의 철창문을 차고 방향을 틀며 혁련휘 쪽으로 달려왔다. 그렇게 달려온 회색 그림자는 일 장여를 앞두고 뛰어오르며 이기각(二起脚)을 차올렸다.

파팡!

혁련휘의 푸른 손과 격돌한 회색 그림자의 발은 핑그르르 돌며 다섯 번의 발길질을 더 차냈다.

파파파파팡!

희끗하고 푸르른 공방이 한순간에 터지고 두 사람의 신형은 동시에 떨어졌다.

회색 그림자는 마른 얼굴에 길고 검은 수염, 소림의 방장이며 무림맹의 맹주인 청율이었다.

"네놈의 장력은 혁련휘의 벽력신수와 같아 보이는구나! 네놈은 누구냐?"

날카로운 눈매로 혁련휘와 그 뒤의 다섯 분대주를 보며 청율은 호통쳤다. 그런 그의 뒤로 그가 나온 철창 안에서 청진과 고월자, 그리고 적수의 탁지만이 걸어나왔다. 느긋한 걸음걸이와 여유로운 표정인 청진은 혁련휘를 보며 말했다.

"같은 손을 쓰는 놈이라면 그놈이 그놈이겠지. 그렇지 않은가?"

청진에게 시선을 던지던 혁련휘는 얼굴로 손을 가져갔다. 목 언저리에 손가락 끝을 대고 잡아뜯자 인피면구가 홀렁 벗겨졌다.

"역시 그렇군. 벽력신수는 아무나 쓰는 절기가 아니지. 그런데 그대가 이곳엔 어인 일인가?"

미소까지 물고 청진은 물었다. 저 여유가 혁련휘는 마음에 걸렸지만 솟구치는 살기는 억제할 수가 없었다.

"내가 이곳에 온 이유는 오직 하나지. 너희 개잡놈들의 골통을 바수어 버리기 위해서다."

고저도 없고 강약도 없는 혁련휘의 목소리는 이상하게 섬뜩했다.

웃던 얼굴을 차갑게 굳힌 청진은 싸늘한 목소리로 다시 말했다.

"제 아우 놈처럼 죽겠다는 소리구나."

혁련휘의 눈매가 꿈틀 치솟았다. 그 순간에도 청진의 말은 또 이어졌다.

"우리가 죽겠다는 놈들 손을 거들어주는 곳은 아니지만, 굳이 형제의 우애를 따라가겠다는 놈을 도와주지 못할 것은 없지. 이곳에서 죽여주마."

청진의 입이 다물리는 그 순간, 혁련휘의 몸이 바닥을 차고 튀어나갔다. 같은 순간 청율의 몸도 마주쳐 나왔고, 다섯 분대주는 청진과 고월자, 탁지만에게 달려들었다.

파앙!

청율의 반야각과 혁련휘의 벽력신수가 충돌하며 폭음을 냈다. 첫발에 이어 두 번째 발을 몸과 함께 휘돌린 청율의 발이 혁련휘의 안면을 폭풍처럼 쓸었다. 여차직하면 머리통이 부서질 그 찰나에 혁련휘는 왼손과 오른손을 들어 발을 막았다.

충격이 엄청났다. 일격에 이은 이격의 반야각은 위력이 점증된 두 배의 파괴력이 있었다. 그걸 피하지 않고 손으로 막았으니 두 팔과 전신이 아찔했다. 하지만 청율의 다리가 떨어지는 그 찰나에 발목을 붙잡았다. 공방의 법식을 도외시한 사력을 다한 행동이었다.

한 발만으로 땅에 선 청율의 얼굴에 당황함이 스쳤다.

혁련휘는 붙잡은 다리를 퍼런 물이 든 손으로 후려쳤다.

버걱!

"크아악!"

청율의 정강이가 옆으로 꺾어지며 부러졌다. 처절한 비명을 내뱉는 청율의 다리를 밀어 던지며 혁련휘는 귀신처럼 전진했다. 뒤로 밀리는 청율의 가슴팍으로 파고든 혁련휘는 두 손을 연속해서 내뻗었다.

퍼펑!

"커헉!"

피를 뿌리며 청율의 몸뚱이가 날아갔다. 철창에서 다시 튕겨진 그 몸이 떨어지는 순간, 혁련휘의 등에 강한 압력이 쇄도했다. 맞받기는 늦었다고 생각한 혁련휘는 몸을 뒤틀며 상체를 숙였다. 하지만 어깨에 강한 충격이 왔다.

"크흑!"

입술을 물고 비틀대는 혁련휘에게 제이의 공격이 밀려왔다. 분노한 눈으로 금강권을 휘두르는 청진이었다. 산악처럼 내밀리는 그의 주먹을 혁련휘는 벽력신수로 맞받아쳤다.

파앙!

두 사람 사이에 화끈한 공기가 터지며 혁련휘는 정신없이 뒤로 밀려갔다.

철창에 등을 부딪치고 멈춰 선 혁련휘는 울컥 넘어오는 피를 삼키며 고개를 들었다.

청율을 붙잡고 있는 청진의 모습이 보였다. 이미 숨이 넘어갔는지 청율의 몸은 축 늘어진 모습이었다. 그런 청진의 뒤로 고월자와 손을 나누는 세 명의 분대주가 보였다. 청진과 격돌했던 두 명의 분대주는 가슴에 구멍이 뚫리고 머리가 으스러진 채로 바닥에 널브러진 모습이었다. 적수의 탁지만은 당황하고 놀란 얼굴로 고월자의 뒤쪽에서 뒷걸음질하고 있었다.

"사제! 사제! 정신 차려라, 사제!"

청진은 청율을 흔들었지만, 이미 생사의 경계를 넘어버린 자는 대답이 없었다.

축 늘어져 버린 청율의 몸을 바닥에 내려놓은 청진은 천천히 돌아섰다. 치떠진 눈은 분노를 감당하지 못해 붉게 물들었고 악물린 입술은 제 살을 씹어낼 것만 같았다.

"혁련휘… 네놈이 세존의 자비를 희롱하는구나……!"

분노로 부들대는 청진의 음성을 들으며 혁련휘는 철창에서 등을 떼고 침을 뱉었다.

"퉤!"

피 섞인 침이 바닥에 떨어지는 순간 혁련휘도 입을 벌렸다.

"괴로운 모양이구나? 그렇겠지, 사제가 죽었으니까. 내 아우가 죽었을 때 나는 어떠했을 것 같으냐?"

청진의 입술은 물론 미간과 마른 볼까지도 부들부들 떨렸다.

"비로 인한 방심이… 너를 이곳에 들게 했구나… 확인했어야 했던 것을……!"

석도에 들기 전 후원에서 본 모습을 청진이 말하는 것이다. 시신을 수습해야 할 자들이 보이지 않았다. 비 때문에 잠시 손을 멈추고 자리를 피했기 때문이라고 여긴 것이다. 작은 그 방심이 천추의 한이 되었다는 소리였다.

"언제나 둑이 무너질 때는 작은 구멍이 먼저인 법이다. 후회할 때는 가장 늦을 때이지."

혁련휘는 씨익 웃었다. 피가 묻은 그 입술을 보며 청진은 다짐하듯이 말을 뱉었다.

"그 후회를 지금 마무리하마."

한 걸음을 내딛는 청진의 회색 승포가 화라락 부풀어 올랐다. 두 주먹은 찬연한 황금빛으로 물들며 눈을 부시게 했다.

"대력금강수!"

혁련휘는 놀라 부르짖었다. 소림의 잊혀진 비전 가운데 하나인 대력금강수를 청진이 익히고 잊을 줄은 꿈에도 생각 못했던 것이다. 고작해야 반야각이나 금강권 정도인 줄 알았던 것이, 지금 보니 커다란 오산이었다.

"알아보는구나. 그럼 네가 죽어야 할 것도 알겠구나?"

싸늘한 한마디를 내뱉은 청진은 회색 바람이 되어 달려왔다.

거리는 불과 삼 장여. 입술을 거칠게 문 혁련휘는 온 힘을 두 손에 끌어올렸다.

퍼퍼퍼퍼퍼펑!

찰나간에 여섯 번의 공방이 오고 갔다. 육장들이 부딪친 소리라고는 생각할 수 없을 만큼 굉량한 소리가 터져 나왔다. 하지만 그 격돌의 결과로 혁련휘는 끈 떨어진 연처럼 뒤로 날며 굴러갔다. 같은 순간 고월

자와 공방하던 세 명의 분대주 중 두 명이 고월자의 면장에 나가떨어
졌다.

　바로 그 순간, 홀로 대적하던 분대주가 칼을 고월자를 향해 던졌다.
지척의 거리에서 병기를 버릴 줄은 상상도 못했기에 고월자는 당황했
다. 그 짧은 순간에 분대주는 고월자를 안듯이 달려들었다. 모든 것을
도외시한 무모한 행동이었다. 고월자는 면장을 쳐냈지만, 그보단 폭발
이 먼저였다.

　콰앙!

　분대주의 몸이 화산처럼 터졌다. 손이 닿을 만큼 지척이던 고월자의
몸은 지푸라기처럼 날아갔다. 폭발은 분대주의 몸통 앞쪽에서 퍼지듯
터져 나가 고월자와 그 뒤의 탁지만까지 휩쓸었다. 석도의 끝 쪽까지
날아가 벽에 몸을 부딪친 고월자와 탁지만의 몸뚱이는 이미 걸레가 된
후였다. 고월자의 손이 잠깐의 꿈틀거림을 보였지만, 이후로 아무 움
직임이 없었다.

　폭발의 충격에 철창으로 날려갔던 청진은 경악한 눈으로 고월자 쪽
을 보았다.

　"이, 이게……!"

　비틀대고 일어서는 그의 몸도 폭발의 여파로 성치 않았다. 그런 그
의 반대편 철창 쪽에는 먼저 쓰러진, 죽어가는 두 명의 분대주가 그를
보고 있었다.

　청진은 혁련휘 쪽으로 고개를 돌리며 악귀처럼 외쳐 댔다.

　"혁련휘! 이 찢어 죽일 놈!"

　그 소리에 화답이라도 하듯이 혁련휘는 꿈틀대며 일어섰다. 왼쪽 팔
은 이미 관절이 부러진 듯 축 늘어져 있었다. 힘겹게 일어선 그는 청진

을 보며 환하게 웃었다.

"화탄이 심지로만 터진다고 생각하지 마라. 우린 화섭자를 잡아 뽑으면 불이 붙듯이, 그렇게 점화하는 심지를 개발했어. 온몸에 그걸 둘렀지. 그걸 너한테 쓴 거야… 영광으로 생각해라……."

청진의 얼굴은 분노가 극에 달해 인간의 형상 같지 않았다.

"이, 이, 이, 갈아 마실 놈 같으니!"

혁련휘는 비틀대는 걸음으로 앞으로 걸어갔다. 그렇게 걸으며 끊어질 듯, 그러나 또박또박 말을 했다.

"오늘 여기서… 너와 내가 같이 죽는 거다……. 네 꿈도 물거품이 되는 거지."

혁련휘는 성한 오른손을 품 안에 집어넣었다. 그 손끝에 잡힌 것이 검은 심지라는 것을 알아챈 청진은 발악을 해댔다.

"안 돼! 안 돼! 그러지 마! 그러면 안 돼! 이건 내 평생의 꿈이야!"

천천히 걸음을 옮기는 혁련휘는 싸늘한 미소로써 답했다.

"개새끼."

바로 그 순간 혁련휘의 가슴 앞으로 허연 빛줄기가 관통해 나왔다.

"커헉!"

혁련휘는 걸음을 멈추고 자신의 가슴을 내려다보았다. 바람구멍처럼 뻥 뚫린 구멍에서 피가 흘러내리고 있었다. 고개를 들어보니 환하게 웃는 청진의 얼굴과 허공에 떠서 부유하는 한 자루 검이 보였다. 청진이 소리쳤다.

"자네가 왔군!"

빙그르르 돌듯이 주저앉으며 혁련휘는 뒤를 봤다.

연무기. 그가 미소 짓고 있는 것이 보였다.

"어떻게… 네놈이 전장에… 있는 것을… 확인했는데……."

혁련휘의 입에서도 피가 흘러내렸다.

연무기의 미소는 더욱 짙어졌다.

"지금 돌아오는 길이야. 북상문주를 만나고 오는 길이지."

흔들리는 혁련휘의 눈동자는 그 순간 의문을 깨달았다. 북상문주. 그놈은 결국 제 식솔들의 목숨보다는 무림맹에 의탁한 자신의 남은 생을 택한 것이다.

혁련휘는 투둘투둘 피를 뱉어내며 웃었다.

"쿠후, 쿠훅… 그런… 가……? 결국… 그런 거군……."

죽음이 섞인 자조의 웃음을 웃던 혁련휘는 품 안에 넣은 오른손을 꿈틀했다. 하지만 그보다 먼저 연무기의 검이 허공을 날았다.

피이잇!

전광처럼 석도를 가로지른 연무기의 검이 지나간 자리로 혁련휘의 머리가 떠올랐다. 웃는 얼굴 그대로인 그 머리가 떨어져 바닥을 구르는 소리는 너무 참혹했다.

빙글 돌아 날아온 검을 갈무리한 연무기는 흰 미소를 떠올렸다. 하지만 그 순간, 청진의 반대편에서 죽어가던 두 명의 분대주는 혁련휘를 불렀다.

"구, 궁주……!"

"하, 함께……!"

두 사람은 동시에 품 안에 손을 넣었다. 연무기와 청진이 눈을 부릅떴지만, 죽어가는 자들의 손이 먼저였다.

콰콰콰쾅!

붉은 화마의 팽창처럼 터진 폭발은 청진의 몸을 떠밀며 그 뒤의 철창과 석벽까지 모두 밀고 나갔다. 폭발은 먼저 죽은 두 명의 분대주에게서도 일어났고, 머리가 떨어진 혁련휘의 몸에서도 일어났다. 폭발의 화력으로 인한 연쇄 작용이 틀림없었다. 그것은 가히 작은 화산이 터지는 힘과도 같았다. 구조를 이루던 모든 것이 터지며 붕괴하고 날려 무너졌다. 그 사이에 있는 것들은 아무것도 남아나지 않았다.

단 한 순간에, 석도 안엔 폭발의 폭풍이 몰아치며 모든 것이 소멸했다. 죽은 사람의 시신도, 죽어가던 자들의 몸뚱이도 모두 폭발의 폭풍 속에서 한줄기 바람이 되어 날렸다. 그들이 있던 지하는 다시 흙으로 묻히며 흰 연기만 피워 올렸다. 하지만 그 폭발 속에서 한줄기 번개가 솟구쳐 올랐다.

번개는 폭발의 파편들과 함께 치솟다가 땅으로 내려앉았다. 검을 머리 위로 쳐들고 표표히 내려선 번개는 다름 아닌 연무기였다. 그가 무서운 눈으로 보는 것은 자신이 뚫고 나온 땅속이었다. 무너진 그곳엔 비만 떨어져 내렸다.

**❸**

"중원으로 가서 모두 쓸어버리겠습니다."

팔 척 신장의 아마간은 어린아이 팔뚝만한 굵기의 은색 창을 흔들며 말했다. 아마간보다는 약간 작을 뿐이지만, 역시 칠 척에 달하는 아보기도 고색창연한 검을 들고 태사의를 보았다.

"그놈이 돌연 중원으로 돌아간 이유가 뭐라더냐?"

마고지나의 붉은 입술은 홍매화 잎처럼 나풀댔다. 질문에 대한 대답은 적염호귀 태전동이 했다.

"벽력월안궁의 위지강천이 무림맹에 의해 죽었다 합니다. 그 때문인 것으로 추측되옵니다."

포교대전의 곳곳에 밝혀진 촛불 빛을 보며 마고지나는 고개를 의미 있게 끄덕였다.

"제 형제의 원수를 갚으러 간 게군."

자신들이 아닌 뒤쪽의 어둠을 응시하는 마고지나에게 아마간과 아보기, 태전동은 더 말을 건네지 않았다.

흑룡강의 줄기가 시원하게 나가는 흑하(黑河). 이곳은 최종 목적지가 아니었다. 이곳의 포교대전은 잠시 머무는 곳일 뿐이었다. 그런데 중원이 아닌 이곳 북변의 땅까지 흑마왕 놈이 쫓아왔다. 점조직으로 이룬 각지의 포교당도 놈이 모두 까부쉈다. 놈은 점점 가까이 오고 있었다. 그걸 기다렸다.

"곧 얼굴을 다시 볼 걸로 생각했는데. 아쉽게 됐군."

마고지나는 무심하게 말했다. 말이 주는 의미는 모호했다. 죽이길 기다렸다는 것인지, 옛 정인을 만나게 된 것이 무산됐다는 것인지 알기 힘들었다. 어쩌면 그 양쪽 다 일지도 모른다고 아마간과 아보기는 생각했다.

포교대전의 어둠을 응시하던 마고지나는 아마간과 아보기에게 시선을 주며 물었다.

"이제 완벽해진 것인가?"

무슨 의미인지 몰라 잠시 서로를 돌아보던 아마간과 아보기는 동시에 대답했다.

"그러합니다."

"모두 습득했습니다."

마고지나는 고개를 또 끄덕였다. 흑하변에 머물며 움직이지 않은 이유는 하나였다.

시간. 아마간과 아보기가 검왕 최염과 창왕 오세명의 절기를 완벽하게 갖게 될 때까지의 시간이 필요했다. 그 때문에 흑마왕의 일을 알면서도 방관했다. 직접 나서서 일을 처리할 수도 있었다. 하지만 그러고 싶지 않았다. 놈이 어디까지 오는지도 보고 싶었고, 놈이 가진 능력을 시험해 보고도 싶었다.

아마간과 아보기는 이제 본래의 힘에 창왕과 검왕의 절기를 완벽하게 제것으로 만들었다. 과연 그 결과가 어떨지도 궁금하고, 저들에게 대항할 존재가 이 세상에 있을지도 궁금했다. 그래서 흑마왕이란 놈이 찾아오기를 기다렸다. 없어진 포교당의 세력들과 판세는 다시 만들면 그만이었다.

의미 깊은 시선으로 아마간과 아보기를 바라보던 마고지나는 조용하게 다시 물었다.

"중원엘 가겠다고?"

둘을 즉시 대답했다.

"그렇습니다."

"가서 신교의 힘을 알리겠습니다."

마고지나는 희미하게 웃었다.

"흑마왕이란 놈과 손을 겨루고 싶은 게구나?"

아마간은 은색 창으로 바닥을 찍으며 바로 대답했다.

"아니라 하지 않겠습니다. 놈은 봉공의 몸에 부상을 입힌 놈입니다.

놈이 이곳을 향해 오는 동안 놈의 기운을 느낄 수 있었습니다. 그놈은 그때의 그놈이 아닙니다. 놈의 기운은 피를 끓게 만듭니다. 이는 천적 간의 교통과 같은 이치라, 놈조차도 그렇게 느낄 것입니다. 그놈을 죽여야겠습니다."

아마간의 말이 끝나자 아보기는 한결 침착한 어조로 입을 열었다.

"때가 무르익었음입니다. 어차피 가야 할 길. 중원은 신교가 가져야 하는 땅입니다. 지금은 신녀의 계획으로 이곳에 물러나 있지만, 이제 되돌아가 찾아야 합니다. 그곳에 있는 것들이 누구이든지 간에, 신교 의 위업을 거스를 수는 없음입니다."

마고지나의 웃음은 더욱 짙어졌다. 만개한 홍매화 같은 웃음을 소리 없이 뿌리던 마고지나는 붉은 입술을 벌려 말했다.

"그래서 중원의 변방에서부터 먼저 씨를 뿌리고 거두어 들어가고자 했던 것이지. 부차적인 이유가 몇이 있었으나, 그대들이 완전하게 각 성한 이상 이제 아무 의미가 없다. 아마간과 아보기, 너희 두 궁주가 하고자 하는 일이 있다면 그리하라. 이제 그 누가 너희들을 대적하겠 는가."

마고지나의 환한 웃음에 아마간과 아보기는 고개를 숙여 보였다. 붉 은 향기 같은 마고지나의 말은 다시 이어졌다.

"내가 이곳에 온 이유는 하나다. 우리는 두 곳의 성지를 이미 잃었 다. 하지만 마지막 남은 성지, 단 하나 남은 그곳을 찾기 위해서였 다."

아마간과 아보기는 물론 태전동의 고개가 번쩍 들렸다.

"마지막의 제삼 성지는 나도 알지 못했다. 어버이 아리만께서도 그 곳에 대한 신명의 흔적만을 남기셨을 뿐, 아무런 단서도 주지 않으셨다. 난 옛적부터 그곳에 대해 생각했다. 우리의 신께서도 지적해 말씀해 주지 않으시는 곳, 우리가 가야 할 마지막 그곳은 과연 어디인가 하고 말이다."

세 사람의 눈이 반짝이는 걸 보며 마고지나는 느릿하게 말을 이었다.

"언젠가 봉공이 이름 모를 도사 놈과 조우했다는 대설산의 유적. 무극조화신경을 놓고 사투를 벌였다는 그곳이 난 마지막 성지라고 확신한다."

태전동이 바로 말을 받았다.

"그것은 억측이 아니겠습니까? 소신이 기억하는 바에 의하며 그곳은 대단한 유적지이긴 하나, 고대 배달동이족의 유적으로 판단되옵니다. 더군다나 그곳은 이루 말할 수 없는 험지일뿐더러, 그나마의 형세도 그때의 일로 다 천년설 속에 파묻혔습니다. 그곳을 마지막 성지라 하는 것은……."

"그곳이 맞다."

딱 잘라 말하는 마고지나에게 태전동은 더 이상 말을 하지 못했다.

"봉공의 의문은 이해하나, 난 그곳을 삼백 년 전부터 추적해 왔다. 다시 세상에 나오고 봉공의 이야기를 들었을 때 확신을 가졌지. 이미 많은 문헌과 자료를 통해 추측하고 있던 곳이었다. 그러다 결정적으로 그곳에서 무극조화신경이 나왔다는 소릴 들은 거였지. 그건 배달동이의 신물이다."

태전동을 비롯한 아마간과 아보기의 눈은 의혹과 확신의 경계를 넘나들고 있었다.

"배달동이족의 옛 유적지… 그곳이 마지막 성지가 틀림없다. 그곳은 이미 신계에 든 자들이 난 땅. 그곳을 어버이 아리만이 지적하지 못하는 이유는 바로 그거다. 그리고 그곳엔 드러나지 않은 마지막 신물인 제황의(帝皇衣)가 있을 것이다."

어느새 말하는 마고지나의 눈은 세 사람의 표정도 살피지 않고 자기 자신의 말에 취해 있었다.

"제황의를 손에 넣게 되면, 우리가 이 세상을 장악하는 신탁에 모든 장애물이 사라진다. 그 옷을 입고 가슴엔 무극조화신경을 달며 손에는 건곤진혼령을 쥐게 되면, 어버이 아리만 외에 그 어느 신이라 해도 우리를 제지치 못할지라."

마고지나의 눈에서는 파릇한 빛이 새어 나왔다.

"그것을 이루는 그날이 오면… 우리에겐 천계와 하계를 모두 아우르는 힘의 근본이 생길 것이다! 그건, 단순한 후천개벽이 아닌 우주의 역사를 뒤바꾸는 일이지!"

붉음과 푸름이 넘나드는 눈매로 어둠을 응시하던 마고지나는 시선을 아마간과 아보기에게로 고정했다.

"가라! 이제 가서 너희 앞의 모든 버러지들을 짓밟고 신교의 위세를 세상에 떨쳐라!"

결연한 빛을 보이는 아마간과 아보기를 마고지나는 뚫어지게 쳐다보았다. 그리고 다시 소리쳤다.

"반드시 흑마왕의 목과 무극조화신경을 가지고 돌아오라! 난 이제 제황의를 찾아 떠나겠다!"

아마간과 아보기, 태전동은 두 손을 합장하여 이마에 모으고 커다랗게 소리쳤다.

"신교영세(新敎永世)!"

셋의 외침 속에 붉은 기운이 넘실대는 마고지나의 눈은 사악하게 빛났다.

제14장
끝없는 사투

끝없는 사투 Ⅰ

❶

혁련휘는 떠나기 전에 한 줌의 머리카락을 남겼다. 작은 유골 단지에 담긴 그것을 이한(李翰)이라는 장수가 간직했다. 이한은 단지를 계장수에게 내밀었다.

단지를 받아 들며 계장수는 이한을 잠시 보았다. 벽력대주였던 이수의 동생이라고 했다. 제 형의 모습과 윤곽이 몹시 흡사해 보였다. 굵은 턱 선과 강인한 눈매는 마치 이수를 보는 것만 같았다.

이수도 죽었다고 했다. 위지강천이 죽을 때 같이 변을 당했다는 거다. 하지만 사지가 끊어진 채로 목숨을 붙잡고 있다 위지강천의 최후를 알리고 눈을 감았다는 거다.

단지를 내려다보며 아무런 말도 하지 않던 계장수는 천천히 뒤돌아섰다.

협강(峽江)의 강바람이 전신을 때리며 지나갔다. 위지강천의 고향,

강소 땅, 이곳에 오기까지 달포가 걸렸다. 충양의 벽력월인궁에서 기다리던 이한을 만나 이리로 온 것이다.

어린 시절을 보내고 평생을 떠나 살았던 고향에 위지강천은 한 줌 뼈로 돌아왔다. 그 뼛가루를 이곳 강 언덕과 저 아래로 흐르는 강에 뿌렸다. 지금도 뒤에서 피눈물을 삼키고 있는 위지빈과 혁련수아가 한 일이다. 또 한 사람의 부모인 혁련휘는 뼈 한 조각 찾지 못했다. 그는 몇 가닥의 머리카락만을 남겼다.

"왜 내가 오기를 기다리지 않았느냐……."

작은, 아주 작은 목소리가 계장수의 입에서 강 쪽으로 흘렀다. 강물 소리에 섞인 그 소리는 굽이쳐 흐르며 아래로 아래로 사라졌다. 흐린 그 소리를 사람들은 들은 듯도 했고 그렇지 않은 듯도 했다.

묵묵히 계장수의 뒷등을 보고 서 있던 이한은 저만치로 따로 떨어져 있는 풍오자와 용태웅, 임홍빈을 잠시 바라보다가 입을 열었다.

"궁주께서 떠나시기 전에 당부하시기를, 무슨 일이 있어도 충양 땅에 남아 있을 것이며, 궁이 무너지고 모든 걸 다 빼앗기더라도 대협께서 돌아오시기를 기다리라 하셨습니다. 그리고 모든 걸 대협의 처분에 따르라 하명하셨습니다."

천천히 돌아선 계장수는 이한의 굵직한 눈매를 보며 물었다.

"자신이 죽더라도 말인가?"

잠시 동안 눈동자가 흔들리던 이한은 결연하게 대답했다.

"소인은 그렇게 받아들였습니다."

묵묵한 계장수의 얼굴을 보며 이한은 말을 더했다.

"대협이 오실 때까지 지휘권을 지킬 것이며, 전면전을 피한 유격전으로 시일을 벌라 하셨습니다. 만일 궁주가 돌아오지 않더라도, 절대

경거망동하지 말고 대협만을 기다리라 당부하셨습니다. 그 말씀을 소인은… 유언으로 여겼습니다."

이한의 고개가 무겁게 숙여졌다.

계장수는 하염없이 눈물을 뿌리고 있는 혁련수아와 그녀의 어깨를 보듬어주고 있는 위지빈의 슬픈 얼굴을 보았다. 문득 그들의 모습에서 모용화연의 얼굴이 떠올랐다. 잘 있는 것인지, 어찌 지내고 있는 것인지, 소식없는 자신에 대한 원망과 무탈하기만을 바라는 걱정으로 밤을 새우는 것은 아닌지…….

두 손에 잡은 단지를 내려다보며 계장수는 또 작게 중얼거렸다.

"나에게 짐을 주는 것은 좋으나… 남겨진 이들의 슬픔까지 떠안기에는 너무 버겁구나… 무심한 사람들……."

이한의 고개가 들렸지만 계장수는 신경 쓰지 않고 단지만 바라보았다. 이제 살아 있는 모든 것들과 등을 돌려 버린 혁련휘. 그는 죽을 결심을 하고 무림맹에 잠입했다. 화탄을 몸에 감고 적지에 뛰어든 그는 이미 죽을 결심을 한 것이다.

무림맹. 그곳에서 혁련휘는 다섯의 수하들과 함께 산화했다. 자신의 목숨을 버린 대가로 그는 청진과 청율, 고월자의 목숨을 거두어갔다. 무림맹 수뇌부를 몰살시킨 것이다.

정보에 의하면 인간강화비술을 보완해 낸 희대의 괴의(怪醫), 적수의 탁지만도 함께 폭사했다고 한다. 그뿐만 아니라 그들이 비밀리에 추진하던 인간강화비술의 구현 장소, 시술에 동원된 무사들, 비전 등 모든 것이 사라졌다.

엄청난 대가를 무림맹은 치른 것이다. 혁련휘는 그들의 근본을 흔들어 소멸시키고 죽어갔다. 이제 벽력월인궁에 위지강천과 혁련휘는 없지만, 무림맹에도 청진과 청율, 고월자가 없었다. 하지만 그들에겐 아직도 연무기와 십팔금강동인, 백룡단이 있었다.

"이호패가 무림맹주에 올랐다고?"

계장수의 질문에 이한은 고개를 들고 대답했다.

"그렇습니다. 청진의 사후 그가 임시 맹주의 위에 오르고 전권을 행사하고 있습니다."

"연무기는? 십팔금강동인은 뭘 하고 있나?"

"그들은 맹주의 자리나 정세 따위에는 관심이 없는 듯합니다. 지금은 백룡단원을 앞세운 전투에 간간이 모습을 드러내고 있을 뿐입니다. 내키면 손을 쓰고, 그렇지 않으면 보고도 못 본 체하는 이상한 행태를 보이고 있습니다."

"그래? 연무기의 검이 혁련궁주의 목숨을 거뒀다고 했나?"

"그자가 그렇게 말했습니다. 그자나 십팔금강동인들의 행태는, 아마도 대협이 나설 때를 기다리는 것 같습니다."

"나를 기다린다?"

"적수는 대협뿐이 없다는, 그리고 치욕을 갚겠다는 것이겠지요."

이한의 시선에서 눈을 돌린 계장수는 다시 넘실대는 협강의 강물을 보았다. 과연 이 전쟁의 끝이 어찌 날 것인지 자신도 가늠이 되질 않았다. 하지만 끝이 보이지 않는다 해도, 형제의 피를 가른 자들을 용서할 수는 없었다.

"선전 포고를 해라."

이한의 고개가 퍼뜩 들렸다.

"열흘 후, 하남의 평정산(平頂山)에서 건곤일척의 승부를 내자고 전해라. 전 병력을 동원한 최후의 승부를 내자고 하란 말이다."

눈을 부릅뜨고 바라보던 이수는 말을 더듬었다.

"그, 그런……."

다시 돌아선 계장수는 파랗게 빛나는 눈으로 분명하게 말했다.

"벽력월인궁의 전 병력은 그 전갈이 확정된 이후로 모두 후퇴한다. 떠날 자는 떠나고, 남을 자는 남아서 두 궁주의 후인들을 보호한다. 그 책임을 네가 맡아라."

"대, 대협……."

"그날의 전투에는 아무도 참여하지 않는다. 오직, 나와 내 벗들만이 전쟁을 치른다."

"어, 어떻게 그런……."

"이것이 두 궁주의 유명으로 이루어진 나의 명령이다."

놀랍고 당황스럽고 어이없어하는 이한의 옆에서 위지빈이 성큼 나서며 입을 벌렸다.

"저도 가겠습니다!"

위지빈에게 시선을 돌린 계장수의 눈이 무거워졌다.

"전쟁을 하실 요량이시면 저도 함께하겠습니다! 가서 가루가 되는 한이 있어도 아버님과 장인어른의 복수를 하겠습니다! 데려가 주십시오!"

줄기줄기 쏟아지는 원념의 말을 들으며 계장수는 위지빈의 눈을 들여다보았다. 슬픔과 분노, 굽이치는 협강의 저 강물처럼 요동치는 그것들이 눈 속에 가득했다. 저 심정을 왜 모르랴. 하지만 들어줄 수는 없었다. 그것은 위지빈을 위하는 길이 될지는 모르지만, 두 형제를 위하는 길은 아니었다.

무표정한 검은 얼굴로 묵묵하게 바라보던 계장수는 위지빈에게 입을 열었다.

"네 장인이 왜 혼자 가서 죽었는지를 생각해라. 무엇 때문에 너와 네 처를 이곳에 보냈는지를 상기해라."

위지빈의 눈이 납득할 수 없다는 듯이 꿈틀댔다.

계장수는 또 말했다.

"넌 네 여자와 가문을 지켜라. 복수는 내가 한다."

그 말을 던지고 계장수는 위지빈의 곁을 스쳐 지나갔다.

자신의 처인 혁련수아의 곁을 지나며 동료들이 있는 곳으로 걸어가는 계장수의 뒷등을 보며 위지빈은 아무런 말도 하지 못했다. 자신에게 하대를 하는 흑마왕의 태도에도 아무런 반발심도 일어나지 않았다. 오히려 코흘리개 시절에 느꼈던 익숙한 기분이 들었다. 뭘까, 누굴까 이 기분은……

"백부!"

위지빈은 자신도 모르게 소리쳤다. 자신이 내뱉은 말이 무슨 의미인지, 어떤 생각으로 그 소리를 던졌는지도 알지 못했다. 그냥 터져 나왔다.

걸어가던 계장수의 발이 우뚝 멈췄다. 천천히, 아주 느리게 뒤돌아선 계장수는 위지빈과 혁련수아를 바라보았다. 나직한 음성이 입에서 흘러나왔다.

"그들은, 그들이 저지른 일의 대가를 받을 것이다. 우리 가족을 건드린 대가를… 살아온 것을 후회할 만큼… 아주 참혹한 대가를 치르게 될 것이다."

수면에 이는 잔물결처럼 위지빈과 혁련수아의 눈동자가 흔들렸다. 그들의 시선을 담고 계장수는 돌아섰다. 그리고 자신을 기다리던 동료들과 함께 멀어져 갔다.


❷


 정말로 산의 정상은 넓은 평지처럼 평평했다. 초록이 가신 수풀은 강변의 갈대들처럼 바람에 너울댔다. 저 멀리 아득한 중원의 사방으로부터 불어오는 바람은 연무기의 몸을 흔들었다. 산 정상의 모든 것이 갈색으로 휘적댔다.

 중원의 땅은 초록이 지쳐 가을이 물드는 중이었다. 연무기는 불어오는 가을바람에 몸을 맡긴 채 지평선을 바라보았다. 자신이 서 있는 평정산의 험한 산세는 굽이치는 격랑처럼 들고나며 평원으로 뻗어나갔다.

 문득 곤륜의 장엄하고도 가파른 산악들이 떠올랐다. 두 분 사부의 손에 이끌려 검을 휘두르던 백설의 산들이 생각났다. 아무것도 모르던 시절, 그저 휘두르는 검이 좋고 산이 좋고 사부들의 웃음과 꾸짖음이 서운하던 그 시절. 그런 시절들을 두고 자신이 지금 이곳에서 무얼 하고 있는 것인지 새삼스러웠다.

 '다시 돌아갈 수 있을까? 곤륜이야 돌아간다 해도 그 시절로 다시… 아니, 그런 시간들을 가질 수나 있을까?'

 귀신의 휘파람 소리 같은 바람 소리가 연무기의 귀밑을 쓸고 지나갔다. 그 바람에 실려 갈색으로 버석대는 나뭇잎들이 연처럼 높은 곳으로 올라갔다.

 '그럴 수 없겠지. 그런 시절은 다시 안 올 거야. 하지만 다시 누리고

싶다, 그 시절을.'

곤륜으로 청진이 찾아왔을 때 떠나지 말았어야 했다. 하지만 그를 통해 엿보게 된 세상은 너무 궁금했다. 그래서 사부들의 유명도 저버리고 세상에 나왔다. 청진이 말하던 세상이 너무 궁금했고, 두 분 사부로부터 가르침받은 자신의 밑바탕도 시험해 보고 싶었다.

그래선 안 되는 거였지만, 결국 그 길로 세상에 나왔다. 나와서 보고 느낀 세상은 온통 발 아래로 보이고, 모든 것이 하찮게 여겨졌다. 두 분 사부의 진신내력을 이은 자신은 지위고하, 연륜의 고하를 막론하고 대적할 자가 없었다.

그런데 그자를 만났다. 흑마왕. 그는 연무기 자신이 알던 세상의 기준을 바꾼 자였다. 그런 자가 있으리라곤 상상도 해보지 못했다. 하지만 역시 세상은 넓고도 광활했다. 그자와 검을 겨루던 그 순간은 당황스러우면서도 기뻤다. 적수가 없다고 생각했던 세상에서 적수를 찾은 것이다.

하지만 그건 착각이었다. 그는 적수가 아니었다. 연무기 자신의 검에 상처를 입긴 했지만, 그는 이해할 수 없는 괴력과 응변으로 자신의 어깨를 부숴 버렸다. 만일 그날 십팔금강동인들이 끼어들지 않았더라면, 죽었을지도 모르는 일이었다.

죽음, 그리고 패배. 처음으로 패배의 쓴맛을 알게 해주었고 죽음의 공포를 안겨준 자가 흑마왕, 그자였다. 그자 앞에선 모든 것이 다 초라해 보였다. 그가 마음만 먹으면 세상의 무엇이라도 다 소멸될 것만 같았다.

무서운 자였다. 그런 그에게 청진은 무릎을 꿇었다. 살기 위해서였다. 그리고 후일을 대비하기 위해서였다. 결코 그런 용서를 줄 자가 아니었지만, 그의 여인이 만류하자 그는 손을 거두었다. 그렇게 목숨을 연명한 거다.

그랬던 청진이 죽었다. 치욕을 무릅 쓰고 절치부심 복수의 날만을 기다리며 대비하던 청진이 죽은 거다. 그에게 버금갈 정도의 수치와 원한을 품고 연무기 자신은 기꺼이 인간강화비술의 실험 대상을 자청했다. 이유는 오직 하나, 청진처럼 더럽혀진 명예와 굴욕으로 연명한 목숨 빚을 갚기 위해서다.

한데 그 일이 다가왔건만 청진은 허무하게 죽어버렸다. 그 죽음의 장면을 연무기 자신은 똑똑히 지켜보았다. 화탄에 휩쓸려 산산조각으로 흩어지던 그 모습은, 정녕 잊을래야 잊을 수가 없는 모습이다. 그곳에서 자신 혼자 살아남았다. 청율도 죽고, 고월자도 죽고, 적수의 탁지만도 죽었다.

시신조차 찾을 수 없는 그들의 합동 제례를 드리는 동안 이호패는 십팔금강동인들이 그 자리에 없었던 것이 불행 중 다행이라고 했다. 그들은 벽력월인궁과의 전장에 있었다. 그곳에서도 화탄은 터졌고, 그들은 그것을 대적했다. 제를 올리는 도중 내내 십팔금강동인들은 아무런 표정도 보이지 않았다.

알 수 없는 권태로움에 홀로 군막에 남았던 자신을 북상문주가 찾은 것이 우연이라면 우연이었다. 간세들의 공작이 있음을 알았고, 그 길로 혼자 맹으로 들어갔다. 간세들에게 청진 등이 있는 맹에 일이 생기리라고 생각하지도 않았지만, 자신이 손을 쓰면 모든 것이 해결되리라고 생각했다.

착각이었다. 적들의 간세는 보통의 공작조가 아니었다. 적의 수뇌부, 벽력신수 혁련휘가 직접 이끄는 결사대였다. 그들에게 결국은 당하고 말았다. 손을 썼지만 너무 늦었고, 화탄의 폭발을 피하기에는 혼자도 위태로웠다.

청진과 청율, 고월자와 탁지만, 모두가 죽고 그동안의 연구 업적과 인간강화비술에 관련된 모든 자료와 비전들이 사라졌다. 그러나 그 일을 두고 이호패는 물론 십팔금강동인들도 아무런 말도 하지 않았다. 하다못해 왜 혼자서 일을 처리하려 했냐는 질책도 없었다.

말은 않지만 서로가 안다. 언젠가는 서로가 서로를 극복해야 할 대상이라는 것을 모두가 알고 있는 거다. 지금은 명목상 저들의 위에서 명령을 내리고 있지만, 서로가 생각한 그 시점이 오면 모든 것은 변할 것이다. 그것은 연무기 자신과 십팔금강동인, 그리고 이호패 셋 모두 똑같았다.

'아무렴 어떠리, 이제 끝이 닥쳤거늘.'

연무기는 하늘을 봤다. 눈이 시었다. 파란 하늘은 가을의 중심을 지나는 신호처럼 높고 푸르렀다. 생각처럼 이제 끝은 다가왔다. 거추장스런 세상에서의 모든 일을 끝낼 시간이 다가온 것이다.

흑마왕. 그가 선전 포고를 해왔다. 잠시 후 정오가 되면 그와의 전쟁이 시작된다. 십팔금강동인이 무엇을 생각하든, 이호패가 어떤 계획을 가지고 있든, 자신은 오늘 이 일, 흑마왕과의 일전에 생의 모든 것을 건다.

그럴 수 있을지는 모르지만, 그 후에는 곤륜으로 돌아갈 것이다. 설원의 냉수가 수정처럼 흐르는 그곳으로 돌아가 세상을 털어내고 사부들의 묘를 지킬 것이다. 그냥 돌아갈 수도 있지만, 그것은 한 가닥 지탱하던 생의 의미를 집어던지는 일이었다. 흑마왕과의 일전은 마지막 삶의 의미인 거다.

"흑마왕··· 그자는 과연 무슨 생각을 할까?"

잘난 외모만큼이나 낭랑한 연무기의 목소리는 바람을 타고 흘렀다. 그 소리를 때마침 정상에 오른 십팔금강동인들이 들었을지는 바람만이 알 것이다.

**❸**

평정산이 올려다보이는 산의 초입, 평원과 닿은 골짜기의 끝자락에 군막을 친 이호패는 산 정상을 올려다보았다. 미간이 저절로 찌푸려들었다. 산 정상에 있을 인물들을 생각하니 자신도 모르게 그렇게 인상을 쓰게 되었다.

산은 높지 않았지만 넓고 깊으며, 계곡과 수목들이 울창하게 우거진 험산이었다. 이곳을 전장의 장소로 지목한 흑마왕에게 무슨 복안이 있는지는 모르지만, 그가 선전 포고를 한 그날로 이 산은 완벽하게 무림맹의 요새가 되었다.

"죽겠다는 놈을 막을 이유는 없지."

중얼대는 이호패의 뒤에는 대류상가의 총관 한상경이 그림처럼 서 있었다. 이호패는 휘날리는 천막의 밖으로 산을 올려다보았다. 갈색으로 물든 산은 이제 완연한 가을을 맞는 중이었다. 모든 게 영락하는 그 빛깔을 보며 찻잔을 들어 입을 축였다.

"후우, 좋군."

김이 모락대는 찻물의 뜨거움이 얼얼하게 입 안에 감도는 느낌을 이호패는 음미했다. 살아 있음에 느낄 수 있는 감각이었다. 또한 누릴 만한 위치에 있으니 누리는 호사였다. 죽은 자들은 결코 누리지 못할 복락이었다.

청진이 죽었다. 무림맹주를 맡았던 그의 사제 청율도 죽었다. 더불어 자신의 사부인 무당 장문 고월자도 죽었다. 덩달아 적수의 탁지만도 함께 죽었다. 모두가 한자리에서 혁련휘에게 죽은 거다. 그들이 그렇게 죽으리라곤 아무도 생각하지 못했다. 하지만 혁련휘의 결사대와 함께 폭사했다.

'언젠간 가야 할 자들이 간 것이지만, 그중엔 가지 말아야 할 자도 끼었어. 제기랄.'

아무리 혼잣말이라도 이 말만은 입 밖에 낼 수 없는 말이다. 적수의 탁지만. 그가 죽은 것은 정말 커다란 기회의 상실이자 손실이 아닐 수 없었다. 그와 같이 사라진 인간강화비술의 비전과 그의 연구 결과들은 소실되어선 안 될 것들이었다. 하지만 다 사라졌다. 죽음의 폭발과 붕괴 속에서 다 소멸됐다.

"재가 된 것들을 쥐어봐야 먼지뿐이니… 이야말로 죽은 자식 부랄 만지기로구나."

또다시 흘러나온 이호패의 넋두리에 뒤에 서 있던 한상경이 다가서며 은근스럽게 말을 건넸다.

"맹주, 그리 심려만 하실 일은 아니지 않사옵니까? 비록 임시라고는 하나, 이제 명실상부 이 무림맹의 만인지상에 오르셨으니 이는 바라던 바의 하나를 이룬 것이옵니다."

찻잔을 만지작대던 이호패는 탁자 옆으로 선 한상경을 슬쩍 올려다보았다.

"총관의 생각은 그러한가?"

"그러하옵니다. 유명을 달리하신 분들에게는 안된 말이오나, 언제까지 장강의 뒷물결을 앞선 물길이 막아설 수는 없는 것이지요. 이는 오히려 전화위복의 기회라 맹주께서 가지신 역량과 새 뜻을 펼칠 호기라 사료되옵니다."

고개 숙여 보이는 한상경의 얼굴에서 다시 산 정상 쪽으로 시선을 돌린 이호패는 희미하게 미소 지었다.

"맞는 말이야. 오랫동안 기다려 왔던 기회지. 하지만 저들도 그렇게 생각할까?"

한상경의 시선도 이호패를 좇아 평정산의 정상으로 돌아갔다. 그곳에 누가 있는지 떠올랐다. 연무기와 십팔금강동인들이었다.

"저들의 생각은 이제 중요하지 않습니다."

"중요하지 않다? 저들은 청진이 만들어내고 키운 자들이야. 그런데 중요하지 않다?"

"그 청진이 지금 없습니다. 그리고 저들 앞엔, 오늘 사생결단을 치러야 할 흑마왕이 있습니다. 오늘의 일은 어찌 보면 일석이조의 계와도 같습니다. 돌 하나에 두 마리의 새를 잡는 것이지요."

"총관의 생각은 흑마왕과 연무기를 포함한 십팔금강동인, 저들이 서로를 해쳐 양패구상이라도 한다는 뜻인가?"

"그러길 바라고 있고, 그렇게 되리라고 생각합니다."

"흑마왕 그자의 무예를 본 바가 있지만, 연무기와 제이의 십팔금강동인들은 이미 예전의 그들이 아니다. 어쩌면 흑마왕은 저들 중의 단하나도 상대할 수 없을지 몰라."

"그럴 수도 있겠지요. 하지만 흑마왕이 이곳을 전장으로 지목한 이상, 그에게도 응분의 대비가 있을 것이라 생각됩니다. 그러한 최소한의 계획과 자신이 없는 이상 전 무림맹을 상대로 선전 포고를 할 수는 없겠지요."

이호패의 눈이 가늘어졌다. 하지만 그 눈빛은 이미 다 알고 있는 내용들과 자신의 머리 속에 있는 생각들을 남의 입으로 다시 확인하는 것 같은 느낌이었다.

"계획과 준비라……."

"그에겐 철혈대와 합쳐진 벽력대가 있습니다. 그들의 무력은 익히 알고 있고 겪은 것처럼 천하 최강이지요. 또한 친구들도 있습니다. 풍오자는 말할 것도 없고, 지난번 본 그 거구의 무인은 권왕 용정필의 후대로 밝혀졌습니다."

"그래, 그들이 있지."

"그것만으로도 자웅을 결할 만하다 하겠지만, 우리가 모르는 또 다른 뭔가가 있을 것이라 생각합니다."

"또 다른 뭔가?"

"예, 그렇지요. 그런 것이 있지 않고선 저들을 상대하러 오지 않았겠지요. 최소한 오 할의 승률을 자신했기에 저런 선전 포고를 했다고 생각합니다."

가늘어진 눈으로 이호패는 작게 되물었다.

"그 또 다른 뭔가가 뭐라고 생각하나?"

한상경은 잠시 주저하다가 입을 열었다.

"그것이 무엇일지는 소인도 짐작이 되질 않습니다. 하나 중요한 것은 이미 말씀드린 것처럼 저들이 부딪친다는 것이지요. 하나는 적이고, 또 다른 한편은 적은 아니지만 언젠간 적이 될 수 있는 그들이 격돌한다는 것이지요."

고개를 작게 끄덕이는 이호패에게 한상경은 거듭 말했다.

"호랑이 여럿이 발톱을 그어대면 필히 죽고 다치는 것들이 생깁니다. 저희가 할 일은, 그들이 잘 싸우게 길을 만들어주고 다친 호랑이들을 포획하는 것뿐이겠지요. 아주 실한 장사가 될 것입니다."

한상경의 얼굴에 웃음이 떠올랐다. 그 웃음을 마주 보며 이호패도 미소 지었다.

"그래, 그자가 그러한 자신과 조건이 구비되지 않았다면 오지 않겠지. 그리고 그때의 그놈을 떠올리면 정말 몸서리가 쳐져. 아마 모르긴 몰라도 흑마왕 그자는 연무기 등에게 필적한 힘을 가졌는지도 몰라. 인간강화비술로 전과는 비교도 안 되게 그들이 강해졌다고 하지만 나는 자꾸만 그런 생각이 들어. 그는 싸우면 싸울수록 강해지는, 그런 자 같았어."

이호패의 시선은 다시 산 정상으로 향했다.

"저들에게 어떤 결과가 기다리고 있을지는 지켜봐야겠지. 연무기 등이나 흑마왕 모두. 하지만 오늘의 일이 운명의 전환점이 될 거라는 건 분명해!"

가늘어졌던 이호패의 눈이 점점 커지며 파릇파릇한 빛이 뿜어져 나왔다. 강한 의지와 힘이 실린 그 눈길과 말이 뭘 의미하는지 잘 알기에 한상경은 소리없이 미소 지었다.

느닷없는 무사의 보고 소리가 들린 것은 그때였다. 두 사람이 한 가지 생각에 빠져 있던 그때,

"아룁니다!"

바람에 휘날리는 군막 밖에서 들어온 무사는 검을 두 손으로 모으고 고개를 숙였다.

"무슨 일이냐?"

한상경의 날카로운 물음에 무사는 급하지만 절도있게 대답했다.

"흑마왕이 오고 있습니다!"

이호패의 눈에서 퍼런 빛이 확 비어져 나왔다.

"어디냐?"

무사는 이호패에게 즉시 대답했다.

"남동평원 쪽에서 산으로 접근 중입니다!"

"병력은? 병력은 얼마나 되더냐?"

다시 나온 한상경의 물음에 무사는 웬일인지 우물쭈물했다.

"뭐 하는 게냐? 대답하지 않고!"

다그치는 한상경의 표정을 살핀 무사는 입을 열었다.

"저, 그것이… 흑마왕과 그의 동료 셋뿐입니다."

이호패와 한상경의 눈이 동시에 동그랗게 커졌다.

무사의 눈을 직시하며 이호패는 무겁게 물었다.

"그가… 혼자란 말이냐?"

무사는 괜스런 송구함에 몸둘 바를 모르며 고개를 깊이 숙여 말했다.

"산의 사방 어디에도 적의 군세는 발견되지 않았습니다."

의자를 밀고 일어선 이호패는 왜 그런지 발에 힘이 들어가질 않는 것 같았다. 뭔가 알 수 없는 불안감이 뒷머리를 자꾸만 잡아당겼다. 그래서 한상경을 봤다. 하지만 이호패 자신을 보는 한상경의 얼굴도 자신과 다르지 않았다.

이호패는 불안으로 떨리는 목소리를 감추며 무사에게 명령을 내렸다.

"그를… 막아라!"

❹

　울창하고 장엄하게 다가오는 평정산을 보며 걷던 계장수는 걸음을 멈췄다. 천천히 산 전체를 조망하니 모든 게 한눈에 보였다. 골짜기에 숨은 병사들의 검도 보였고, 나무 뒤와 바위 옆에 몸을 웅크린 자들의 숨결도 느껴졌다.

　실제로 보이는 건 가을이 짙어가는 산뿐이었다. 하지만 계장수는 모든 걸 다 보고 느낄 수 있었다. 저 산의 골골에 숨은 자들의 눈동자가 보이고 냄새가 맡아졌으며, 산의 정상에서 자신을 기다리는 자들의 의지가 선명하게 전해져 왔다.

　이제 저들에게 받은 걸 돌려줄 시간이었다. 의제인 위지강천의 목숨과 혁련휘의 뜨거운 생명을 가져간 저들에게 목숨 빚을 받을 때가 된 거다. 저 산에서 숨 쉬고 있는 모든 것들은 이제 죽을 때가 되었다. 죽음은 계장수 자신의 손으로 이루어질 것이며, 저들은 죽기 전에 지옥을 보게 되리라.

　"여기서 기다려."

　무심하게 나온 계장수의 말에 용태웅의 눈이 커지고 풍오자 임홍빈의 눈도 치떠졌다.

　"무슨 소리야, 그게?"

　용태웅이 바로 물었다. 하지만 계장수는 대답없이 산만을 바라보았다.

"뭔 소리냐니까? 여기까지 와서 기다리라니! 장난 하냐, 지금?"

언성이 높아진 용태웅의 옆에서 풍오자가 나섰다.

"뭘 생각하는 거냐? 너 혼자 저 산엘 들어가겠다는 거냐?"

임홍빈도 덩달아 입을 벌렸다.

"아니지? 설마 그런 생각을 가진 건 아니겠지, 그렇지?"

계장수는 뒤돌아서서 일행들을 보며 대답했다.

"맞아. 나 혼자 갈 거다."

세 사람의 눈은 멍해졌다. 그러다가 격한 반응을 바로 보였다.

"이런 미친놈이!"

"돌았구나!"

"이 썅녀려새끼!"

세 사람의 격한 반응을 일축하며 계장수는 분명하게 말했다.

"저것들을 모두 죽일 거다. 연무기란 놈도, 십팔금강동인이란 것들도, 저 산에 있는 무림맹의 모든 부스러기들도 다 죽일 거다. 그건 나 혼자면 돼."

너무도 담담하게, 그러나 항거할 수 없는 힘을 담고 나온 계장수의 말에 세 사람은 아무런 반박도, 말도 덧붙이지 못했다. 그저 눈만 끔벅대는 세 사람에게 계장수는 할 일을 말했다.

"이곳에서 도망가는 놈들을 잡아. 그것들도 다 죽여."

홀린 것처럼 용태웅이 고개를 끄덕이자 계장수는 주저없이 뒤돌아섰다. 그리고 산을 향해 달려갔다.

❺

평원을 달려오는 흑마왕의 모습을 보며 무림맹의 무사들은 숲 속에서 침을 삼켰다. 특히 조원들을 이끈 무림맹 외오단 제삼 분임조장인 허문정(許文政)은 미간을 파르르 떨었다. 이제 격돌의 시간이 코앞에 닥친 것이다.

흑마왕. 지금 자신들을 향해 산의 초입으로 달려오는 저 사내는 이미 전설과도 같은 자였다. 시커멓게 선으로 보이며 달려오는 모습, 저건 가히 질풍이라 할 만했다. 이후의 일이 과연 어떻게 진행될 것인지 알 수 없었다. 그러나 분명한 건, 저자와 자신들은 서로를 죽고 죽여야만 하는 사이란 거였다.

성난 지옥의 마왕이, 바람을 발에 두르고 달려오는 것 같은 모습을 바라보던 허문정은 이를 악물었다. 그리곤 흑마왕의 모습이 산의 초입에 이른 순간 명령을 내렸다.

"방포!"

콰콰콰콰쾅!

나무들 사이에서 천둥벽력이 터졌다. 화포였다. 괴수의 아가리처럼 터진 화포의 불덩이들은 흑마왕을 향해 날아갔다. 그 포환들이 달리는 흑마왕의 그림자와 한데 엉겨 터졌다.

쿠콰콰콰쾅!

발포를 명령한 자의 목소리가 계장수의 귀에 선명하게 들렸다. 그 소리 직후 사방에서 폭발이 터졌다. 화끈한 폭발의 열기와 폭풍 같은 충격은 전신을 흔들었다. 그 열기 속을 헤치며 계장수는 귀신처럼 땅을 밟았다. 달리는 측면과 발이 나아가는 전방에서 포환은 거대한 흙 귀신으로 솟아올랐다. 땅이 뒤집어지는 그 폭발 사이로 몸을 빼며 숲을 향해 달렸다.

화포라니. 어이가 없었다. 놈들은 철저하게 준비를 마쳤음이 틀림없었다. 군대에서만 쓰는 금품(禁品) 중의 금품인 화포까지 동원한 것이다. 어떤 방법을 썼는지는 모르지만, 양측에 이미 화탄이 사용됐으니 당연한 결과인지도 모른다. 하지만 아무리 세상이 어지럽기로 화포까지 빼내오다니…….

'개자식들!'

계장수는 다시 터지는 화포의 화염들을 보며 몸을 날렸다.

콰콰콰콰쾅!

발밑으로 지나가는 포환들의 궤적을 무시하고 숲으로 날아 내렸다. 대붕처럼 사지를 펴고 떨어지는 모습은 천신의 하강 같았다. 그 모습에 무림맹 군사들이 입을 벌릴 때 계장수의 두 손이 연달아 땅을 향해 주먹질했다.

쉬퍼퍼퍼퍼펑!

포환보다 더 끔찍한, 검은 쇠기둥 같은 철령기의 권경들이 폭발해 나갔다. 화포와 그걸 조종하던 사람들, 숲이 동시에 때려 맞았다. 화포는 제가 가진 포환과 함께 뭉개지며 터져 올랐고, 사람들은 가랑잎처럼 휘날렸다.

순식간에 초토화된 숲에 계장수가 내려섰다. 숲은 파도에 쓸린 모래사장처럼 휑하니 모든 것이 사라졌다. 군데군데 떨어진 화포의 쇳조각과 사람들의 팔다리가 보이는 전부였다. 바닥이 뒤집어져 붉은 흙들은 피처럼 펼쳐져 있었다.

철령기는 모든 걸 뚫고 부수며 뭉갤 뿐이었지만, 그로 인해 터진 화기의 위력으로 현장은 처참했다. 산으로 이어지는 숲길을 바라본 계장수는 무심하게 발길을 옮겼다. 그런 그의 귀로 누군가의 신음 소리가 들렸다.

"크으윽… 흑… 마왕……!"

걸음을 멈춘 계장수는 숲이 밀려 나간 왼쪽편의 저 끝, 꺾어진 고목나무의 아래를 보았다.

한 사내가 검을 지팡이 삼아 비틀대며 일어섰다. 일어서는 사내의 왼쪽 팔은 어깨부터 없었고 복부와 가슴과 다리엔 나뭇가지들이 박혀 있었다.

일어서는 게 신기할 정도로 보이는 사내는 앞으로 비틀대고 나오며 계장수에게 말했다.

"흑마… 왕… 나… 허문… 정의… 검을… 꺾기… 전에는… 못… 간다……."

피가 흘러내리는 사내의 오른쪽 눈도 파열된 것이 틀림없었다. 사내는 금방이라도 다시 쓰러질 것만 같았다. 걸음을 옮기는 것이 기적이었다. 하지만 무슨 집념의 소산인지 사내는 계장수에게로 다가왔다. 그 모양을 계장수는 무표정하게 바라보았다.

"내… 검을… 받… 아……."

하나뿐인 오른손으로 검을 내밀던 사내가 스르르 쓰러졌다. 계장수와 불과 다섯 걸음 정도를 남겨두고서였다.

몇 번의 잔경련을 보이다가 움직임이 멎은 사내를 계장수는 물끄러미 내려다보았다. 과연 뭐가 저 사내를 저 지경에도 움직이게 만들었을까? 저 사내가 죽는 순간까지 보여준 저 행동은 무엇인가? 단지 명령 때문에? 무사로서의 자존심? 자신에 대한 증오? 아니면 죽음을 도외시한 신념?

엎어진 사내의 시신을 보며 움직이지 않던 계장수는 작은 소리로 입을 벌렸다.

"뭐가 되었든, 죽는 건 모든 것의 끝이다. 이 세상과의 인연이 끊어지는 거지. 그게 외로워서라면, 오늘 이 산의 네 동료들을 다 함께 보내주마."

돌아선 계장수는 숲길을 박차고 나아갔다.

끝없는 사투 2

❶

　굴러 내리는 바위를 피해 계장수는 좌로 신형을 옮겼다. 발끝이 땅
에 닿는 순간 바닥이 꺼졌다. 떨어지는 나뭇잎을 차고 오르는 순간 고
목에 연결된 쇠 그물이 떨어져 내렸다. 동서남북의 네 방위에선 창날
들이 날아왔다.

　완벽한 준비요, 함정이며, 덫이었다. 움직임의 모든 방위를 예상한
공격의 덫이 기다리고 있었다. 살갗에 닿는 공기가 살기로 아릴 지경
이었다. 하지만 저들의 상대는 다름 아닌 흑마왕이었다. 그건, 이미 인
간을 이르는 별호가 아니었다.

　"이야앗!"

　거친 기합과 함께 계장수는 귀신도를 뽑아 그었다. 계장수의 머리
위로 검은 선이 그어진 순간 쇠 그물은 둘로 갈라졌다. 동시에 사방으
로 종횡을 그은 칼날의 궤적은 비행하던 창날들을 산산조각으로 흩어

버렸다.

"놈을 죽여라!"

누군가 외치는 소리가 저 위쪽으로부터 들렸다. 후드득 소리로 흩어져 내리는 창 조각들과 함께 착지한 계장수는 위를 봤다. 눈앞엔 비탈이 펼쳐져 있었다. 외침이 들린 그 순간, 비탈에서 바위들이 굴러 내렸다.

어른의 몸통만한 것에서 집채만한 것, 아이의 머리통만한 것까지 크기는 다양했다. 새카말 정도로 수효도 많았다. 굉음과 먼지를 피우며 구르는 바위들은 중간의 나무들에 부딪치고 방향을 틀어 또 서로 충돌하며 점점 더 빠르게 내려왔다.

쿠콰콰콰콰콰!

바위들이 모든 걸 밀어붙이며 내려오는 소리는 흡사 거대한 폭포수의 소리처럼 웅장했다. 비탈의 모든 나무들이 꺾어지고 부서지며 같이 굴러왔다. 나무와 고목의 둥치들이 솟구쳤다 내려오며 서로를 튕겨내고 굴러오는 모습은 가히 공포스러웠다.

비탈 아래서 말 그대로 바위들의 산사태를 보던 계장수는 귀신도를 두 손으로 움켜잡았다. 그리고는 바위들을 향해 마주 달려가며 칼을 밑에서 위로 그어 올렸다.

부아아아아!

산의 공기를 긁어대는 소리가 터지고, 산은 말 그대로 긁혀 올라갔다. 거대한 쟁기가 있어 산비탈을 아래로부터 위로 긁어 올리는 것 같은 장관이 펼쳐졌다. 비탈의 중심에 거대한 고랑이 파여 올라갔다. 그 힘의 진행 방향에 충돌한 모든 것이 가루로 흩어졌다. 바위도 나무도 그 어떤 것도, 검은 강기의 쟁기에 산산이 부서졌다.

바위들의 산사태를 두 동강 낸 계장수는 그 중심을 따라서 몸을 솟구쳤다. 성난 범의 도약이었다. 함정을 만들고 바위를 굴려낸 자들이 경악해서 후퇴하는 모습이 보였다. 그들의 뒷모습을 쫓아 비탈을 차고 올라 칼을 그어댔다.

쉬에에엑!

귀신도의 횡격이 도망치는 자들의 등에 선을 그었다. 검은 번개로 그어진 선은 접촉하는 모든 것을 동강 냈다. 비탈에 빽빽하게 몸을 박은 고목들의 몸을 갈랐고, 그 사이로 정신없이 도망치는 인간들의 등을 갈랐다.

인간의 피와 나무들의 수액과 흙들이 동사에 난무했다. 하지만 계장수의 칼은 쉬지 않았다. 왼편에 횡격을 그어 던진 몸은 곧바로 우로 돌며 같은 일격을 그었다. 검은 강기는 수평의 파도처럼 밀려가며 모든 걸 갈랐다.

도망가던 자들의 몸뚱이들이 두 동강나서 아래로 굴렀다. 자신들이 굴리던 바위처럼 굴러간 몸은 버려지는 고깃덩이들 같았다. 꺾어진 나무 밑동에 부딪쳐 튕겨 나가기도 하고, 날카롭게 갈라진 나뭇가지 등에 꿰이기도 했다.

비탈의 숲을 동강 낸 계장수는 위로 올라갔다. 비탈의 끝, 옅은 능선을 오르자 다시 내리막이 되었다. 아래쪽은 계곡이었다. 계곡을 지나야만 산 정상으로 다시 오를 수가 있었다. 내려다본 계곡은 깊은 수림과 어둠으로 침침해 보였다. 마치 발을 들여놓으며 한없이 빨아들이는 수렁처럼 여겨졌다.

미간을 좁히고 계곡을 내려다보던 계장수는 주저없이 달려 내려갔다. 달리는 몸 뒤로 먼지가 파도처럼 일어났다. 건조한 가을 산의 낙

엽들과 흙은 꼬리처럼 솟구쳤다. 그렇게 맹렬하게 달려 내린 계장수가 계곡의 숲에 몸을 들이미는 순간, 기다렸던 자들의 공격은 시작되었다.

퍼퍼퍼퍼펑!

폭음이 터졌다. 화탄은 아니었다. 주위에서 터진 소리는 연막탄이었다. 놈들은 달리는 계장수의 몸을 둘러싸고 연막탄을 터뜨린 거다. 울창한 계곡의 숲에서 터진 연막은 한 치 앞도 분간할 수 없게 시야를 가려 버렸다. 회색 같기도 하고 흰색 같기도 한 연기는 계장수의 몸을 삽시간에 휩싸고 돌았다.

피잇!

연막 속에서 공격이 나왔다. 번개처럼 튀어나온 검날은 기척도 없었다. 그것은 계장수의 목을 노렸다. 하지만 계장수의 귀신도는 그보다 더 빨랐다.

"컥!"

회색 암행의를 입은 사내의 목에 귀신도가 박혔다. 바로 그 순간, 기다렸다는 듯이 사방에서 검날이 쑤시고 들어왔다.

피피피피피피잇!

등과 옆구리, 다리와 가슴, 뒤통수와 엉덩이, 가릴 것 없이 첨예한 살기가 꽂혀들었다. 조금만 지체하면 산적 꼬치가 될 것만 같았다.

손목을 비튼 계장수는 귀신도를 잡아 뽑으며 왼 무릎을 굽혀 주저앉았다. 그렇게 앉음과 동시에 우로 돌며 귀신도를 횡으로 쓸었다. 검은 동심원이 그려졌다.

시에에에엑!

칼끝에 사람들의 정강이가 갈라지는 느낌이 가득할 때 계장수는 무륜을 펴고 일어섰다. 중심을 잃고 자신에게로 무너지는 회색 암행의의 무사들이 보였다. 귀신도를 십자로 그어댔다. 몸은 여전히 돌았고 무사들은 조각났다.

순식간에 상황은 종결되었다. 앞선 자들이 그랬던 것처럼 회색 암행의의 무사들은 썰어진 고깃덩이가 되어 바닥에 흩어졌다. 무사들의 수효는 모두 여덟이었다. 가시지 않은 연막 사이로 계곡을 보니 수많은 움직임이 느껴졌다.

연기를 뚫고 계장수는 다시 전진했다. 회색 연기에서 빠져나와 채 열 걸음을 옮기지 못했을 때 연막은 또 터졌다. 이번엔 여름의 숲처럼 푸른 연기였다.

퍼퍼퍼퍼펑!

자욱히 푸른 연기가 피어오름과 동시에 역시 공격이 시작됐다. 이것은 전문 암격자들의 수법이었다. 지형과 지물을 이용해 자신들을 숨기고 연막으로 상대를 교란한 후에 격살하는 수순. 연막 속에 숨은 자들은 철저하게 자신들의 기척을 숨겼다. 최소한 공격하기 전까지는 드러나지 않았다.

전문 수련을 거친 고도의 암격자들이 분명했다. 무림맹 같은 곳에서 이런 수련을 할 리는 없을 테고, 분명 연계된 다른 방파나 또 다른 세력과의 연수를 둔 것이 틀림없었다. 그러나 그 무엇이 되었든 간에 저들이 맞이할 결과에는 변함이 없었다.

스피잇! 스피피피핏!

푸른 연막을 비집고 나오는 것은 시린 은빛의 낫[鎌]들이었다. 흉악하게 휘어진 날의 끝에는 철삭이 연결되어 있었다. 연막 뒤에 숨은 자들은 낫을 던지고 철삭을 잡아 조종했다. 낫들은 허공에서 방향을 바꾸며 계장수의 몸을 그었다.

예상치 못한 동선으로 쇄도하는 낫들을 향해 계장수는 귀신도를 역으로 잡고 돌았다. 돌면서 후려 그은 귀신도에 전면의 낫이 두 동강났다. 곧바로 왼발 회축이 떠오르며 두 개의 낫을 동시에 부쉈다. 그 발이 내려오기도 전에 다시 떠오른 오른발이 나래처럼 솟구치며 또 하나의 낫을 터뜨렸다.

파캉!

은빛 조각들이 눈발처럼 흩어질 때, 계장수는 푸른 연막의 한쪽으로 주욱 전진했다. 이른바 연막의 중심이 아닌 주변의 테두리로 진입한 것이다.

푸른 연기 속에서 놀라 후퇴하는 한 사내가 보였다. 사내의 손엔 낫이 없는 쇠사슬만이 잡혀 있었다. 그 사내에게 계장수는 유령처럼 다가섰다. 역으로 잡은 귀신도의 칼날은 사내의 좌측 어깨부터 우측 아랫배까지 선을 그었다.

"크흑!"

쓰러지는 사내는 연기처럼 푸른 암행의를 입었다. 지체없이 돌아선 계장수는 우측으로 뛰어갔다. 이 장여를 뛰어가자 낫을 치켜드는 사내의 윤곽이 보였다. 사내의 손이 떨쳐지기 전에 계장수는 두 발로 도약하며 사내에게로 날아갔다.

허공의 푸른 연기를 가르며 날아간 계장수의 두 발이 사내의 가슴과 머리를 동시에 가격했다.

파팡!

머리가 터지고 가슴이 함몰된 사내의 몸뚱이가 저만큼 날아갔다. 바로 그 순간 계장수의 등 뒤로 두 개의 낫이 찍혀왔다. 계장수는 뒤로 돌았다. 돌면서 뻗어낸 것은 칼이 아닌 주먹이었다.

카캉!

휘돌려친 권배에 맞아 낫들이 부서졌다. 놀라는 낫 주인들의 복부를 뒤따른 귀신도가 쓸고 지나갔다.

피이윳!

"커헉!"

"허억!"

외마디 신음을 내뱉고 두 사내는 무너졌다.

동료가 죽는 틈을 빌린 공격은 그 순간에도 이어졌다. 휘이잉 휘이잉, 소리가 나게 낫을 돌리던 자들이 허공에 도약했다. 그들의 손에서 돌던 낫들이 커다란 궤적으로 찍어 내려왔다. 수효는 모두 넷. 전후좌우 사방이었다.

시이이잇!

시린 실기가 엄습해 왔다. 은빛 낫들이 내려오는 비행 궤적은 완벽한 살수였다. 그것은 대낮에 보는 유성처럼 아름답기까지 했다. 하지만 그걸 보는 계장수의 눈은 추호도 흔들림이 없었다. 다만 귀신도를 그어 올릴 뿐이었다.

피피피핏!

머리 위쪽으로 그어댄 네 번의 칼질은 검은 반원으로 사방에 비산했다. 초승달 모양으로 칼에서 터진 그것들이 사방에서 찍혀 내리던 은빛 낫들과 몸을 섞었다. 순간적으로 사기그릇 깨지는 소리가 들린 것 같았다.

그 소리를 인지하기도 전에 낫들이 갈라지고, 그것과 연결된 철삭들이 주욱 갈라져 올라갔다. 그 모양은 꼭 새끼줄이 주욱 풀리며 갈라지는 것처럼 보였다. 그리고 철삭의 끝, 그걸 잡은 사람들의 몸뚱이도 두 동강으로 갈라졌다.

퍼퍼퍼퍽!

네 개의 몸뚱이가 동시에 갈라지는 소리는 도끼가 장작을 패는 소리처럼 들렸다. 하지만 사람은 결코 장작이 아니란 걸 증명하듯이, 피분수와 함께 떨어진 그들은 잠깐의 움직임을 더 보였다. 움직임은 곧 사라졌다.

갈라진 자들의 시신에서 눈을 돌린 계장수는 계곡의 깊숙한 곳으로 시선을 던졌다. 푸른 연막은 옅게 흩어지며 나무들 사이로 가라앉고 있었다. 시선이 가는 저곳, 계곡의 깊은 저곳엔 수많은 사람들의 기운이 느껴졌다.

계장수는 다시 달려갔다. 달리는 그의 앞으로 이번엔 검은 연막들이 터졌다. 그 속에서 팔뚝 반만한 도끼들이 암기처럼 날아왔다.

❷

"상황이 어떻게 돼가고 있는 거냐?"

초조함을 감추지 못하는 이호패는 연신 산을 올려다보았다.

"서남쪽에서 치고 올라간 흑마왕이 불영계곡까지 들어갔습니다."

한상경의 대답에 이호패는 미간을 구기며 돌아봤다.

"반 시진도 안 됐는데 벌써 거기까지 들어갔단 말이냐? 비영문(秘影門)의 은형사자(隱形使者)들은? 그들은 어찌 된 거냐?"

"그것이… 회영자(灰影子)들과 벽영자(碧影子)들이 패퇴하고 지금은 흑영자(黑影子)들이 상대하는 중입니다."

"이런 제길! 그들 가지고 되겠나? 백룡단원들을 투입시켜!"

"이미 그렇게 했습니다. 본영의 호위를 담당한 열 명을 제외하고 나머지 쉰여섯 명 전원을 투입시켰습니다."

"그들은 뭘 하고 있나?"

"산 위에서… 지켜보고 있는 것 같습니다."

이호패는 산 정상으로 눈을 돌렸다. 신경질적으로 꿈틀대는 눈자위는 그의 심정을 보여주었다.

"그래, 기다린단 말이지… 그러고 있단 말이지… 빌어먹을 것들이."

산 정상에 있는 자들은 연무기와 십팔금강동인들이었다. 마치 찾아오는 손님을 기다리는 것 같은 그들의 행태는 이호패의 속을 뒤집어놓았다. 흑마왕은 벌써 비영문의 두 관문을 뚫은 거다. 그것은 이호패의 분노와 초조를 더욱 부채질했다.

생각이 비영문에 미치자 더욱 짜증이 솟구친 이호패는 한상경에게 물었다.

"비영문주는 어디 있나?"

잠시 머뭇거린 한상경은 조심스럽게 답했다.

"흑영자들과 합류했습니다."

"뭣? 그럼 지금 흑마왕을 상대하러 갔다는 말이냐?"

"그렇습니다. 회영자와 벽영자들이 당한 소식을 듣고는 바로 산을 올랐습니다."

"뭐 하는 짓거리야! 그런 독단 행동을 하도록 내버려 뒀단 말이냐?"

"송구합니다. 소인이 전후 사정을 알았을 땐 이미 늦은 후였습니다. 보고를 드리려고 했습니다만, 전황이 워낙 급박했던지라 이제야 말씀

올립니다."

쾅!

이호패는 탁자를 내려쳤다. 깜짝 놀란 한상경이 보았을 땐 탁자가 산산조각난 후였다.

"두충! 이 개자식 같으니!"

씹어먹을 것처럼 이호패가 언급한 자는 비영문주였다.

분노로 군막 안의 탁자까지 부순 이호패에게선 평소의 냉철함과 대인스러운 풍모 등이 전혀 보이지 않았다.

"잡종 같은 흑도 놈이 큰소리를 늘어놓더니만, 결국은 밑천을 드러냈구나!"

이를 가는 이호패를 보며 한상경을 침을 삼켰다. 이호패가 화내는 이유는 십분 짐작이 갔다. 비영문은 제 스스로 무림맹에 끼길 청했던 자들이었다. 본래는 흑도의 무리들이나, 그들이 가진 특수한 능력과 문파의 성격을 감안하여 이호패가 영입한 거다.

비영문의 특기는 암격과 은신, 후방 교란과 요인 암살 등, 비정규전에 관한 모든 것이 그들의 전문 분야였다. 대의명분을 내세운 무림맹엔 그런 힘이 필요없었다. 적어도 표면적으론 그랬다. 하지만 그런 일의 필요성은 항상 발생했다. 때문에 자신들을 대신해 더러운 일을 처리해 줄 손이 필요했다.

바로 그런 자들이 비영문이었다. 또한 그들의 능력은 탁월했다. 문도는 백여 명에 불과하지만 그들이 보여준 비정규전에 관한 기술의 축적도와 숙련도는 혀를 내두를 정도였다. 비영문주 두충은 천하의 그 누구라도 자신들의 암격에선 자유로울 수 없다고 호언장담했다. 그 말은 상당히 신뢰가 갔다.

더러운 오욕과 암흑에서 벗어날 끈을 찾던 비영문, 밑 닦아줄 다른 손이 필요했던 무림맹, 그런 이해관계가 맞아떨어졌다. 때문에 이호패는 흑마왕의 선전 포고가 전해지자 바로 비영문을 호출했다. 예상대로라면 최소한 이 산에서 흑마왕의 한 팔 정도는 떨어져 나가야 했다. 그게 이호패의 계획이었다. 하지만 비영문의 마지막 밑천인 흑영자까지 동원된 지금, 흑마왕은 파죽지세였다.

　이호패는 일그러진 표정으로 산 정상을 향해 시선을 던졌다. 가라앉은 음성이 흘러나왔다.

　"흑영자들 따위는 그놈의 상대가 되지 못할 거야. 백룡단원들 정도가 그놈과 대적할 수 있겠지. 하지만, 하지만 만약… 그들마저도 당한다면……."

　옆에서 지켜보던 한상경은 조심스레 말을 넣었다.

　"그때는 연무기와 십팔금강동인이 흑마왕과 부딪치지 않겠습니까? 그래서 양측이 양패구상한다면 그 또한 우리들의 노림수가 아닙니까? 이미 가주께서 맹주의 위에 오르셨으니 작은 일은 성취한 것이고, 천하를 가지는 큰일은 이제 오늘의 일로 결론이 나겠지요. 모두가 계획의 일환이니 염려할 만한 일은……."

　"모르는 소리!"

　단호한 이호패의 말에 한상경은 눈가를 움찔했다.

　"애초에 혁련휘 놈의 일부터 잘못된 것이야!"

　부서진 탁자를 내려다보며 이호패는 무겁게 입을 벌렸다.

　"추측으로 그놈이 변복을 하고 주변에 숨지 않았을까 했지만, 실제로 그리하고 무림맹 본전으로 쳐들어올 줄은 짐작도 못한 일이었다."

　가슴이 답답한 듯 이호패는 한숨을 내쉬었다. 말은 계속 이어졌다.

"그놈이 청진 등을 죽여준 건 백 번 잘한 일이지만, 그로 인해 우리 계획의 근본인 제이의 백룡단원들은 만드는 일은 물거품이 됐다. 만일 오늘의 일이 흑마왕과 연무기 등의 양패구상으로 끝난다면 우리는 백 척간두에 서게 된다."

의아한 눈으로 한상경은 물었다.

"그게 무슨 말씀이십니까?"

다시 산의 정상 쪽으로 시선을 던진 이호패는 파랗게 눈을 빛내며 말했다.

"흑마왕 놈이 소문을 듣고 찾아와 준 것도 우리가 바랐던 일이지만, 아직은 더 큰 적인 암흑마궁이 모습을 드러내지 않았다. 제이의 백룡단원들을 만들려 한 건 그들을 대비할 힘, 그리고 천하를 장악할 힘을 가지기 위해서였다. 하지만 이젠 우리에게 그런 힘을 가질 방법이 없다."

한상경의 눈이 뭔가를 알아챈 모양으로 움찔거렸다. 이호패의 음성은 또 이어졌다.

"만일 오늘 흑마왕과 연무기들이 양패구상한다면 우린 암흑마궁을 막을 힘이 없다. 또한 무림맹을 구성하는 힘의 구심점도 사라지는 거다. 제이의 백룡단원을 가질 수 없는 우리에겐, 이제 저들이 힘의 근본인 셈이다."

그제야 한상경은 이호패의 말이 이해가 갔다. 자신들 무림맹, 그것은 화산과 해남이 빠진 구파의 연합이다. 그 근본에는 곤륜이성의 전인을 데려온 청진이라는 구심점이 있었고, 십팔금강동인이라는 힘의 역할이 있었다.

청진은 이미 사라졌다. 만일 오늘 연무기와 십팔금강동인들이 흑마왕과 상잔하기라도 한다면 무림맹은 기초가 흔들릴 것이다. 거기다 암흑마궁이 기회를 타서 발호한다면 막을 힘이 없는 거다. 애초대로라면 흑마왕이나 연무기, 십팔금강동인들이 모두 사라지길 바랐을 것이나, 지금은 그게 아니었다. 그들이 사라진 힘의 공백을 메워줄 존재가 아무것도 없는 것이다.

이호패의 표정을 살피며 침을 삼키던 한상경은 조심스럽게 입을 벌렸다.

"양패구상을 예측은 했지만, 흑마왕은 혼자고 연무기와 저들은 여럿이니… 어쩌면 저들이 승리할 수도 있지 않겠습니까? 이치대로라면 그것이 당연한 것이고……."

훌떡 시선을 돌린 이호패는 성난 눈빛으로 말했다.

"승리? 승리한다고 해도 저들이 온전할 것 같나? 저들의 일은 말 그대로 부딪쳐 봐야 안다! 그래, 어쩌면 연무기 혼자서 흑마왕을 쳐죽일 수도 있을 거야! 인간강화비술로 변하던 그의 모습을 생각하면 그럴 수도 있어! 아니, 지금에 와선 그러길 바라야지! 우리에게 남은 일은 저들의 전력을 보전해서 우리의 손발로 회유하는 일뿐이야! 남겨진 밑천은 오직 연무기와 십팔금강동인, 저들뿐이란 말이다! 하지만 저놈! 흑마왕 저놈은……!"

어금니를 물었던 이호패는 입술을 풀며 다시 말했다. 목소리는 다시 낮아졌다.

"도대체가 가늠이 안 되는 놈이야. 그리고 무엇보다도, 저놈은 도왕과 독왕, 암왕의 절기를 이어받은 놈이야. 저놈이 가진 힘의 크기를 알 수가 없어. 어떤 힘을 얼마나 가졌는지, 지닌 바의 힘을 다 드러낸 적은 있는지, 도대체 근본을 추측할 수가 없단 말이다. 난 그것이 두

렵다!"

한상경의 눈도 이호패처럼 잔물결이 일었다. 그런데 그 순간, 두 사람의 정신을 깨우는 폭음 소리가 들려왔다.

콰앙!

휘날리는 군막 밖으로 시선을 돌린 두 사람의 눈에 거대한 체구의 무사가 보였다. 푸른 주먹을 휘두르는 그는 권왕의 후예라던 흑마왕의 동료가 틀림없었다.

❸

무림맹의 군영으로 달려가며 용태웅은 반뢰권을 연속해서 질러댔다. 푸른 손 그림자가 날아가 무사들을 때렸다. 놈들의 진영에서 맞은 자들이 홀렁홀렁 나가자빠졌다. 하지만 역시 놈들의 대응은 빨랐다. 궁수들이 진영 앞으로 모여들며 반원진으로 앉았다. 놈들은 활을 쏘는 동시에 흩어진 진영을 다시 갖췄다.

"흥! 버러지 같은 것들!"

새카맣게 날아오는 화살을 보며 용태웅은 주먹을 커다랗게 올려쳤다.

후이이잉!

손끝에서 터진 바람은 거짓말처럼 태풍이 되어 땅을 긁어 올라갔다. 화살들은 방향을 잃고 이리저리 흩어졌다. 그사이 용태웅의 몸은 궁수들의 면전에까지 도달했다. 너무 빠른 그 속도에 놀라며 궁수들은 뒤로 흩어졌다.

"이놈들!"

악귀처럼 달려온 용태웅은 흩어지는 궁수들의 한가운데서 손을 휘저었다. 사방으로 순서도 없고 두서도 없이 휘둘리는 그 손에 맞아 궁수들이 지푸라기처럼 날렸다. 터지고 깨지고 으깨지며 쓰러지는 그들의 모습은 가히 추풍낙엽이었다. 그런 그들의 한가운데서 포효하는 용태웅은 짐승 같았다.

"멈춰라!"

휘이이잉!

궁수들과 무사들을 박살 내는 용태웅의 우측에서 강력한 힘의 결정이 쇄도해 왔다. 직감적으로 위험을 감지한 용태웅은 우로 돌며 주먹을 후려쳤다.

파앙!

주먹과 충돌한 힘의 정체는 검강이었다. 곧바로 두 번째 공격을 그어대는 사내가 보였다. 가슴에 그려진 백룡의 선명함. 사내는 백룡단원이었다. 또한 혼자가 아니었다.

"이 죽일 놈!"

"놈을 도륙하라!"

첫 번째 공격을 했던 사내의 뒤와 측면에서 또 다른 사내들이 달려왔다. 그들의 손에도 검이 들려 있었고, 백색의 결정이 뻗어 나왔다. 사내들의 수효는 모두 열. 앞서 달려오는 세 사내의 검강을 본 순간, 용태웅은 두 주먹을 연달아 내질렀다.

파파파팡!

네 번의 주먹질과 함께 푸른 번개가 주먹에서 터져 나갔다. 파랗고 가공할 속도로 터진 그것들이 검강의 줄기들을 때렸다. 휘어져 내리

찍히고 옆으로 후려 들어오던 세 줄기의 검강은 눈발처럼 깨져 흩어졌다. 그리고 첫 번째 공격을 퍼부었던 백룡단원의 가슴에 네 번째 번개가 작렬했다.

퍼억!

"커헉!"

달려오던 사내의 몸이 일 장 정도 떠올랐다. 등이 활처럼 굽어지며 사내의 몸이 뒤로 날았다. 달려오던 방향과 반대였다. 그런 사내의 손에서 검이 떨어져 나오고 칠공에서 피분수가 터졌다. 사내는 그렇게 패대기쳐졌다.

몇 번을 꿈지럭대며 경련하는 사내를 멈춰 선 다른 백룡단원들이 멍하니 바라보았다. 하지만 사내의 몸에서 움직임이 사라진 순간 그들은 다시 검을 세웠다.

"이, 이, 천참만륙할 놈!"

공격을 시도했던 두 사내 중 하나가 검을 세우고 달려왔다. 야차처럼 일그러진 사내의 얼굴과 눈은 무시무시했다. 흉포한 분노와 살기로 검강을 돋운 검을 용태웅을 향해 휘둘렀다. 하지만 사내의 검은 다시 방향을 틀어야 했다. 회백색의 비행체가 사내의 가슴으로 날아왔기 때문이다.

카앙!

"으윽!"

검에서 불꽃이 작렬하고 사내는 뒷걸음질했다. 진동으로 흔들리는 사내의 검 앞에서 솟구친 비행체는 허공에서 소리 지르며 다시 내리꽂혔다.

피이이이이!

이를 악문 사내는 검강이 휘몽하게 둘러진 검을 머리 위로 찍어 올렸다. 하지만 그 순간, 누구도 예상치 못한 일이 벌어졌다. 그것은 보고도 막지 못할 찰나간에 벌어졌으며, 보는 자들의 눈에 참혹함을 던진 광경이었다.

키아앙!

날카로운 쇳소리가 들린 순간 사내의 검은 두 쪽으로 갈라졌다. 하늘로 찔러댄 검은 검강이 갈라지며 검신이 갈라졌고, 그 아래 있던 사내의 머리통과 가슴이 갈라졌다. 그렇게 된 사내의 몸 중심에 꽂혀 내린 것은 검이었다.

"저, 저런!"

백룡단원 중 누군가가 경악한 순간 검은 다시 하늘로 솟구쳤다. 그때를 기다린 것처럼 사내의 몸은 쓰러졌고, 검은 허공을 빙글빙글 선회하며 날아갔다.

살인을 저지르고 날아간 검의 주인은 풍오자였다. 검결을 맺으며 검을 머리 위 세 치쯤에 멈추게 한 풍오자는 백룡단원들을 보고 웃으며 말했다.

"나하고 놀 놈들은 이리 오련?"

그제야 완벽하게 사태를 인지한 백룡단원들은 서로 눈짓을 교환했다. 곧바로 네 명씩 인원을 가른 그들은 용태웅과 풍오자에게로 각기 다가갔다.

분노와 긴장, 신중과 도발의 충동 속에서 다가오는 백룡단원들을 보며 용태웅은 주먹을 소리나게 쥐었다.

"주저할 것 없다. 어차피 너희들은 다 죽어."

용태웅의 말이 낚싯밥이 된 것인가. 침착하게 다가오던 네 명의 백룡단원이 이를 악물었다. 그리고 동시에 검강을 키워 올리며 달려왔다.

"이 새끼!"

"죽어라!"

약간 앞선 둘이 동시에 도약하며 검을 내리그었다. 하얀 빛줄기의 검강이 용태웅의 양어깨로 도끼처럼 내려앉았다. 같은 순간 좌우로 퍼지며 달려온 나머지 두 명은 옆구리와 허벅지 쪽으로 검강을 그어 던졌다.

네 개의 하얀 빛줄기를 응시하며 용태웅은 미간에 힘을 주었다. 동시에 두 주먹을 크게 몸 앞에서 휘돌리며 머리 위로 돌려 쳤다. 주먹에 두 개의 검강이 충돌하며 빛을 터뜨렸다. 휘돌아 내린 주먹은 곧바로 양옆의 검강을 내리찍었다.

콰캉!

검강의 빛이 흩어질 때 머리 위쪽과 양 측면에서 놀라는 사내들의 얼굴이 보였다. 사내들은 푸른 빛이 응결하는 용태웅의 주먹을 보고는 순식간에 좌우로 흩어져 나갔다. 측면에서 공격했던 자들은 그대로 지나쳤고, 위에서 떨어지던 사내들은 서로 검끝을 찍어 튕기며 벌어져 나갔다.

용태웅은 자신을 중심에 두고 좌우로 벌어지는 사내들, 스쳐 지나가는 백룡단원들을 향해서 벼락처럼 돌아섰다. 움켜쥔 주먹엔 푸른 빛의 응결이 눈이 부실 정도였다. 그렇게 푸른 주먹을 멀어지는 사내들을 향해서 내질렀다. 그것은 말 그대로 전광, 파란 빛의 응결로 이루어진 작은 환(丸)은 벼락을 터뜨렸다.

푸아이아앙!

두 개의 권환은 용태웅의 주먹을 떠나 공간을 꿰뚫고 나아갔다. 등 뒤의 엄청난 기운을 느낀 백룡단원들이 뒤를 돌아보려 할 때, 두 개의 권환은 두 사람의 등을 뚫었다.

"커헉!"

"컥!"

달려가던 속도 그대로 몸의 균형이 무너지며 두 사람은 나뒹굴었다. 뚫어진 등과 가슴에서 피가 터져 나왔다. 구르는 그들은 던져진 개구락지 같았다. 같은 순간, 사람의 몸을 맞창 낸 권환은 하늘로 솟구치며 되돌아갔다. 제 동료들의 죽음을 본 나머지 둘은 달리기를 멈추고 뒤돌아섰다.

"저, 저놈이!"

"제기랄!"

분노하고 경악하는 그들의 눈에 놀라운 광경이 다시 목도됐다. 동료들을 죽인 두 개의 푸른 빛의 결정, 권환이 용태웅의 펴진 손바닥 위에 떠 있었다. 두 치 정도를 두고 멈춰진 것처럼 떠 있는 권환의 모습은 이상하게 소름을 돋게 했다.

눈동자에 힘을 주고 입술을 악문 두 명의 백룡단원은 검을 가슴 앞에 세웠다. 마음속의 것을 토해내듯, 검강은 더할 수 없이 진한 빛으로 돋아 나왔다.

마지막을 직감한 듯, 사생결단의 때가 임박했음을 느낀 듯 두 백룡단원은 눈가에 의지를 표출시키며 서로를 돌아봤다. 그리고 동시에 달려왔다.

검을 세우고 달려오는 두 백룡단원을 보며 용태웅은 입가를 씰룩댔다. 권환을 받쳐 들고 있던 두 손바닥은 사내들을 향해서 뿌려졌다.

푸아아앙!

돌풍이 협곡 사이를 지나가는 소리, 그런 소리를 내면서 날아간 권환이 두 백룡단원의 검과 충돌했다. 둘은 정확하게 검강을 내리그었고 권환은 그것을 부수며 들어갔다. 검신도 산산이 터졌고 그 뒤의 몸뚱이들은 두부처럼 뚫렸다.

두 사내는 던져진 종이 인형처럼 휘돌며 바닥으로 쓰러졌다. 앞선 사내들과 달리 비명조차 지르지 못한 그들은 제가 쏟아낸 피 웅덩이 속에서 버르적댔다. 하지만 다른 자들이 그랬던 것처럼 그들의 움직임도 곧 멎었다.

용태웅은 사내들에게서 시선을 돌려 풍오자를 보았다.

풍오자는 네 명의 백룡단원에게 둘러싸인 채 그 중심에 서 있었다. 한철검은 풍오자의 머리 위에서 빙글빙글 돌며 한기를 내뿜었다. 바야흐로 일촉즉발의 상황이었다.

"사지를 갈라라!"

네 놈 중 맨 좌측의 놈이 소리치자 네 놈이 동시에 검강을 일으키며 거리를 좁혔다. 각기 팔과 다리 하나씩을 노리고 쇄도해 들어오는 공격이 틀림없었다. 연수합격의 묘가 필요하고, 정확한 운영의 묘가 필요한 공격이었다. 하지만 네 명의 검강 운용자가 펼치는 공격인만큼 위력은 불문가지였다.

눈썹이 휘날렸다고 느낀 순간, 네 개의 검은 검강을 풍오자의 몸에 들이밀었다.

"타앗!"

머리 속을 때리는 기합이 울려 퍼진 것은 바로 그 순간이었다. 풍오자의 몸이 도약하며 허공으로 솟구쳤다. 네 개의 검강이 몸을 스치는 것 같은 착시가 들 정도로 찰나의 비상이었다. 그렇게 날아오른 풍오자의 등 뒤로 한철검이 빙글거리며 돌아 내려왔다. 그리고 네 개의 빛줄기로 쪼개졌다. 그것이 당황한 얼굴로 위를 올려다보던 네 명의 머리통을 뚫고 내려갔다.

퍼퍼퍼퍽!

백룡단원들의 머리통에서 사타구니까지 관통한 네 개의 검의 형상, 그것들이 땅을 아슬아슬하게 스치며 날아올랐다. 벼락을 맞은 것처럼 부르르 떨던 백룡단원들이 뻣뻣하게 넘어갈 때, 검 그림자들은 다시 하나가 되었다.

휘리리릭, 옷자락 소리가 들리게 선회하며 풍오자가 다시 땅으로 내려왔다. 손을 내밀자 합쳐진 한철검은 검갑 속으로 살며시 들어왔다. 네 개의 그림자로 분리됐다가 다시 합쳐진 일은 거짓말 같았다. 어검술에 검의 분영(分影)을 만들어내어 다스리는 경지, 풍오자는 또 다른 경지에 접어든 것 같았다.

열 명의 백룡단원은 모두 죽어버렸다. 차갑게 식어가는 그들의 시신은 그저 무심하게 널린 길가의 돌멩이처럼 보였다. 널브러진 그들의 시신에서 눈길을 돌린 풍오자와 용태웅은 서로를 쳐다보았다. 의미의 교감이 이뤄진 직후, 둘은 흩어져 도망치는 무림맹 무사들을 향해서 달려갔다.

두 사람은 살인귀, 살인마가 되었다. 군막들은 용태웅의 권풍과 권강에 뚫리고 날렸으며, 풍오자의 한철검에 산산조각으로 찢어지고 잘렸다. 그 안팎에 있던 무사들의 몸뚱이도 같이 분해된 건 너무도 당연했다. 두 사람은 지옥문에 들길 작정한 자들처럼 무자비하게 살육을 자행했다.

대항하려는 자들은 이미 없었다. 오백여 명이 모여 있던 군영은 이미 와해되었다. 사기가 떨어지고 동료들이 처참히 죽는 모습을 본 자들은 도망이 우선이었다.

산으로 올라가는 자, 평야로 도망치는 자, 엎어지는 자, 쓰러진 동료의 등을 밟고 달리는 자, 모두 정신이 없었으며 오직 살기 위한 몸부림만이 있을 뿐이었다.

단 두 명에 의해 쫓기며 살려고 몸부림치는 그들 중 사는 자들은 얼마 없었다. 산으로 도망치는 자들은 용태웅이나 풍오자 누구도 건드리지 않았다. 하지만 그 밖의 다른 방향으로 뛰는 자들은 모두 죽음을 면치 못했다.

피아아아앙!

풍오자의 한철검은 회백색의 전광으로 무사들의 중심을 가르며 날아다녔다. 그 선이 지나는 곳에 사람들의 목이 날리고, 등과 가슴이 뚫어지며, 팔다리가 잘려 흩어졌다.

평원 쪽으로 도망치던 자들은 속절없이 목이 달아났다. 한철검의 비행은 연못을 누비는 가물치처럼 유연하고 가차없었다. 단 한 명도 빠짐없이 모두가 죽임을 당했다.

쉬파파파파꽝!

용태웅이 달리고 몸을 휘돌리며 뿜어대는 권강은 모든 걸 부숴 버렸다. 등을 보인 자들의 등판은 바위로 친 것처럼 함몰됐고 머리에 맞은 자는 머리통이 날아갔다. 이미 풍오자의 검에 쓰러지는 자가 다시 맞기도 했고, 사방으로 흩어지는 모든 자들의 몸과 병기를 때려 폭죽처럼 터뜨렸다.

무림맹의 무사들은 개미 떼가 되었고, 용태웅과 풍오자는 그걸 짓밟는 어린애들이 되었다. 반 식경도 되기 전에 절반가량의 무사들이 죽어 넘어갔다. 참혹하고 처참한 광경이었다. 상당수가 제 동료들이 포진한 산으로 도망갔다. 하지만 아직도 죽어 넘어가는 자들은 부지기수였다. 변변한 저항 한 번 못해보고 순식간에 도륙당한 것이다.

용태웅과 풍오자는 정신없이 두 주먹과 검을 휘두르고 날렸다. 그런 그들의 뒤에서 낯익은 목소리가 고함을 쳤다.

"저자는 이호패다! 저자가 도망쳐요!"

임홍빈이었다. 멀찍이 떨어져서 슬금슬금 뒤따라오던 임홍빈이 누군가를 손가락으로 가리켰다. 풍오자와 용태웅은 임홍빈의 손가락이 가리키는 방향을 쳐다보았다.

정신없이 산기슭을 돌아서 도망치는 자가 보였다. 수행 무사인 듯한 한 무리를 뒤로 달고 도망치는 자는 분명 이호패였다. 대륙상가주이며, 현재의 무림맹주이기도 한 그를 놓칠 수는 없었다.

"네 이놈!"

풍오자가 소리치며 달려갔다.

"이런 쌍노무새끼!"

용태웅도 성난 곰처럼 뛰어갔다.

임홍빈은 슬금슬금 주변을 살피다가 냅다 뛰기 시작했다.

❹

검은 연막은 냄새까지도 매캐했다. 사위를 구분할 수 없는 어둠은 짙고 두터웠다. 연막 속에 독 같은 건 없었다. 설사 있다고 해도 독왕의 진전을 이은 자신에겐 별무소용이었다. 상대도 그걸 알고 있다. 그리고 상대방의 특기는 지금처럼 암격이었다.

피피피피핏!

계장수 발 앞의 땅이 뒤집어지며 손도끼들이 날아왔다. 거리는 불과 일 장. 계장수의 머리와 목, 가슴과 배 등 철저하게 계획되고 분할된 공격이었다. 하지만 계장수는 손목의 비틀림만으로 귀신도를 그어댔다.

카카카카카킹!

도끼들이 조각나고 튕겨 나가는 순간, 그걸 던진 자들이 튀어 올랐다. 연막 속에서 솟구치는 암습자들의 모습을 계장수는 똑똑히 보았다. 검은 암행의를 입은 자들이었다. 두 손에 손도끼를 들고 몸의 이곳저곳에 여분의 도끼를 두른 자들. 벌써 수십 명이나 죽인 자들이었다. 그들의 손에서 도끼가 떠났다. 같은 순간 옆과 뒤의 땅도 뒤집어져 올랐다.

피피피피핏!

도끼는 회전하며 사방에서 날아왔다. 맹렬하게 날아오는 그 모양은 까마귀들의 비상 같았다. 피할 공간도 없었다. 위로 솟구치면 제이격이 뒤따를 것이다.

계장수는 순간 생각했다, 피할 수 없다면 부딪치면 된다고. 또한 그것이 가장 자신다운 선택이기도 했다.

찰나의 순간에 마음을 정한 계장수는 귀신도를 빙글 돌려 오른손 역으로 잡았다. 도끼들은 벌써 눈앞이었다. 하지만 전방에서 던져진 도끼들과 측 후방에서 던져진 도끼들엔 약간의 차이가 있었다. 그 간극을 생각하며 오른발을 앞으로 내밀었다. 역으로 잡은 귀신도는 몸 앞에 십자를 그어댔다.

피, 피이웃!

검은 뇌전이 칼끝에서 방출되며 걸리는 것들을 모조리 바수었다. 날아오던 도끼는 물론 그 뒤에서 도약하던 암습자들도 피떡이 되어 날아갔다. 그 순간에 계장수의 몸이 뒤로 돌았다. 돎과 동시에 횡으로 그어지는 귀신도는 귀신처럼 소리 질렀다.

휘이이이이!

검은 도강의 해일이 측 후방을 휩쓸었다. 암기가 되어 날아오던 도끼들은 가루가 되었고, 땅 위로 몸을 드러내던 암습자들은 조각조각 흩어졌다.

계장수의 몸이 멈춘 순간, 기다렸던 것처럼 머리 위에서 공격이 떨어졌다. 고목 위에 몸을 숨겼던 자들이다. 아마도 도약을 했더라면 이들의 공격이 기다리고 밑에서 죽은 자들이 제이격을 가했을 것이다. 완벽한 협살이다.

머리 위에서 떨어져 내리는 자들은 칼과 한 몸이 되었다. 다른 자들도 그렇지만, 저들은 목숨을 도외시한 공격을 하고 있었다. 전신을 칼과 동화시킨 자들은 계장수의 머리를 노리고 하강했다.

한둘이 아니었다. 작은 타격점을 노리면서 공격 숫자가 많다는 것은 연속되고 거듭된다는 것을 의미했다. 앞선 자가 실패한다면 그의 몸조차 뚫고 후발 자가 공격할 것이다. 그자가 실패하면 또 그 옆과 뒤에서.

어느새 귀신도를 바로잡은 계장수는 머리 위로 칼을 찔러 올렸다. 단호하고 명쾌하며 뇌전을 방불케 하는 속도였다. 그런데 칼끝이 진동하며 흔들렸다. 댓가지처럼 흔들리는 귀신도에서 검은 유성들이 터져 나가는 건 꼭 꿈결 같았다. 그러나 그 유성이 뚫고 간 사람들과 칼들은 모두 모래처럼 흩어졌다.

연막 속에 퍼지는 피 안개에서 계장수는 시선을 돌렸다. 이번엔 기다리지 않았다. 검은 연막이 흩어지는 계곡의 숲으로 박차고 나아갔다. 첫 번째 보이는 고목을 달리며 그대로 베어 넘겼다. 계장수가 지나쳐 가는 동안 나무는 기우뚱 쓰러졌다. 그런데 나무 뒤에서 사람의 몸도 갈라졌다.

고목과 함께 갈라진 자가 연막탄을 들고 있는 것을 계장수는 보았다. 황초만한 굵기의 죽통이었다. 그것이 땅에 떨어지며 뒤늦게 터졌다. 하지만 계장수의 몸은 이미 연막탄의 권역을 벗어나 있었다. 귀신도는 계속 칼부림했고 계곡의 고목들은 갈대처럼 쓰러졌다. 그것은 꼭 수림 가운데 길을 내는 것 같았다.

귀신도를 휘두르며 달려가는 계장수의 표정은 무표정했다. 아니, 고요했다. 한 번 칼이 휘둘릴 때마다 고목들이 넘어가고 그 뒤에 몸을 숨긴 사람들의 몸뚱이가 쪼개졌지만 아무 감정도 보이지 않았다. 그저 풀을 베어 넘기는 농부처럼 손만 놀렸다. 그것이 분노를 삼키는 것인지, 아니면 사람들을 도륙하는 자신의 감정을 숨기는 것인지는 알 수 없었다. 어쩌면 그 두 가지 다인지도 모를 일이었다.

어느덧 검은 암행의를 입은 자들은 이제 보이지 않았다. 연막을 벗어나자 더러 보이던 회색과 푸른색 암행의 사내들도 더 이상은 종적이 없었다. 대신, 달려가는 계장수의 앞으로 검을 든 자들이 보였다. 계곡의 곳곳, 고목들과 수풀들 사이사이로 보이는 자들은 가슴에 백룡의 무늬를 새겨 넣은 무리들, 백룡단원들이었다.

걸음을 멈춘 계장수는 귀신도를 늘어뜨렸다. 칼끝이 땅에 닿았다. 낙엽이 쌓인 부엽토의 느낌이 푹신하게 전해져 왔다. 시선은 천천히 자신을 중심으로 퍼지는 백룡단원들에게 고정했다.

멈췄던 계장수의 걸음이 다시 시작됐다. 땅에 늘어진 귀신도는 부엽토를 긁으며 끌려갔다. 정적이 감도는 깊은 계곡의 숲에 그 소리가 기묘하게 울렸다. 계장수가 지나간 자리로 칼이 남긴 흔적이 길게 이어졌다.

그러던 한순간, 계장수의 발밑이 치솟았다. 땅을 비집고 솟아오르는 것은 한 자루 검이었다.

아무도 예상하지 못했고 누구도 피하지 못할 암격이었다. 연막도 없건만 암격은 너무나 완벽했다. 기척도 없었고 살기도 없었다. 하지만 죽이려는 대상의 진로를 파악하고 은신했으며, 일체의 허식을 배제한 실인기로 뭉쳐진 공격이었다. 오랜 관록과 경험이 배어 있는 경지에 오른 자의 암습이었다.

계장수는 목 아래서 솟구치는 검날을 보지도 않고 귀신도를 그어 올렸다.

피이잇!

땅 끝을 스치며 전방을 그어 올라간 귀신도는 계장수의 머리 위에서 멈췄다. 그리고 계장수의 몸 앞에서 한 사내가 좌우로 나뉘며 쓰러졌다.

두 쪽으로 쪼개져 장작처럼 넘어간 사내의 몸뚱이를 계장수는 바라보았다. 검은 얼굴은 여전히 무표정했다. 사내는 틀림없이 암습자들을 이끌던 우두머리가 분명했다. 마지막 공격을 가하던 사내는 결국 최후를 맞이했다. 제 수하들의 복수는 물론 자신도 죽음을 피하지 못했다. 저 사내는 과연 무얼 위해 그랬을까.

주변에서 뻗어오는 첨예한 살기를 감지한 계장수는 고개를 들었다. 힘이 들어간 미간을 꿈틀댄 후, 귀신도를 빙그르르 돌려 등 뒤의 도갑에 넣었다. 그 순간 전면의 양쪽에서 두 줄기 백색 검강이 수평을 그어 왔다.

피이이이잉!

채찍이 공기를 가르는 소리가 났다. 드디어 시작된 백룡단원들의 공격을 향해서 계장수는 마주 달렸다. 검강의 빛 기둥이 양쪽에서 휘어져 들어올 때 두 발로 도약했다. 두 무릎이 가슴까지 구부려졌을 때 검강은 발밑을 지나갔다. 바로 그때 두 발을 벌려 내뻗었다.

파팡!

두 명의 백룡단원은 머리통이 터졌다. 짚단처럼 쓰러지는 그들 뒤의 땅을 차며 계장수는 다시 전방으로 도약했다. 범처럼 뛰어오른 그의 몸은 커다란 고목을 두 발로 차버렸다.

파앙!

고목은 벼락을 맞은 소리를 냄과 동시에 몸통이 부서지며 넘어갔다. 그렇게 넘어가는 고목은 주변의 다른 고목과 나무들을 치고 제 몸을 뒤틀며 거대한 괴수처럼 쓰러졌다. 일정한 방향 없이 쓰러지는 그걸 피해 백룡단원들은 검을 그어대며 이리저리 몸을 날렸다.

자신을 향해 좁혀오다 흩어지는 백룡단원들을 향해 계장수가 뛰었다. 그건 말 그대로 먹이를 노리는 범 같은 모습이었다. 그 모습을 발견한 세 명의 백룡단원이 검을 그어댔지만 이미 때는 늦은 후였다.

창졸간에 그어진 세 줄기 검강을 노려보며 계장수는 주먹을 날렸다.

파파팡!

백색의 검강은 물론 쇠로 된 세 자루 검까지 폭발하듯 부서졌다. 황급하게 뒷걸음질하는 세 명의 백룡단원에게 계장수는 몸통을 거칠게 들이밀었다.

파앙!

가운데 사내가 어깨에 들이 받혀 피분수를 뿜고 날아갔다. 그 순간에 계장수는 오른 손날을 쭉 뻗어냈다.

스팟!

오른쪽 사내의 모가지가 반이 잘려 나갔다. 달리던 속도 그대로 남았던 왼 주먹이 왼쪽 사내의 가슴에 틀어박혔다.

퍼억!

몸을 휘돌리며 주먹을 빼낸 계장수는 돌던 몸 그대로 떠올라 공중회축을 찼다.

후아앙!

무지막지한 힘이 실린 다리가 도리깨처럼 돌아 한 사내의 검과 두 팔을 뭉개고 머리통까지 꺾었다. 착지하자마자 다시 튀어 오른 무릎은 옆 사내의 안면을 들이박았다.

파악!

머리통이 뭉그러진 사내에게서 떨어지며 계장수는 사위를 둘러보았다. 침침한 계곡 안엔 깊고 무거운 정적이 감돌았다. 높고 두터운 고목들은 가끔씩 바람에 나뭇가지를 흔들어댔다. 그 소리만이 물결처럼 퍼질 뿐 다른 소리는 일체 나지 않았다.

남의에 흰색의 백룡을 새긴 백룡단원들은 계장수를 둘러싸고 움직이지 않았다. 계곡의 침침함에 잠긴 그들의 얼굴엔 놀람과 긴장, 충격과 공포, 그리고 스멀스멀 피어오르는 분노가 함께 엿보였다. 눈 깜짝할 사이에 죽어 넘어간 동료들이 그들의 정신을 흔들어놓은 게 틀림없었다.

"저놈을 죽이자!"

마주 보이는 고목 뒤에서 검을 치켜든 누군가가 소리쳤다. 악에 받친 소리였다. 그 소리에 호응은 곧 뒤따랐다.

"동료들의 원수를 갚자!"

"놈을 조각 내버리자!"

외침이 신호가 되어 수십 명의 백룡단원들은 동시에 검을 휘두르며 달려왔다. 그들의 검에선 특유의 백색 검강이 뻗어 나왔다. 그것들은 가로막는 모든 것들을 자르고 그어 넘기며 계장수에게 쇄도해 왔다. 전후좌우 사방이었다.

퍼렇게 눈빛을 빛내고 있던 계장수는 두 팔을 얼굴 앞에 십자로 교차했다가 거세게 좌우로 펼쳤다.

파앙!

허공이 터지는 소릴 내며 두 팔에서 철령기가 튀어나왔다. 그리곤 왼발을 축으로 몸을 회전시켰다. 몸은 곧 시커먼 쇠기둥 같은 철령기의 회전 속에 감싸였다. 계장수의 몸 자체가 하나의 쇠뭉치처럼 보였다. 그 위에 수십 줄기의 검강이 작렬했다.

크카카카카카캉!

불꽃과 경기가 화려하게 작렬했다. 하지만 맹렬한 검은 쇠기둥의 회전에 모든 것이 부서지며 튕겨 나갔다. 검강을 그어댄 자들은 당황했지만, 그걸 튕겨낸 계장수는 회전을 풀고 전신을 휘둘렀다.

쉬파파파파파팡!

손과 발, 무릎과 팔꿈치, 수도와 역수도, 주먹과 손등, 몸통과 어깨가 두서도 없고 순서도 없이 백룡단원들의 몸에 작렬했다. 회전하던 힘으로 달려 나오는 계장수를 그들은 막지 못했다. 그 속도는 너무 빨랐고 내미는 손발은 모든 걸 부숴 버렸다.

"피해라!"

"흩어져!"

위기를 느낀 백룡단원들은 소리치며 흩어졌다. 창졸간에 십여 명이 박살난 것이다. 그러나 그 순간 계장수는 귀신도를 다시 잡아 뽑았다. 그것이 앞선 자들의 죽음 뒤에서 흩어지는 자들의 몸에 검은 궤적을 그어댔다.

후이이이잉!

검은 칼날이 주욱 늘어나는 것처럼 검강이 뻗어나갔다. 뒷걸음하며 검강을 맞댄 자들의 검을 가르고 그들의 몸통을 무참하게 갈랐다. 낫을 맞은 대나무처럼 백룡단원들은 쏭덩쏭덩 잘려 넘어갔다. 하지만 비극은 그게 다가 아니었다.

도강을 그어대던 계장수는 귀신도를 가슴 앞에 세웠다. 대결 전에 기수식을 잡는 것 같은 모습이었다. 하지만 칼끝에 몽글거리며 피어오르는 기운은 왠지 모르게 섬뜩함을 풍겼다. 그것이 터질 것만 같은 그때에 계장수는 한 바퀴 돌며 귀신도를 그었다.

피이이이잉!

몸 주위의 허공을 그어댄 것만 같은 계장수의 동작이 끝났을 때 백룡단원들은 사방의 계곡 안으로 흩어지는 중이었다. 맹렬히 도주하는 그들의 등 뒤로 귀신도의 칼끝에서 검은 초승달이 분리되어 나갔다. 핑글핑글 돌며 날아가는 그것들이 스스로의 몸을 분리했다. 삽시간에 벌 떼처럼 많아진 초승달들은 계곡의 모든 걸 가르며 날았다. 나무와 바위들, 그리고 사람들.

쿠아아아아아!

사신의 낫은 계곡 안을 휩쓸었다. 계장수의 몸을 중심으로 사방의 모든 것이 초토화되었다. 마치 들녘을 덮친 메뚜기 떼처럼 검은 초승달들은 모든 걸 할퀴었다. 도망치던 사람들의 몸이 조각나며 피분수가 뿜어졌다. 그 피들이 냄새를 풍기기 시작했을 때 더 이상 살아 있는 사람은 없었다.

뒤늦게 쓰러지는 저 멀리의 고목을 보던 계장수는 시선을 산 정상으로 옮겼다. 산 곳곳에서 수많은 사람들의 호흡이 들려왔지만, 숨소리들은 공포로 거칠었다. 그 숨소리들의 사이로 계장수는 다시 발걸음을 옮겼다.

❺

산 정상의 평지에 가부좌를 틀고 앉은 연무기는 평온한 마음으로 그저 바람만 느끼고 있었다. 산아래 쪽에서 불어오는 바람엔 온갖 것들이 실려왔다. 피 냄새, 땀 냄새, 죽어가는 자의 마지막 숨 내음, 고통스런 절규, 살기 어린 외침, 허공에 흩어지는 생명의 마지막 온기까지.

아마도 흑마왕, 계장수의 행보를 막을 수 있는 것은 이 산속에 없을 것이다. 앞을 막는 것은 사람이든 그 무엇이든, 철저한 파괴와 죽음으로 대가를 받을 것이다. 벌써 놈의 기운은 계곡을 넘어오는 중이다. 그렇다면 이호패가 말하던 비영문인가 하는 자들은 다 몰살된 게 틀림없었다.

'다 죽었구나, 하나도 남김없이. 하긴, 그것이 흑마왕 너다운 것이겠지.'

이호패가 은근스레 언급하던 비영문이 다 죽었다면 이젠 백룡단원들 차례였다. 무적의 백룡단원들. 인간강화비술로 초인이 된 자들. 하지만 그들이라고 흑마왕을 막을 수 있을지는 알 수 없었다. 언제나 상식을 뛰어넘고 예측을 불허하는 자가 흑마왕이었다.

"놈이 가까워지고 있군요."

문득 등 뒤에서 말을 던지는 법천이 자신을 암습하지는 않을까 하고 연무기는 생각했다. 생각을 하니 헛웃음이 나왔다. 아무려면 어떠랴 하는 생각이 바로 들었다.

"웃으시는 걸 보니 평정을 잃지 않으셨군요."

연무기는 돌아보지도 않고 대답했다.

"그대들도 그렇기는 마찬가지구려."

법천을 비롯한 법지와 나머지 십팔금강동인 모두, 연무기의 말처럼 물 같은 신색을 보이고 있었다.

"그저 기다릴 뿐입니다."

이번엔 연무기가 돌아보았다. 법천과 시선이 바로 얽혔다. 그러다가 다시 앞으로 돌아갔다.

"때때로… 날 숨아내고 싶지 않았소?"

법천은 대답 않고 연무기의 뒷모습만 내려다보았다. 잠시 산 아래를 보던 그는 선선히 대답했다.

"근본이 다르고 가야 할 길도 다르다는 것은 알고 있지요."

연무기는 툴툴대고 웃었다.

"후후, 그렇구려. 이제 그 시간도 멀지 않은 듯하오."

"임박했지요. 한데 저자가 다가오는 속도가 너무 빠른 듯싶군요."

"그런 자요. 난 이미 한 번을 겪어보았소."

법천은 대꾸하지 않았다.

연무기의 말은 여러 가지 의미를 담은 말이었다. 두 번째 금강동인인 그들은 흑마왕을 겪어보지 않았다. 전대의 금강동인들은 그에게 몰살당했다. 연무기는 그걸 말한 거다. 그 말에 무거운 가시가 있다는 걸 모를 리가 없다.

"사부님이 변을 당하신 그때부터 예견된 일이지요. 우리는 세상의 누구라 해도 감당할 능력이 있습니다. 다가올 일을 피할 생각은 결코 없지요."

뒤늦은 법천의 대답에 연무기는 빙그레 웃었다. 앞만 보고 산 정상의 초지에 앉은 그는 불현듯 청진이 자신을 찾았던 그때를 떠올렸다.

"예견된 일이라… 그런 일이라면 우리가 위지강천을 죽인 그 순간부터 정해진 건지도 모르오. 어쩌면 모용민의 책자를 노리고 일을 벌이던 그때부터인지도 모르고. 아니면 청진 대사가 곤륜으로 나를 찾아왔던 그때부터인지도 모르지."

잠시 말을 끊은 연무기의 등으로 법천의 시선이 꽂혔다. 연무기는 다시 말을 이었다.

"모든 천지만물의 일이 그걸 보고 느끼는 자의 중심으로 펼쳐지는 게 아니겠소? 예견된 일이 있다면 난 그리 생각하오. 청진 대사를 만난 그 순간부터 내일은 예견됐던 거지요. 그러나… 저자는 어떤 일이 예견된 것이겠소?"

연무기의 시선이 가고 있다고 생각되는 계곡으로 법천은 시선을 던졌다.

흑마왕. 도왕의 후예이며 독왕과 암왕의 절기를 한 몸에 이어받았다는 자. 귀도문주인 아비 계은범의 원수를 갚으려 철무련을 무너뜨린 자. 그러한 일의 전후와 내막이 아무것도 알려지지 않은 자. 그자와 격돌할 시간이 다가오고 있었다.

물같이 담담하던 시선에 힘이 들어간 법천은 나직하게 입을 벌렸다.

"저자가 세상에 돌출한 이유가 있겠지요. 세존의 법은 광대무변한 것이니까요. 하지만 그러한 저자의 역할은 오늘까지입니다."

연무기는 역시 뒤돌아보지 않고 말했다.

"자신하는구려."

"그렇지 않을 이유가 없을 따름이지요."

"그렇소? 부디 그러하길 바라나, 그렇지 못할 경우를 생각해야 하지 않소? 그대들은 소림을 이끌 사람들이 아니오?"

"연 대협께서 흑마왕에 대한 부담을 가지시는 모양이군요. 겪어보았다 하시니 그 말씀도 이해가 되기는 하나, 우리 사형제는 그와 비교할 처지가 아니라 생각합니다. 숫자로든 능력으로든 그 무엇으로든 말입니다."

"하하하. 호쾌한 말씀이오. 그러하면 그 이후의 일은 어찌하실 작정이오?"

돌아보지 않고 묻는 연무기의 질문에 법천은 대답없이 연무기의 등만 보았다.

법천은 생각했다. 연무기도 결국은 자신들과 공존할 수 없다는 생각을 가지고 있는 것이다. 수면 아래로 흐르는 또 다른 물줄기의 흐름처럼, 결코 섞일 수 없다는 것을 그도 알고 있는 거다. 아마도 그러한 느낌을 확정한 것은 청진 사부의 사후가 될 것이다. 그때부터 서로가 서로를 확실하게 구분하기 시작했다.

"미래의 일은… 각자의 생각과 신념에 따라 정해지겠지요."

또 한 번 뒤늦게 나온 법천의 대답을 들으며 연무기는 앉은자리를 풀고 일어섰다. 그러나 여전히 앞만 본 체 뒤돌아서진 않았다.

"그래요? 예견된 일이 있다 하더니 이제는 미래의 일이 신념에 달렸다 말하시는구려."

법천은 파란빛이 나오는 눈으로 연무기의 뒤통수를 봤다.

"뭐, 아무려면 어떻겠소, 어떤 일도 닥치기 전엔 모르는 법인 것을."

법천이 입을 벌리려는 순간 연무기가 뒤돌아섰다.

"믿었던 백룡단원들도 이제 끝난 것 같구려."

연무기의 눈에서 시선을 돌린 법천의 눈에 계곡의 붕괴가 보였다.

붕괴. 그것은 말 그대로 붕괴였다. 고목들과 빽빽한 수림으로 가득했던 계곡의 한복판이 확 날아갔다. 한 점을 정점으로 퍼진 원형의 폭풍은 모든 걸 초토화시키며 확장했다.

눈에 보이는 현상이 거짓말 같았다. 아름드리 고목과 원시림의 나무들, 거암의 바위와 생명을 이룬 모든 것들, 누천년을 계곡에서 숨 쉬어온 그것들이 한순간에 가루가 되어 흩어졌다. 그 사이사이에 몸을 숨겼던 사람들은 말할 것도 없었다.

"저, 저것이⋯⋯!"

놀람을 감추지 못하는 법천의 등 뒤에서 법지가 황급히 다가왔다.

"산 아래 무림맹 본영이 와해됐다는군. 임시 맹주도 도주했다는데?"

돌아선 법천은 어이없다는 얼굴로 되물었다.

"뭐라고? 그게 무슨 소리야? 누가 그들을 습격이라도 했단 말인가? 그럴 만한 세력이 누가 있나?"

돌 같은 표정의 법지는 돌 같은 말을 내뱉었다.

"세력이 아니라 흑마왕의 동료들이라네."

"뭐어?"

"풍오자와 권왕의 후예라는 거구의 무사, 단둘이 한 일이라는군."

"말도 안 되는! 진영엔 열 명의 백룡단원을 따로 배치하지 않았나! 그들을 당해냈단 말인가?"

"당해낸 게 아니라 몰살을 시켰다네. 나머지 오백의 무사도 태반은 죽임을 당하고 나머진 산 뒤쪽으로 몰려와 있는 실정이네."

"이호패! 이호패 그자는?"

"도주를 했다 하는데, 그들이 바로 추격을 했다는군. 아마도 잡히거나 죽임을 당하지 않나 싶네."

"이이이……! 버러지 같은 놈! 도망을 가!"

격노하는 법천의 옆에서 연무기는 담담하게 말을 건넸다.

"너무 흥분하는구려. 평소답지 않소이다."

순간 법천의 눈에서 퍼런 빛이 확, 비어져 나왔다. 하지만 잠시 후 몇 번의 숨고르기를 한 법천은 평온한 얼굴로 되돌아왔다.

"대적을 앞에 두고 추태를 보였군요."

"개의치 않소. 하지만 대적이라는 말엔 십분 공감하는 바이오."

고개를 끄덕여 보인 법천은 법지와 눈을 맞춘 후 다시 입을 열었다.

"그자의 동료들이 그런 정도의 능력을 가진 줄은 몰랐군요. 우린 흑마왕 그자만이 난적인 줄 여겼었는데 생각을 잘못한 듯싶습니다."

"흑마왕 같은 자의 동료이니 어찌 평범하달 수 있겠소. 하지만 방금의 일은 우리의 예측을 뛰어넘은 것이 분명하오. 물론 그들이 그런 힘을 보인 이면에는 흑마왕이란 존재가 있겠지요."

법천과 법지는 동시에 고개를 끄덕였다. 두 사람의 눈을 차례로 마주치며 연무기가 나직하게 말했다.

"이제 그가 코앞에 왔소. 맞을 준비를 해야 할 거요."

연무기의 말이 끝나자마자 십팔금강동인의 한 명인 법춘이 초지 위를 뛰어왔다.

"사형! 변괴가 생겼습니다!"

법천은 연무기와 법지를 번갈아 본 후 불안한 음성으로 물었다.

"변괴라니? 무슨 소리냐?"

법춘은 자신들이 내려다보던 산 뒤쪽을 돌아보며 다급하게 말했다.

"무사들이 몰려 있는 산 뒤쪽에 알 수 없는 무리들이 들이닥쳤습니다! 그들에게 무사들이 도륙당하고 있답니다!"

"뭐라!"

"무슨 소리야!"

법천과 법지가 동시에 소리쳐 물을 때 연무기는 전령으로 소식을 전한 무사를 보았다. 평평한 평원 같은 산 정상의 끝 쪽, 금강동인들의 앞에 주저앉은 그는 매우 기진한 모습이었다.

그러나 무엇보다도 중요한 건, 몸서리쳐지는 기운이 산 아래 쪽에서부터 올라오고 있다는 거였다. 그건 흑마왕이나 그 동료들의 기운이 아니었다. 그리고 둘이었다.

"또 다른 손님이 오셨구려. 이제, 진짜 싸울 때가 왔소이다."

검을 움켜잡고 걸어가는 연무기의 모습을 보는 순간 법천과 법지도 미지의 기운을 느낄 수가 있었다. 그 기운을 느끼자마자 엄청난 장소성이 산을 울렸다.

"우워어어어어!"

등골을 훑어내는 소름 끼치는 소리였다.

끝없는 사투 3

**1**

짐승처럼 소리 지르며 은색 창을 휘두르는 아마간을 보고 아보기가 피식 웃었다. 아마간이 휘두르는 은창에서 뻗치는 멸겁화염강은 모든 걸 재로 만들었다.

"물 만난 고기로군."

미소 짓는 아보기의 옆으로 무림맹의 무사들이 달려들었다. 그들을 향해 검을 그어 올렸다.

후아아아앙!

그저 파리 쫓는 것처럼 휘둘린 검끝에서 붉은 화염강이 줄기줄기 뻗어나갔다. 산 사면을 타고 올라간 화염강은 땅을 뒤집고 나무들을 재로 만들어 날렸다. 무림맹 무사들의 몸뚱이가 그 사이에서 사라진 건 두말할 필요도 없었다.

"버러지들."

아보기는 검을 내리고 뒤로 물러났다. 그 모습은 구경하는 자의 모양이었다.

달려드는 무림맹 무사들은 신교의 종들이 대적했다. 진태구가 자신의 옛 기반을 이용해 만든 조직이었다.

진태구 놈은 끊임없이 세상의 끈을 이어냈다. 봉현의 일을 끝으로 모두 사라진 줄 알았던 놈의 기반이 또 드러나자 봉공도 놀라는 눈치였다. 저들 모두에게 신교의 은총을 주었다. 신공을 수혜(受惠)받게 한 것이다.

"우와아아아아!"

신교도들은 검은 밀물처럼 산으로 올라갔다. 검은 무복을 입은 그들의 가슴엔 신교라는 적색 글자가 너무 선명했다. 붉은 광망 어린 눈으로 검, 창, 도, 부, 곤 등 각종의 병기를 들고 무림맹의 무사들과 격돌했다. 수효는 모두 일천. 하지만 신공을 가진 저들은 일만의 정병에 해당하는 힘을 가졌다.

"모조리 도륙하라!"

커다랗게 소리치는 아마간은 벌써 산 아래쪽을 뚫고 오르는 중이었다. 그의 기세를 빌린 듯, 신교도들은 괴성을 지르며 무림맹 무사들을 도륙했다.

검을 찌르는 무림맹 무사의 손을 신교도 한 명이 잡아 뜯어냈다. 놀랍고 참혹한 괴력이라고밖에 말할 수 없는 광경이었다. 고통보다도 경악하는 무림맹 무사의 심장에 신교도의 손이 박혔다. 금방 다시 나온 손엔 벌떡대는 심장이 요동을 쳤다. 그것이 괴소 짓는 신교도의 손안에서 터졌다.

"크하하하하하!"

터진 심장에서 퍼진 파릇한 빛이 신교도의 팔을 타고 전신으로 번졌다. 잠깐잠깐씩 경직하는 신교도의 가슴에 그 순간 다른 검이 박혔다.

"크흑!"

검을 찌른 무림맹 무사는 발로 신교도를 밀어 검을 뽑았다.

"이 새끼!"

분노한 그의 검은 입 벌리고 주저앉은 신교도의 아가리에 재차 박혔다.

"컥!"

"죽어버려!"

진저리를 떨어내는 것처럼 무림맹 무사는 검을 더 깊숙이 쑤셔 박았다. 하지만 신교도의 붉은 눈은 여전히 광망을 토해냈다. 그걸 본 무사는 검을 거칠게 뽑아내며 들어올렸다. 최후의 일격을 가하려는 동작이었다.

"죽엇! 컥!"

검을 내려치던 무사의 동작이 멎었다. 검을 잡아 들었던 두 팔이 가늘게 떨렸다. 무사는 자신의 복부를 내려다보았다. 피를 머금은 창날이 튀어나온 게 보였다.

"이, 이, 이……."

무사가 내려다보는 사이 창날은 다시 사라졌다. 하지만 등으로 파고든 또 다른 고통은 심장을 움켜쥐었다. 형언할 수 없는 고통에 무사는 전신을 부들부들 경련했다. 심장을 움켜쥔 힘은 들어왔던 곳으로 빠져나갔다.

"크흐……."

쓰러지는 무림맹 무사의 뒤에서 창을 잡은 신교도 하나가 심장을 움켜쥐었다.

"크흐흐흐."

짐승의 붉은 눈알을 하고 짐승처럼 몸을 버르적대는 그의 전신에 푸른빛이 퍼졌다. 하지만 그런 신교도의 목이 두둥실 떠올랐다. 옆으로 떨어지는 그 머리를 또 다른 무림맹 무사가 발로 차버렸다.

"개자식아!"

신교도의 목을 따낸 무사는 그 몸뚱어리를 난자했다. 하지만 그런 그의 어깨에 커다란 도끼가 틀어박혔다.

"커헉!"

주저앉은 무사의 앞에 도끼 자루를 잡은 신교도가 보였다. 붉은빛만 보이는 눈알로 웃어젖히는 신교도는 무사의 가슴으로 거침없이 손을 쑤셨다.

"크어억!"

보면서도 막지 못하는 무사는 고통스런 소리를 내뱉었다. 그런 무사를 보고 신교도는 침을 흘리며 심장을 뽑아냈다.

"크헤헤헤헤헤헤!"

뽑아낸 심장을 머리 위로 들어올린 신교도는 기쁘게 웃었다. 그리고 다른 자들처럼 힘껏 움켜쥐었다. 예의 푸른 생명의 빛이 신교도의 팔을 타고 전신에 퍼졌다. 사정하는 자의 몸짓처럼 우뚝우뚝거리는 신교도는 무아지경에 든 자 같았다.

산으로 오르는 모든 길이, 아니, 숲과 나무들의 사이 모든 곳에서 난전이 벌어졌다. 피가 튀고 살이 갈리며 심장을 뽑아내는 자들과 그들을 막아내는 자들의 혈전이 벌어졌다. 전황은 점점 산 위로 밀고 오르는 신교도들의 우세로 돌아갔다.

혹마왕을 대적하기 위해 모였던 무림맹 무사들은 예기치 않은 대적들을 만나 도살당하는 중이었다. 그것도 그냥 도살이 아닌 심장을 뽑혀 죽는 참혹한 죽음이었다. 특히나 선두에 선 팔 척 거한의 은창에선 지옥의 화염이 쏟아졌다. 그 앞에 남아나는 것이 아무것도 없었다. 산조차도 가루로 휘날렸다.

참혹한 피비린내가 삽시간에 산을 타고 퍼져 올라갔다. 그 일을 만드는 신교도들의 움직임도 그러했다. 그들은 무림맹 무사들의 몸을 쪼개고 도륙하며 심장을 뽑아냈다. 그리곤 괴소를 터뜨리며 생명의 기를 빨아들였다.

"크헤헤헤헤헤!"

도끼를 휘두르던 신교도가 또 한 명의 무사를 쓰러뜨렸다. 목이 반이나 잘린 무사는 눈을 부릅뜨고 부들거렸다. 피가 쏟아지는 목 때문에 비명도 지르지 못했다. 그런 무사의 앞에 주저앉은 신교도는 가슴에 손을 박아 넣었다.

아직 숨이 끊어지지 않은 무사의 몸이 경직되었다. 심장은 곧 뽑혔다. 그걸 쳐들고 신교도는 아주 기쁘게 웃어젖혔다. 그런데 그 웃음이 사라지기도 전에 신교도의 머리통이 반으로 쪼개졌다. 몸통까지도 두 쪽이 났다.

"아미타불. 지옥에 떨어져라."

계도에 묻은 피를 떨구어내는 자는 십팔금강동인 중 법춘이었다. 그의 눈은 이글이글 타오르는 불구덩이 같았다.

법춘의 옆쪽으로는 법하와 법추, 법동이 계도를 들고 벌려 섰다. 그리고 그런 네 명의 뒤로는 법자, 법축, 법인, 법묘, 법진, 법사, 법오, 법미, 법신, 법유, 법술, 법해가 계도를 휘두르며 맹렬히 산을 내려오고 있었다.

"세존의 뜻으로 살계를 펴라!"

법춘이 소리치며 계도를 휘둘렀다. 푸른 도강이 물결처럼 퍼지며 신교도들을 휩쓸었다.

부아아아앙!

산 아래쪽으로 퍼진 도강은 광기로 산을 오르던 신교도들의 몸에 작렬했다. 생선 토막들처럼 신교도들의 몸이 잘려 떠올랐다. 중간을 가로막는 고목들이 넘어가는 건 너무 당연했다. 거기에 푸른 도강은 열다섯 개가 더해졌다.

후아아아앙!

푸른 도강의 폭풍이 불었다. 열여섯 명의 중이 뻗어낸 도강은 산을 깎아내는 거대한 칼날이 되었다. 그것이 가는 곳에 서 있는 모든 자들의 신체가 조각조각 잘려 휘날렸다. 한 번에 수십 명의 신교도가 죽어 넘어갔다. 그런 도강의 칼질이 쉬지 않고 계속 이어졌다.

"멈춰라!"

은창을 휘두르며 산을 오르던 아마간이 십팔금강동인들에게 달려왔다. 아니, 달려온다기보다는 날아온다는 표현이 맞았다. 그의 몸통에 부딪친 모든 것들이 부서졌다. 고목과 바위와 진행 방향에 있던 무사들까지도 모두 날아갔다.

"이 죽일 놈들!"

아마간은 제일 가까이에 있는 법자의 머리로 은창을 내리찍었다.

푸이이이잉!

창날만 넉 자에 달하는 은창은 흡사 산을 쪼개 내리는 것만 같았다. 거대한 힘이 느껴지는 공격이었다.

법지는 이를 악물며 계도를 올려쳤다. 푸른 도강이 두텁게 옷을 입은 일도였다.

콰앙!

번개가 친 것 같은 폭음과 함께 화끈한 충격파가 주변으로 퍼졌다. 하지만 그 순간 십팔금강동인 모두가 놀랐다. 법지의 계도가 산산이 부서지고, 아마간의 은창이 법지의 몸뚱이를 두 쪽으로 만들었기 때문이다.

"사제!"

"이노옴!"

격한 외침과 함께 두 개의 칼빛이 아마간의 몸으로 날아왔다. 칼날을 잡고 비행하는 두 사람의 중, 법천과 법지였다.

콰쾅!

아마간의 몸 앞에서 두 사람의 신형이 좌우로 갈려 나갔다. 불꽃과 충돌음은 상상을 초월했다. 하지만 그보다도 더 놀라운 건 신도합일로 비행한 두 사람의 신위였다.

빙그르르 창을 돌려 잡으며 아마간은 법천과 법지를 향해서 돌아섰다.

"어도비행(御刀飛行)이라니, 제법이구나."

미간이 좁혀진 아마간은 손안의 충격을 털어내는 중이었다. 두 명의 중 법천과 법지가 보여준 한 수는 놀라웠다. 비록 짧은 거리였지만 도와 한 몸이 되어 비행하는 경지는 경악스러운 것이었다. 하지만 그보다도 경악스러운 건 그걸 막아낸 아마간의 능력이었다. 더구나 두 사람의 합격이었던 거다.

훨훨 타오르는 분노의 눈빛으로 아마간을 노려보던 법천과 법지 중 법천이 입을 열었다.

"네놈이 누군지 모르겠으나, 넌 오늘 여기서 죽을 거다."

눈빛과 달리 착 가라앉은 음성이었다. 그래서 더욱 분노와 살기 어린 의지가 드러나 보였다. 하지만 듣고 있던 아마간은 비식대고 웃었다.

"칼날에 몸을 실어 날 줄 안다고 마구 씨부리는구나. 방금 네 형제가 두 쪽 나는 걸 보지 않았느냐? 그것이 설마 방심해서라고 말하려는 건 아니겠지?"

법천과 법지, 그리고 그 뒤로 반원진을 이루며 벌려 선 나머지 금강동인들. 그들은 대꾸하지 못했다. 아마간의 말처럼 법지는 두 쪽이 났다. 창졸간에 당한 공격이라 해도 그건 변명거리가 되지 않는다. 분명한 실력의 차이였다.

더군다나 법천과 법지가 어도비행술로 공격했건만 그걸 상대방은 막아냈다. 충격도 받지 않은 것 같았다.

인간 같지 않은 팔 척의 신장에 그보다 긴 은창을 든 사내. 암흑마궁의 주구가 분명한 저 사내는 목숨을 걸어야 할 상대였다.

"나한진을 펴라!"

법천이 소리치자 나머지 금강동인들은 진의 위치를 잡으며 이동했다. 아마간은 그걸 보고 웃기만 했다. 산 사면에서 펼쳐지는 나한진. 그것도 한 명이 모자란 열일곱 명이 펼치는 나한진이 어떠할지 궁금스런 얼굴이었다.

"본격적으로 놀아보자는 거냐? 좋지."

은창을 중단으로 내밀고 아마간은 웃음을 지웠다. 삽시간에 그의 표정은 바위처럼 변했다. 창을 잡은 두 팔의 근육은 부풀어 오르고 전신에선 붉은 아지랑이 같은 화염이 뻗어 나오기 시작했다.

"개진!"

법천의 외침이 격하게 터지고 금강동인들은 아마간에게 달려갔다. 선두에 선 법천과 법지는 동시에 아마간의 안면과 복부를 노리고 계도를 찔렀다. 같은 순간 두 사람의 등 뒤에서 옆으로 빠진 법춘과 법추는 옆구리로 칼을 그었다.

아마간이 미간을 꿈틀하는 순간 법천과 법지의 등을 차고 오르며 법동과 법하가 칼을 내리찍었다.

창을 잡은 아마간의 손이 그 순간 움직였다. 중단을 잡은 팔을 교차로 휘두르자 창은 좌우로 풍차처럼 돌았다. 그 회전의 반경 안에 안면을 노리던 법천의 칼과 복부를 찌르던 법지의 칼, 양 옆구리의 법춘과 법추, 머리 위 법동 법하의 공격까지 모두 걷어졌다.

카카카카캉!

불꽃이 튀는 그 찰나에 다섯 명의 등 뒤로부터 나머지 열둘의 신형이 귀신처럼 벌려 나왔다.

법축, 법인, 법묘는 좌측으로 법진, 법사, 법오는 우측으로, 법미, 법신은 법춘과 법추의 등 위로 솟구쳐 오르고, 법유, 법술, 법해는 벌어지는 앞사람의 틈새로 귀신처럼 스며 나왔다. 그야말로 물샐틈도 없는 합격이었다.

어금니에 힘을 준 아마간은 발끝을 밀며 뒤로 물러났다. 신형은 곧장 얼음에 미끄러지듯 뒤로 밀렸다. 좌우측에서 벌려 나오는 자들에게 둘러싸여선 안 되는 것이다. 원형진을 이루면 나한진의 교차 합격술에 걸려 불리한 결과를 안게 된다. 그 때문에 아마간은 맹렬하게 뒤로 물러났다.

짧은 공간 안에서 전광처럼 뒤로 물러나던 아마간은 한순간 발끝을 교차해 뒤로 돌았다. 그리곤 맹렬하게 달려갔다. 등을 보이고 달리는 그 모습에 법천과 법지를 비롯한 십팔금강동인들은 미간을 찌푸렸다. 그러다 달리던 아마간이 고목을 차고 훌쩍 떠오를 땐 심장이 덜컥 내려앉았다.

"흩어져!"

법천이 소리쳤지만 이미 늦은 후였다. 허공에 떠오른 아마간은 몸을 잉어처럼 뒤틀며 땅을 향해 은창을 내질렀다.

"끼야앗!"

괴성의 기합과 함께 내질린 창이 수없이 많은 그림자를 만들며 땅으로 내리 꽂혔다. 창날들은 붉은 화염강을 몸에 두르고서 지면을 벌집으로 만들었다.

투투투투투투투!

십팔금강동인들이 있던 자리가 우박에 맞은 밭뙈기처럼 초토화되었다. 직전의 순간에 몇 개의 그림자가 사방으로 흩어졌다. 하지만 창날의 그림자가 거둬지고 아마간이 땅으로 내려선 순간 결과가 일목요연하게 보였다.

법천과 법지, 법동과 법하, 법추와 법춘을 제외한 나머지가 피걸레가 되어 흩어져 있었다.

"이럴… 수가……!"

경악한 법동이 신음을 흘렸다.

"크흐흐흐하하하하!"

아마간은 긴 괴소를 터뜨렸다. 굵은 은창을 세우고 웃는 그의 모습은 지옥의 악귀처럼 섬뜩했다.

"찢어 죽일 놈!"

이를 갈며 아마간을 보던 법천이 갑자기 소리쳤다.

"차력전공(借力傳功)을 편다!"

법천의 소리에 법지를 비롯한 나머지 넷이 순간적으로 눈을 크게 떴다. 짧은 순간 놀라움과 망설임이 그들의 얼굴에 스쳤다. 하지만 법천의 일그러진 얼굴을 바라보던 그들은 바로 법천의 뒤로 모였다.

법지는 법천의 뒤에 서서 계도를 땅에 박았다. 곧바로 두 손을 법천의 등에 갖다 붙였다. 법춘은 법지의 등 뒤에 서서 똑같이 했다. 법하가 그 뒤에, 또 그리고 법추와 법동이 그 뒤로.

앞사람의 등 뒤로 손바닥을 갖다 붙이고 서는 법천 등을 보며 아마간은 흥미가 이는 눈매를 만들었다. 과연 저들이 무얼 하고자 저러는지 궁금한 모양이었다.

"애들 놀이라도 하는 거냐?"

비식대고 웃는 아마간의 눈을 바라보며 법천은 차갑게 가라앉은 시선으로 입을 열었다.

"내 오늘 지옥문을 열매, 네놈과 함께 열화지옥에 빠지리라."

법천은 계도를 가슴 앞에 세웠다. 아마간은 더욱 짙게 웃었다.

"지옥이라고? 키힛!"

같잖다는 표정을 지은 아마간은 다시 말을 이었다.

"거기가 대관절 어떤 곳인 줄이나 알고 그딴 소리를 하는……."

아마간은 말을 다 잇지 못했다. 대치한 법천의 계도가 푸르게, 아주 시퍼렇게 물드는 것을 보았기 때문이다.

"그렇군… 다섯 놈의 힘을 한데 모은다 이거로군."

차력전공이 뭔지 아마간은 이제 알아보았다. 등 뒤로 선 각자의 내력을 앞으로 전달해 한 사람에게 집중해 주는 것이다. 그 결과로 지금 법천의 계도는 파랗고 투명하게 변했다. 저것이 무슨 일을 벌일지는 뻔했다.

"일체도강(一體刀罡)!"

법천의 음성은 벽력처럼 터졌다. 그와 동시에 법천의 계도는 아마간을 향해서 도극을 뻗었다.

푸아아아앙!

엄청난 도강의 소용돌이가 터져 나갔다. 마치 푸른 바다에서 솟구치는 용오름처럼 고목만한 두께로 폭발해 나간 도강은 아마간의 가슴 중앙을 강타했다. 아니, 그렇게 보였다. 하지만 그 지극히 짧은 순간에 아마간의 창은 홍염의 불창으로 변했다. 그것이 도강의 중심을 향해 창날을 들이밀었다.

쿠카카아아아!

멸겁화염강을 두른 은창이 도강의 한가운데를 뚫고 들어갔다. 아마간이 손목을 휘돌리자 도강은 여러 줄기로 벌어지고 흩어졌다. 그렇게 대치가 이어졌다. 창을 밀어대는 아마간이나, 도강을 쏘아대고 있는 법천 등이나 모두 이마에 굵은 힘줄이 돋았다. 하지만 균형은 금세 무너졌다.

"이아아아아!"

괴성을 지른 아마간이 성큼성큼 발을 내밀며 앞으로 나왔다. 푸른 도강은 밀리며 흩어졌고, 홍염은 더욱 짙고 강해졌다. 그걸 본 법천의 눈에 당황이 스쳤다. 그리고 그 순간 아마간은 창날을 휘돌려 허공으로 던지듯 올렸다.

도강의 줄기를 감싼 아마간의 창이 솟구치자 도강도 하늘로 솟구쳤다. 바로 그 순간 아마간의 창은 빙글 방향을 돌려 법천들에게로 향했다.

아마간이 창을 집어 던졌다. 홍염의 멸겁화염강을 두른 창은 직선으로 날아왔다.

창이 아마간의 손을 떠난 순간 법천은 질끈 눈을 감았다. 눈을 감은 그 순간, 불이 가슴을 뚫고 갔다.

"커헉!"

"컥!"

"크흑!"

외마디 신음들이 동시에 터졌다. 법천과 법지, 법춘과 법하, 법추와 법동의 가슴을 차례로 뚫은 불의 창은 그들의 뒤로 보이는 모든 것들을 재로 만들며 하늘로 솟구쳤다. 그리곤 주인의 손으로 얌전히 내려앉았다.

"떨거지 같은 중놈들."

창을 잡은 아마간은 다시 비식대고 웃었다. 그 웃음을 보며 법천은 땅에 무릎을 꿇었다.

"크윽……!"

등 뒤엔 법지와 나머지 네 사제가 이미 주저앉아 있었다.

"세, 세존의 뜻이… 어, 어찌하여……."

부들대는 법천에게 아마간은 차갑게 말을 던졌다.

"네놈들이 말하는 세존의 뜻은 어디에도 없다. 세상을 다스리고 우주를 관통하는 진리는 오직 어버이 아리만의 말씀뿐. 네 눈앞의 것이 진리다."

입술과 혀를 부들대던 법천은 뭔가를 더 말하려고 입을 벌렸다. 그런데 벌려진 입에서 나온 건 말이 아니었다. 뜨겁고 붉은 화염, 입에서 나온 건 그것이었다.

"커허헉!"

화염은 법천의 뚫어진 가슴에서도 솟구쳤다. 그것이 몸을 감싸고 번지며 불타올랐다. 몸은 순식간에 붉은 화염으로 덮여 형체를 알아볼 수가 없었다. 그렇기는 법지를 비롯한 법춘과 법하, 법추와 법동도 모두 마찬가지였다.

전신이 불구덩이로 변한 다섯의 중은 꿈틀대고 허우적댔다. 하지만 그것도 잠시, 시뻘건 숯으로 열기를 뿜어댄 몸뚱이들은 검은 재로 스러져 갔다. 산을 스치는 바람은 그것마저 흩어대며 이리저리 몰고 가버렸다.

시선을 거둔 아마간은 산 정상으로 눈길을 던졌다. 나직한 읊조림과 동시에 몸은 다시 움직였다.

"기다려라, 흑마왕."

산 아래쪽 어딘가에선 아보기의 검이 번쩍대는 것 같았다.

❷

"거기서, 이 개자식아!"

상소리를 거칠게 내뱉으며 용태웅은 주먹을 휘둘렀다.

슈팡!

도망가던 놈들 중 두 놈의 무사가 피떡으로 쓰러졌다. 어깨가 부서져 구르는 그들의 앞으로 나머지는 계속 달렸다. 앞서 달리는 이호패는 멈출 생각이 없어 보였다.

한철검을 들고 질풍처럼 달리던 풍오자는 용태웅을 돌아보며 큰 소리로 불렀다.

"야, 곰탱아!"

풍오자의 눈에서 무슨 뜻인지를 읽은 용태웅은 두 손을 받쳐 내밀었다. 풍오자가 도약하며 그 손을 밟은 순간 용태웅은 힘껏 밀어 던졌다.

"이놈들!"

도망가는 이호패의 무리 위로 풍오자가 날아갔다. 꽤 떨어진 거리임에도 불구하고 풍오자는 그들의 머리 위를 지나 앞쪽에 내려섰다.

"당장 서지 못할까!"

판관처럼 엄한 소리로 풍오자는 호통 쳤다. 하지만 달리던 자들은 입술을 물며 병장기를 휘둘렀다.

"이노무 자식들이!"

눈매를 치켜올린 풍오자는 한철검을 매섭게 그어댔다.

피, 피피, 피피잇!

싸늘한 검광이 달려오던 자들의 몸 사이를 누볐다. 십여 명에 달하는 무사들은 자신의 병기들과 같이 쪼개졌다.

"커헉!"

"크아악!"

비명을 지를 수 있는 자는 그나마 나았다. 언제부터 저렇게 독심을 가졌는지, 풍오자의 검은 시린 빛으로 무사들의 목을 치고 가슴을 갈랐다.

검귀처럼 무사들의 사이를 누비던 풍오자는 몸을 멈추고 검을 세웠다.

"이노옴! 이호패!"

어느새 이호패와 한상경만을 남겨두고 모두가 바닥에 쓰러졌다. 꿈틀거리는 자도 없었다. 십여 명의 무사 모두가 일거에 목숨을 잃은 것이다.

당황한 눈으로 뒷걸음질하던 이호패는 숲을 등지고 검을 뽑았다.

"빌어먹을 늙은이! 앞을 막지 마라!"

눈썹을 꿈틀한 풍오자는 한결 여유롭게 말을 받았다.

"빌어먹는 건 내 전문이다만, 너한테 빌어먹을 게 있어서 앞을 막은 건 아니다, 냄새나는 어린놈아."

이호패는 입술이 찢어질 듯이 이를 물었다. 뒤와 옆은 산과 이어진 숲, 앞쪽은 관도로 이어진 길. 그런데 그 길을 풍오자가 가로막은 것이다. 무사들도 다 죽었다. 그런데 상대는 풍오자 혼자만이 아니었다. 산 같은 몸뚱이를 움직이며 다가오는 놈이 있었고, 저 뒤쪽에서 죽어라 쫓아오는 젊은 도사 놈이 또 있었다.

풍오자 옆으로 다가서는 용태웅의 모습을 본 이호패는 갑자기 태도를 바꾸었다.

"이보시오, 풍 장문인. 어차피 다 틀어진 일. 한 번만 눈감아주시면 안 되겠소?"

전혀 뜻밖의 소리에 풍오자와 용태웅은 서로를 돌아보았다.

"저 위의 일이 어찌 될지는 모르겠으나, 내 길을 못 본 척 눈감아주신다면 내 후사하리다. 내게는 무림맹이 아닌 대륙상가가 있소. 부탁하오."

비굴함은 보이지 않았다. 다만 장사꾼의 진정이 엿보였다.

이호패는 지금 이 순간, 생명이 경각에 걸린 이 순간에 장사꾼의 기질을 발휘하고 있는 거다. 자신이 가진 걸 내걸고 협상을 요구하고 있는 거였다.

"저놈이 제 목숨을 걸고 흥정을 하자는 게구나."

풍오자는 어이없는 듯, 한편으로는 감탄스러운 듯 이호패를 봤다. 용태웅도 그렇긴 마찬가지였다.

"돈이면 뭐든지 다 되는 줄 아는 모양이군. 하긴 뭐, 그거면 뭐든지 다 되긴 하지. 술에 계집에 밥에… 에, 또 뭐가 있더라?"

손가락까지 헤던 용태웅은 풍오자의 뜨악한 눈을 마주 봐야 했다.

"으헤헤. 뭐, 말인즉슨 그렇다는 거지요."

얼른 시선을 돌린 용태웅은 이호패를 노려보며 무섭게 꾸짖었다.

"개새꺄! 네가 한 짓이 돈으로 탕감될 것 같아? 엉? 이게 어디서 개수작이야!"

이호패도 거칠게 말을 받았다.

"안 될 건 또 뭐야! 세상만사 다 돈 때문에 돌아가고 돈을 쫓아서 돌고 미치는 거 아니야? 그런 돈으로 안 될 게 뭐 있어? 돈이면 처녀귀신의 가랑이도 벌린다고!"

용태웅은 주먹을 들고 벌컥거렸다.

"이러 쌍놈의 새끼가! 그래서? 그래서 넌 처녀귀신 가랑이에 엎어져 봤어? 엉? 엎어져 봤냐고, 이 새끼야!"

용태웅의 대응이 어이가 없는지 이호패는 잠시 동안 말을 못했다. 그러다가 풍오자에게로 시선을 돌려 다시 사정했다.

"풍 어르신, 이런 일에는 냉정해야 합니다. 시작이야 서로 달랐지만 끝은 함께할 수 있습니다. 작은 장애야 있겠지만 그런 것은 부차적인 문제입니다. 저에겐 화산의 매화를 꽃피울 힘이 있습니다. 조건이 성

숙하면 그렇게 서로를 돕고 배려하는 겁니다. 그것이 강호, 강호인의 삶 아니겠습니까?"

간곡한 이호패의 말을 풍오자는 무표정한 얼굴로 듣고만 있었다. 하지만 대답은 오래지 않아 나왔다.

"훌륭한 말만 하는구나. 하지만 어쩌랴. 나는 늙어서 그런 게 필요 없단다. 대신, 너희들에게 받을 것만 생각나는구나. 그게 아마도 목숨 빚이지?"

이호패는 눈동자를 흔들다가 이를 소리나게 물었다. 자신의 회유가, 거래 조건이 상대에게 먹히지 않는 거다. 그렇다면 이제 방법은 하나였다. 죽든지 죽이든지.

"그래… 정 그렇다면 할 수 없지."

이호패는 조심스럽게 발을 내밀며 검을 중단으로 내밀었다. 내밀어진 검신에 푸른 아지랑이 같은 검기가 어리기 시작했다.

"오호, 제법인걸?"

풍오자가 감탄스레 말하며 턱을 긁을 때 검기는 유형화된 모양으로 검극을 치고 뻗어 나왔다.

"어, 검강을 만드네, 저놈이?"

용태웅도 놀란 것처럼 너스레를 떨었다. 그 순간 저 뒤쪽에서 임홍빈이 소리치며 달려왔다.

"이봐! 나를 두고 가면 어떻게 해! 죽을 뻔했잖아! 헉헉. 아이고, 나 죽어."

손 흔드는 임홍빈에게 풍오자와 용태웅의 시선이 돌아간 순간, 이호패의 몸이 검과 함께 벼락처럼 튀어 나왔다.

피이잇!

검은 정확하게 용태웅의 목을 노리고 들어갔다. 하지만 이호패는 용태웅의 목을 찌르지 못했다. 바깥으로 휘돌려 친 용태웅의 주먹에 검이 터져 나갔다.

파앙!

놀라는 이호패의 옆구리를 용태웅의 다른 손이 와서 후려쳤다.

"커헉!"

옆으로 훌떡 떠올랐던 이호패의 몸이 바닥에 나뒹굴었다. 바로 그 순간 한상경이 숲으로 달리기 시작했다.

"어? 저놈 도망간다!"

임홍빈이 지른 소리보다 풍오자의 한철검이 손을 떠난 것이 먼저였다.

피이이융!

숲의 나뭇잎들을 가르고 날아간 한철검은 정확하게 한상경의 머리를 띄워 올렸다.

"허… 세상에!"

기우뚱 쓰러지는 한상경의 모습을 보고 임홍빈은 고개를 가로저었다. 바로 그때 허공을 날아 되돌아온 한철검은 풍오자의 손으로 들어왔다.

검에 시선을 주고 있던 임홍빈은 입가로 피를 흘리는 이호패를 보곤 호들갑을 떨었다.

"어, 저 사람 너무 세게 때린 거 아냐? 죽을 것 같은데?"

용태웅은 바로 윽박질렀다.

"죽긴 뭘 죽어! 너 같은 놈도 안 죽는데!"

그제야 생각난 듯 임홍빈은 쌍심지를 세웠다.

"맞아! 날 그렇게 버려두고 가는 게 어딨어? 그냥 죽으라는 거야 뭐야?"

"죽기는 씨부럴, 니눔이 택이나 죽겄다."

"전쟁터 한가운데 버려두고 갔잖아!"

"그래서 네가 지금 죽었냐? 죽었어?"

"아니, 그거야 내가 워낙 천운을 타고난 덕분에……."

"맞아, 넌 천운을 타고났어. 그래서 넌 어디 내놔도 그런 일은 안 당할 거야. 누가 널 죽이겠냐, 똥을 밟지."

"이, 씨……."

입이 좌우로 벌어지는 임홍빈 앞에서 용태웅은 싹 돌아섰다. 널브러진 이호패를 물건처럼 잡아 든 그는 풍오자에게 대뜸 물었다.

"우리도 산으로 올라갈까요?"

그런데 풍오자의 표정이 이상했다. 자신들이 온 산 쪽을 보는 그의 표정은 사뭇 엄중했다.

"왜 그러시……."

묻던 용태웅도 시선을 돌렸다. 그의 표정도 풍오자처럼 돌같이 굳어 갔다.

풍오자는 낮게 가라앉은 음성으로 중얼거리듯 말했다.

"그놈들… 암흑마궁 놈들이 왔구나."

전신으로 느껴지는 기운에 몸서리를 치며 용태웅도 중얼댔다.

"그렇군요……."

바람결에 실려오는 전장의 새로운 함성을 들으며 둘은 동시에 입을 열었다.

"가자."

"갑시다."

약속한 것처럼 둘의 신형이 달려나갔다. 이번엔 임홍빈을 놓치지 않고 풍오자가 허리를 감았다. 이호패의 덜렁대는 몸은 용태웅의 팔뚝에 걸렸다.

❸

산 정상에 이르는 소로의 마지막 길을 짚고 올라선 계장수는 연무기를 보았다.

"왔군."

짧은 한마디가 산바람을 타고 흩어졌다.

산 정상은 이름처럼 정말 넓고 평평했다. 꼭 무 꼭대기를 쌍둥 잘라 놓은 것 같았다. 그 한가운데 연무기가 서 있었다. 평온해 보이는 얼굴이었다.

"오래 기다리지 않아서 좋군."

담담하게 말하는 연무기의 뒤, 산의 반대편을 넘겨보며 계장수는 입을 열었다.

"다른 손님이 왔구나. 중놈들이 맞으러 간 겐가?"

뒤를 힐긋 돌아본 연무기는 아무렇지도 않다는 어조로 대답했다.

"와야 할 자가 왔겠지."

너무나 담담하고 평온해 보이는 연무기의 언행에 계장수는 작은 의아함이 생겼다. 생사대적을 눈앞에 둔 자 치고는 너무 여유로웠다. 지난번 겪었을 때 보았던 성정은 저렇지가 않았다. 호승심과 오만 등이

어우러진 자였다. 그랬던 자가 물처럼 담담한 신색을 보이고 있는 것이다.

"못 본 사이에 달라졌구나."

계장수의 물음에 연무기는 피식 웃으며 대답했다.

"뭐, 조금은."

"인간강화비술로 얻은 게 있었나?"

"그렇다고 말할 수 있겠지. 하지만 그건 그냥 말 그대로 인간을 강화시키는 것일 뿐이야."

"그래?"

"그걸 요 며칠 사이에 깨달았지. 다르게 보인다면 그 때문인지도 모르겠군."

"중놈들과 같이 지내더니 선가의 화두라도 잡은 모양이군."

"중들에게서 그런 걸 얻었다면 이 자리에 있지도 않았겠지."

"그래? 하지만 결국 네 스스로 자초한 일일 뿐이겠지. 너를 이룬 모든 것과 네 주변의 전부, 그리고 이 자리에 마주 서게 된 나를 보는 일까지도 말이야."

연무기는 대답이 없었다. 그런 연무기를 보며 계장수는 확실히 달라졌음을 느꼈다. 무엇 때문에 저자가 저런 표정과 태도를 보이며 저런 말을 지껄이는지는 알 수 없었다. 하지만 생각에 변화가 있었고, 그것이 그의 검에 다른 변화를 주리란 것은 불문가지였다.

"부인하지 않겠다."

뒤늦은 대답이 연무기의 입에서 나왔다. 천천히 주변의 산자락과 하늘을 둘러본 연무기는 말을 이어냈다.

"일의 전후를 따져 보았다. 내가 왜 여기에 와 있는 것인지 모호하더군. 죽은 청진의 손에 이끌려 왔다지만, 내가 싫었다면 오지 않았을 거야."

"그래서? 후회라도 한다는 거냐?"

"후회일 수도 있고⋯ 어쨌든 세상에 나와서 많은 걸 보고 겪었다. 아주 다채롭고 재미있었지. 그중에 너를 만난 건, 정말 신의 장난이라고밖에 생각되지 않아."

연무기의 눈이 계장수의 눈을 직시했다. 말은 또 이어졌다.

"너라는 존재가 내 삶의 다른 의지가 될 줄은 몰랐다. 너와 손을 겨루어보기 전까지는 말이야. 그날, 그 일이 있은 후에⋯ 난 너를 꺾는 일이면 뭐든지 하겠다고 맹세했지."

한층 무거워진 눈으로 계장수는 연무기를 바라보았다. 연무기의 입술은 또 움직였다.

"청진이 뭘 원하든, 무림맹의 목표가 무엇이든 나에겐 아무런 상관이 없었어. 그래서 인간강화비술을 시술받았지. 내가 원하는 것은 오직 너였으니까."

"병신 같은 짓을 했구나."

"병신 같은 짓이라⋯ 그럴지도 모르지. 하지만 그만큼 난 절실했어. 너를 죽일 수 있는 방법이라면 지옥염왕에게 영혼이라도 팔았을 거야."

"네가 한 짓이 영혼을 판 짓이다."

연무기의 말문이 잠시 동안 막혔다. 그러나 곧 말을 끄집어냈다.

"말하지 않았나? 너를 죽이는 일이라면 뭐든지 하겠다고 말이야."

미간을 시큰 틀어 올린 계장수는 가라앉은 목소리로 물었다.

"그래서 내 형제들을 죽인 거냐?"

연무기의 얼굴에 작은 미소가 피어올랐다.

"네 형제라면 누굴 말하는지는 모르겠지만, 확실히 위지강천을 죽인 효과가 있었지. 혁련휘는 제 발로 찾아와 죽었지만, 그 때문에 결국 너를 만나게 되었잖나?"

계장수의 눈에서 퍼런 빛이 새어 나오기 시작했다.

"그래, 그것 때문에 내가 온 거지. 모든 일을 뒤로 미루고 그 일을 따지러 내가 온 거야. 내 형제들의 생명을 앗아간 자들에게 목숨 빚을 받으려고 말이야."

연무기의 미소는 더욱 짙어졌다. 말소리 또한 한결 여유로웠다.

"뭐가 어찌 되었든 난 너 하나만을 만나기 위해 지금까지 기다린 거야. 그렇지 않았다면 진작에, 아니, 청진이 죽은 그 이후에 떠났을 거야. 너를 만나기 위해서라면 네 형제들의 목숨쯤은 열, 백이라도 죽일 수 있지."

듣고 있던 계장수의 눈이 확 불을 뿜었다. 하지만 연무기는 개의치 않고 계속 말했다.

"난 이제 아무것도 바라는 게 없어. 그저 내 고향으로 돌아가고 싶을 뿐이야. 하지만 그전에, 너에게 진 빚을 갚고 가야겠어. 그 치욕을 갚지 못한다면 난 돌아가지도, 설령 돌아간다 해도 사부님들의 묘를 참배할 수 없겠지."

짙은 미소를 피워 올리는 연무기를 향해서 계장수는 고개를 끄덕여 보였다.

"그래, 빚은 서로 갚는 거지. 그래서 넌 절대 돌아갈 수 없다. 내 형제들을 해친 대가를 치르려, 네놈은 머리카락 한 올도 제대로 남기지 못할 거야."

연무기의 얼굴에서 미소가 사라졌다.

"서로 받아내야 할 것이 있는 거군. 하긴, 그러니까 서로를 이렇게 찾았겠지."

계장수는 등 뒤의 귀신도를 천천히 잡아 뽑았다.

"네가 나에게서 뭘 가져가든, 네 검이 내 칼을 받을 능력이 있어야 가능할 거다."

연무기의 검도 스르릉 소리를 내며 뽑혀졌다.

"네 목을 딸 만큼은 될 거다."

한 발, 두 발, 연무기에게 걸어가며 계장수는 낮게 말했다.

"골통을 뽀개주마……!"

걷던 계장수의 신형이 달려갔다. 갈색으로 빛이 바랜 초지를 쭈욱 뻗어가는 그 모습은 환영 같았다. 그냥 밀려가는 것도 아니었다. 연무기를 두고 삽시간에 방향을 바꾸며 갈지자로 쇄도해 갔다. 그렇게 연무기 앞에서 귀신도를 올려쳤다.

콰앙!

엄청난 충돌음이 터졌다. 검을 내리찍어 막은 연무기는 이를 물고 뒷걸음질했다. 그걸 쫓아가면서 계장수는 다시 칼을 찍었다. 도끼질 같은 손놀림이었다.

콰앙!

내리 찍히는 귀신도의 위력에 얼굴을 일그러뜨린 연무기는 순식간에 삼 검을 떨쳐 냈다.

피피피잇!

카카캉!

계장수의 인후와 명치와 단전을 노린 삼 검은 모조리 귀신도에 막혔

끝없는 사투 187

다. 그 순간 삼 검을 되돌려 주듯이 귀신도가 춤을 추었다. 연무기의 얼굴과 목과 가슴과 배를 노리고 찔러 들어가는 귀신도의 모양은 검은 뇌전의 갈래였다.

카카카카캉!

검을 그어 막는 연무기의 상반신 전부에서 불꽃이 피어올랐다. 그와 동시에 연무기의 몸은 정신없이 뒤로 밀렸다.

"이익!"

연무기는 이를 물며 검을 정신없이 쳐냈다. 뒤로 밀리면서 그가 한 생각은 처음 격돌하던 때와 똑같다는 거였다. 그때도 계장수는 저렇게 무식하게 칼을 휘둘렀고, 연무기 자신은 맥없이 뒤로 밀렸었다. 자존심이 쪼개지는 순간이었다.

"으아아아!"

괴성이 연무기의 입에서 튀어나왔다. 같은 순간 연무기의 검에 시리게 투명한 검기가 피어올랐다. 그것은 귀신도와 충돌하는 순간에도 검신을 타고 올랐다.

키아아앙!

손목을 돌려 그어 내린 연무기의 검과 귀신도가 비껴 맞았다. 힘이 실린 그 몸짓에 계장수가 주춤했다. 그사이 검을 떨치며 뒤로 물러난 연무기는 검신을 가슴 앞에 일자로 세웠다.

검에는 투명한 백색 검강이 밝게 피어오르고 있었다. 그런데 그냥 검강과 달랐다. 검신에서 피어난 검강은 팔을 타고 올라 연무기의 전신을 두루 감쌌다. 꼭 밝고 투명한 빛을 뒤집어쓴 것만 같은 모습이었다.

바라보던 계장수는 이채를 띠며 중얼댔다.

"검신체(劍身体)를 이루었나?"

빛으로 둘러싸인 연무기가 대답했다.

"알아보는구나. 이게 네가 겪게 될 지옥이다."

순간, 연무기의 몸이 거짓말처럼 주욱 날아왔다. 거짓말 같은 일이었다.

계장수를 향해 검을 내밀고 날아오는 그 모습은 너무도 순간적이고, 상상할 수 없는 모습이었다. 마치 엿가락을 잡아당긴 것 같았다. 서 있는 자리에서 계장수에게 쭉 뻗어오는 모습은 말 그대로 빛살이었다.

미간을 뒤튼 계장수는 귀신도를 쳐 올렸다.

쾌앙!

폭음이 터지고 연구기의 몸은 하늘로 솟구쳤다.

"어검비행!"

놀란 계장수는 낮게 소리쳤다. 검과 모든 것이 합일된 검신체를 이루었으니 당연한 결과였지만, 직접 보니 놀랄 수밖에 없었다. 저것은 검강을 이루는 전 단계의 신검합일과는 또 다른 경지였다. 어검술이 가능한 경지에 있는 자가 정진에 또 정진하고 각고의 노력과 깨달음이 뒷받침되어야만 도달하는 단계였다. 말 그대로 꿈같은 경지인 것이다. 그걸 연무기가 하고 있는 거였다.

피이이유웅!

검을 잡고 허공을 선회한 빛의 검신체. 연무기가 다시 날아왔다. 속도는 가히 뇌전이었고 걸리는 것은 무엇이든 분쇄될 위력이었다. 그 극점이 계장수의 목으로 꽂혀왔다.

목으로 들어오는 빛의 검, 사람과 검의 합신체를 보면서 계장수는 귀신도를 땅에 꽂았다. 이해할 수 없는 행동이었다. 절체절명의 순간에 병기를 버린 것이다.

연무기의 검신체는 이미 목 앞이었다. 경각의 순간, 계장수의 주먹이 치솟았다.

쿠앙!

올려친 주먹에 맞아 연무기의 검신체는 다시 치솟아올라 갔다. 허공을 나선형으로 선회하는 그 모습을 쫓아 계장수가 달려갔다. 발이 땅을 밟을 때마다 공간이 획획 밀려갔다. 눈앞에 연무기의 검신체가 하강하는 것을 본 순간, 땅을 차고 도약했다.

파앙!

땅이 꺼지는 소리와 함께 계장수의 몸이 허공으로 솟구쳤다. 선회해서 하강하는 연무기의 검신체를 향해 똑바로 올라갔다. 방향을 틀고 하강하던 연무기의 눈이 빛 속에서 보였다. 예측 못한 상황에 당황한 눈이었다.

연무기의 검신체가 닿을 만큼 가까워진 순간, 땅을 밟고 솟구친 계장수의 두 발이 연속해서 올려 차졌다.

첫발은 연무기가 내뻗은 검을 찼고, 둘째 발은 연무기의 턱을 올려 찼다. 그 두 발이 시커먼 기운에 싸인 것이 꼭 쇠기둥 같았다.

콰콰!

연무기의 몸은 허공에서 빙글빙글 돌며 실 끊어진 연이 되었다. 계장수가 땅에 내려서는 순간이 되어서야 정상의 끝 쪽에 떨어졌다.

"커흐허……."

비틀대고 일어서는 연무기의 아래턱은 뭉그러져 보이지 않았다. 검신체로 싸여진 몸이 아니었다면 머리통이 날아갔을 터였다.

차분하게 발걸음을 옮겨 연무기에게로 다가간 계장수는 나직하게 말했다.

"미처 말을 못해줬는데, 나한테도 약간의 변화가 있었지."

연무기는 비틀대며 흔들리는 눈으로 계장수를 보았다. 어떻게 이럴 수 있느냐고 묻는 것 같았다.

"사실 처음엔 모든 것의 근원을 생각했지. 그러자 차별이 없어졌어. 내가 가진 무공은 여러 갈래지만, 결국은 그 근본의 뜻과 의미는 같다는 걸 알았지."

설명해 주듯 말하는 계장수의 입을 연무기는 뭉개진 얼굴을 하고 바라보았다.

"그런데 요즈음엔 또 다른 것들이 깨달아지기 시작했어. 아직 완전하지는 않지만, 가진 것들을 버려야 근본에 도달할 수 있다는 생각이지. 아직은 잘 몰라."

계장수의 말속에서 무얼 느꼈음인가, 겨우 일어서 비틀대는 연무기의 눈동자는 급격하게 흔들렸다. 그런 연무기에게 계장수는 나직하게 말했다.

"널 보니 버리는 건 고사하고 합일도 이루지 못했구나. 그저 더 가지려고만 했어."

턱이 부서져 말 못하는 연무기의 눈은 이제 허망함으로 물들어갔다.

계장수는 뒤로 물러서며 최후의 말을 전했다.

"이제 끝낼 시간이다."

허망함으로 물들던 연무기의 눈이 한순간 화르륵 불타올랐다.

"크으으……."

몸을 지탱하던 검을 세워 연무기는 계장수에게 겨눴다. 짐승 같은 신음은 입에서 흘렀고 살기 어린 불꽃은 눈에서 흘렀다. 그리고 검에서 빛 기둥이 퍼졌다.

후아아앙!

무려 삼 장에 달하는 검강이 검신에서 치솟았다. 어디서 그런 힘이
나오는지는 모르지만, 연무기의 검은 사상 초유의 일을 만들어내고 있
었다. 그렇게 엄청난 검강이 서린 검이 연무기의 손을 떠났다. 허공을
아득히 떠오르던 그것이 멈추고 선 순간, 계장수를 향해서 내리 꽂혔다.

쿠오오오!

공간을 뚫는 괴음이 아득하게 하늘로 퍼졌다. 내리 꽂히는 검강의
기둥. 거대한 어검강을 보면서 계장수는 느꼈다. 저것에 연무기의 생
명이 담겨 있음을.

머리 꼭대기에서 떨어지는 어검강을 향해 계장수는 몸을 뒤집었다.
솟구쳐 오른발로 어검강을 차는 순간, 석모도에서 바위산의 덩어리를
차올리던 그때가 떠올랐다. 그저 깨뜨리겠다는 일념만이 있던 그 발차
기… 그걸 차올렸다.

쿠아아앙!

어검강은 부서져 폭발하며 사방으로 퍼졌다. 화려한 폭발 속에서 검
신도 가루가 되었다. 그것들이 퍼진 주변의 땅이 주저앉았다. 무려 일
장에 달하는 바닥이 함몰되었다. 깊은 구덩이가 생긴 것이다. 두 길이
나 되어 보였다.

먼지가 가라앉았다. 어검강의 폭발이 미친 범위 안에 계장수가 서
있었다. 두 발을 딛고 선 땅도 온전했다. 어검강은 계장수의 발차기에
터져 사방의 바닥으로 퍼진 것이다.

"크허……"

생기가 새나가는 것 같은 소리가 연무기에게서 나왔다. 계장수는 구

덩이를 건너 그에게로 다가갔다.

"내가 얘기했지, 골통을 뽀개놓겠다고."

연무기는 저도 모르게 뒷걸음질했다. 그러면서 검갑을 계장수에게 겨누었다. 손에 남은 것이 그것뿐이니 그걸 겨눈 것이다. 허무한 짓이었다.

계장수의 주먹이 검갑을 후려쳤다.

파앙!

산산조각나는 검갑의 파편들이 흩어질 때, 계장수의 오른손 수도가 커다랗게 휘둘렸다. 계장수의 등 뒤로 돌아 머리 위에서 떨어지는 그걸 보고 연무기는 눈을 부릅떴다.

퍼억!

정수리부터 찍어 내린 수도는 연무기의 가슴까지 파고 내려갔다. 연무기의 몸은 도끼가 반쯤 박힌 장작처럼 벌어졌다.

무감정한 시선으로 내려다보던 계장수가 손을 뽑았다. 진득한 피가 묻어 나오는 연무기의 몸이 땅에 쓰러졌다. 고저없는 목소리가 계장수의 입에서 새어 나왔다.

"내가 말했잖아, 내 형제의 목숨 빚을 갚는다고."

뒤돌아선 계장수는 귀신도를 꽂아놓은 자리로 천천히 걸어갔다. 왠지 모르게 허전한 생각도 밀려왔다.

'죽음이란 이렇게 모든 것과의 결별이야. 그 뒤에 뭐가 있는지는 가봐야 아는 거지.'

귀신도를 잡아 드는 순간, 소름 끼치도록 강인한 기운이 등을 엄습했다.

계장수는 천천히 다시 돌았다. 그리고 보았다, 검은 피풍의를 두른 팔 척 거한을.

"네가 흑마왕이구나."

팔 척 거한의 음성이 계장수는 들리지 않았다. 대신 언제인가 꿈에서 보았던 그들이 떠올랐다. 마고지나와 함께 있던 두 명의 궁주. 저놈은 그중의 한 놈이었다.

"암흑마궁의 개. 드디어 만났구나."

표정이 일그러지는 팔 척 거한에게 계장수는 귀신도를 잡고 뛰어갔다.

❹

자신들이 격전을 벌였던 곳, 그러나 지금은 또 다른 격전이 벌어지고 있는 곳에 용태웅이 먼저 발을 세웠다. 곧바로 풍오자가 임홍빈을 내려놓았다.

팔뚝에 둘러 감았던 이호패를 땅에 던지며 용태웅은 신음 같은 소리를 냈다.

"저것들이……!"

산 아래쪽과 산으로 이르는 모든 수풀들 사이, 그리고 산속에서 격전이, 아니, 도살이 진행되는 중이었다. 죽는 자들은 무림맹의 무사들이었고 죽이는 자들은 검은 무복에 신교라는 붉은 글자가 선명한 신교도들이었다.

죽음은 평범하지 않았다. 서로를 죽고 죽이는 전쟁터에서 평범한 죽음이 어디 있겠는가마는, 심장이 뽑혀 죽는 죽음과 그 죽음을 만든 자들의 손에 들린 심장과 괴소, 그리고 푸른 빛의 명멸과 터지는 심장은 보기에도 끔찍했다.

"악마의 자식들! 용서치 않으리라!"

산발한 머리털과 수염이 다 곤두서도록 풍오자는 노성을 터뜨렸다. 동시에 검결을 맺은 오른손을 하늘로 뻗었다.

"일진!"

한철검이 검갑을 떠나며 회백색의 빛무리로 변했다. 그것이 허공 높이 우뚝 멈췄을 때 풍오자는 또 소리 질렀다.

"회륜!"

허공에 우뚝 선 검이 부챗살처럼 퍼졌다. 수많은 검날들이 분리되며 원형의 모양을 갖추자 풍오자의 오른손이 전방으로 떨어졌다. 손끝이 가리킨 곳은 신교도들이 광란하는 산 아래였다.

피우우우웅!

거대한 원반처럼 퍼진 한철검이 회전하며 날아갔다. 그것이 광란하는 신교도들의 몸을 쓸고 지나갔다. 반절로, 조각으로, 또는 갈린 것처럼 신교도들의 몸뚱이가 피 가루로 흩어졌다. 삽시간에 산 아래쪽은 피 웅덩이로 변했다.

"갈!"

기합을 넣는 풍오자의 손은 쉬지 않고 움직였다. 그 손짓에 따라 원형 원반이 된 한철검은 인간들을 도륙했다. 산 사면을 타고 올라간 검은 산의 나무와 바위들을 갈라내며 그 사이에 낀 인간들을 남김없이 도륙했다.

한순간, 산의 머리털을 깎아내는 것처럼 산 사면을 누비던 한철검이 허공으로 솟구쳤다. 그리곤 처음처럼 허공에 멈춰 섰다. 풍오자의 입에서 또 다른 기합이 터졌다.

"열검일진(列劍一進)!"

멈췄던 원형의 검이 다시 회전했다. 하지만 이번엔 그냥 회전이 아니었다. 부챗살처럼 퍼진 수많은 검날들이 폭발하듯 튀어나왔다. 그것들이 비처럼 쏟아져 내리며 산을 들쑤셨다. 그것은 그냥 그대로 검날의 비였다.

투투투투투투투투투!

자욱히 일어나는 먼지는 산이 몸서리를 치는 것 같았다. 그 검우(劍雨) 속에서 살아 있는 모든 것들의 몸이 뚫렸다. 심장을 뽑던 신교도들도, 심장을 뽑히던 무림맹 무사들도, 그나마 서 있던 나무들도, 땅속에 숨었던 짐승들도 모두.

"귀검(歸劍)!"

풍오자가 외치며 검결을 거두자 한철검은 부챗살 몸을 거짓말처럼 접으며 날아왔다. 그런데 그때 어디선가 날아온 붉은 번개가 한철검을 때렸다.

카앙!

붉은 번개는 매처럼 치솟았다. 불시에 몸통을 맞은 한철검은 살맞은 새처럼 돌았다. 그렇게 회전하며 맥없이 떨어졌다. 풍오자는 피를 내뱉으며 주저앉았다.

"커헉!"

용태웅은 눈을 부릅뜨고 풍오자를 붙잡았다.

"어르신! 괜찮은 겁니까? 어르신!"

"커허… 카아악, 퉤!"

부축당한 팔을 떨고 호흡을 내뿜던 풍오자는 곧바로 피가래를 뱉었다. 충격으로 흔들리던 눈은 저만큼 앞에 떨어진 한철검을 보았다. 땅에 검날을 박고 떨어진 한철검은 이상이 없어 보였다.

"괜찮은 겁니까? 예?"

"이 피 좀 봐! 어떻게 해?"

용태웅이 거듭 묻고 임홍빈이 놀라 소리칠 때 풍오자는 일어섰다.

풍오자의 눈이 향하는 곳에서 검은 인영이 허공을 날아왔다.

"뭐야, 저 새끼?"

용태웅이 험악한 눈으로 돌아섰다. 하지만 산 사면으로부터 바람을 타고 날아오는 것 같은 상대의 모습은 전신의 털을 곤두서게 했다. 더군다나 붉은 번개가 사내의 손으로 들어가고 땅에 내려섰을 땐 진저리 쳐지는 기운이 등골을 훑어 내렸다. 붉은 번개는 검은 인영의 검이었다.

"네놈은 누구지?"

입가의 피를 닦으며 풍오자가 물었다.

검은 피풍의를 걸친 칠 척의 사내, 고색청연한 검을 든 아보기는 피식 웃었다.

"검을 놀리는 게 제법이더구나."

칠 척에 달하는 신장과 무시무시하게 뻗어 나오는 마기(魔氣)에 풍오자는 고개를 끄덕였다.

"그렇군. 암흑마궁 마고지나의 개로구나."

아보기의 미간이 흉하게 뒤틀렸다. 하지만 이내 표정이 가라앉았다. 그리고 평온하게 물었다.

"너희들은 누구냐? 흑마왕의 종이냐?"

용태웅이 참지 못하고 벌컥 소리쳤다.

"개새끼야! 세상 사람이 다 너 같은 줄 아냐? 우린 그의 친구다!"

"친구라고? 호오. 대단한 인물들을 만났군."

"저놈이 우릴 비꼬는데?"

임홍빈이 눈을 부라리며 말했다. 용태웅이 냉큼 받았다.

"쌍놈아! 지껄이지 말고 덤벼라! 네놈 부하들처럼 가루로 만들어주마!"

주먹을 움켜쥔 용태웅을 보며 싱긋이 웃던 아보기는 다시 여유롭게 입을 벌렸다.

"날 가루로 만든다? 인정하지. 아주 좋은 구경을 시켜주었어. 저런 쓰레기들이야 언제든 다시 만들면 되지만, 방금 전의 어검지경은 그리 흔한 게 아니지. 그런 실력이면 날 어쩌겠다는 말을 내뱉을 만하지. 좋은 한 수였어."

서로를 죽고 죽이던 전장에서 살아 움직이는 자들은 이제 소수였다. 이제까지의 전투로 서로를 죽고 죽인 탓도 있지만, 마지막 일격처럼 떨어진 풍오자의 어검술은 결정타였다. 그러나 아무리 죽여야 할 대상이라고 해도 풍오자의 가슴이 편할 리는 없었다. 어찌 되었든 사람을 죽이는 일이었다.

하지만 저놈, 자신의 수하들을 쓰레기라고 말하는 아보기는 달랐다. 저놈에겐 수하들이 언제나 대체 가능한 수단의 하나였다. 때문에 피아의 구별이 무의미한 일이고, 승패 또한 논외의 의미였다. 그런 생각의 근저에는 저 혼자만의 능력으로도 모든 일을 마무리 지을 수 있다는 자신감에 기인했다.

"씨벌노무새끼가……!"

참지 못하고 나서려는 용태웅을 풍오자가 잡았다. 곧바로 손을 내밀자 떨어진 한철검이 날아와 잡혔다. 용태웅과 임홍빈이 걱정스럽게 봤다. 풍오자는 담담하게 입을 벌렸다.

"눈요기를 더 시켜줘야겠구나. 놀아보련?"

아보기는 피시시식 웃으며 검을 세웠다.

"늙은 놈 너 혼자서 되겠느냐? 같이 오려무나."

이번엔 풍오자가 웃었다.

"그건 네가 걱정하지 않아도 된다."

성큼 나서는 풍오자에게 용태웅과 임홍빈이 동시에 소리쳤다.

"어쩌려고 그래요?"

"혼자는 안 돼요!"

전방의 아보기에게 시선을 떼지 않으며 풍오자는 나직하게 말했다.

"놈의 검에 파탄이 생기는 기회를 노려라."

한철검을 세우는 풍오자의 뒤에서 용태웅과 임홍빈은 아무 말도 하지 못했다.

풍오자는 모든 걸 알고 앞으로 나선 거다. 결코 혼자서는 상대할 수 없는 적이란 것도, 용태웅과 둘이 나서도 목숨 부지가 장담하기 힘들다는 것도, 어쩌면 지금이 생의 마지막이 될지도 모른다는 것도.

그럼에도 나선 거다. 본인이 나서 기회를 만들면 용태웅이 결정타를 먹여주길 바라면서.

한철검의 검신을 가만히 손끝으로 쓰다듬은 풍오자는 아보기를 향해 엄중하게 말했다.

"넌, 오늘 죽을 거야. 내가 장담하지."

셋의 수작을 알면서도 상관없다는 듯 보고만 있던 아보기는 순간 표정을 굳혔다. 여유롭던 그의 얼굴은 미소를 버리고 돌이 되었다. 그건 풍오자가 던진 말에서 다른 의미를 읽었기 때문이다. 지옥에서 돌아온 그였지만, 풍오자의 말은 운명의 사슬처럼 전신을 휘어 감는 것만 같았다.

"버러지들… 밟아주마!"

말과 동시에 아보기의 검이 손을 떠났다. 같은 순간 풍오자의 한철검도 손을 벗어났다. 홍염에 감긴 아보기의 검과 회백색 검강에 감긴 한철검은 서로를 스치며 날았다.

키아앙!

허공에서 교차한 검들은 다시 방향을 선회해 쇄도했다. 하지만 뭉쳐진 홍염과 검강의 기운은 한층 더 짙고 두터워졌다. 그것들이 충돌했다.

콰앙!

폭음과 동시에 홍염이 하늘로 솟구쳤다. 옆으로 비틀어져 나간 한철검은 정신없이 회전하며 튕겨 나갔다. 풍오자는 이를 악물며 검결을 맺었다.

한철검이 방향을 잡았을 때, 하늘 높이 솟구쳤던 홍염의 검이 수직으로 하강했다. 물론, 그것이 내리 찍히는 방향에는 풍오자가 서 있었다.

피이이잉!

풍오자의 정수리로 아보기의 검이 찍히는 순간, 용태웅이 괴성과 함께 주먹을 내질렀다.

"우와아아!"

푸앙!

시퍼런 권강의 정수가 쭉 뻗어나갔다.

콰앙!

권강에 맞은 아보기의 검은 방향을 비틀어 땅을 스치고 다시 솟구쳤다. 그 순간 한철검을 회수한 풍오자는 피를 흘리며 다시 검을 세웠다. 곧바로 다시 공격할 여력이 없었던 것이 분명했다.

"어르신!"

용태웅이 소리쳐 부르며 풍오자의 옆으로 섰다. 하얗게 탈색된 풍오자의 얼굴을 보고 용태웅은 이를 갈았다.

"이런 쌍!"

그런 그의 옆으로 임홍빈이 다가와 섰다. 파랗게 분노한 얼굴을 보이는 홍빈은 두 사람의 사이에 가부좌를 틀고 앉았다.

"뭐 하는 거야?"

용태웅이 거칠게 물었지만 임홍빈은 입을 오물거리며 알아듣지 못할 진언을 외우기 시작했다. 그리고 품속에서 거울을 꺼냈다. 무극조화신경이었다.

"어라?"

의아한 용태웅의 시선을 외면하고 임홍빈은 왼손으로 거울을 붙잡고 오른손은 검지와 중지를 올려 미간 앞에 세우고 진언을 외웠다. 그러자 이상한 일이 벌어지기 시작했다.

귀신만 잡는 줄 알았던 거울에서 노랗게 빛나는 빛이 흘러나왔다. 그것은 꼭 안개처럼 뭉실거리며 허공으로 피어났다. 그리곤 풍오자와 용태웅 두 사람의 몸을 휘어 감기 시작했다.

"어? 어?"

제 몸을 감싸는 노란 빛을 보고 용태웅은 좌우로 고개를 돌렸다. 같은 순간 풍오자는 눈에 띄게 혈색이 돌아왔다. 그리고 그 광경을 아보기도 다 보았다.

"무극조화신경이로구나!"

놀라는 아보기의 눈과 임홍빈을 번갈아 보던 용태웅은 몸 안에 가득 차 오르는 알지 못할 힘을 느끼며 풍오자를 보았다. 풍오자 역시도 그런 힘을 느끼는지 용태웅을 돌아봤다.

"홍빈이가 밑천을 드러낸 모양인데요?"

씨익 웃는 용태웅에게 풍오자는 마주 웃어 보였다.

"같이 놀아볼까?"

"좋지요!"

두 사람은 아보기에게로 시선을 돌렸다. 임홍빈은 두 사람의 뒤에 앉아 여전히 진언을 외웠다. 아보기는 임홍빈이 손에 쥔 거울을 보며 전신에 화염을 일으켰다.

화르르르르.

붉은 화염을 뒤집어쓴 아보기는 세 사람을 향해서 차분하게 말을 던졌다.

"너희들이 나의 수고를 덜어주는구나. 찾던 물건을 바쳤으니, 너희 목은 고통없이 베어주마."

용태웅이 입술을 실룩였다.

"미친 새끼."

바로 그 순간 아보기의 검이 튀어나왔다. 앞으로 내밀린 손을 따라, 화염강에 덮인 검은 죽 뻗어 나왔다. 검은 팔과 검신의 길이도 무시하고 계속 뻗어 나왔다. 또한 뻗어 나오며 검신이 거대하게 커졌다. 꼭 요술 같았다.

후아아앙!

폭발하듯 터져 나오는 거대한 검을 보며 풍오자는 놀란 눈을 감추지 못했다. 무형의 기운이 거대한 유형의 상을 만들며 상대를 살육하는 저 검법. 저것은 말로만 듣던, 검을 쥔 자들은 전설로만 여기던 검왕 최염의 절기, 천왕검(天王劍)이었다.

"막아!"

소리친 풍오자는 모든 힘을 한철검에 쏟아 넣어 검을 그어 올렸다. 마치 살아온 전 생애를 긋듯, 이 한 번의 가름에 모든 생의 염원을 붓듯, 한철검을 갈라 올렸다.

풍오자의 외침과 화염강을 뒤집어쓴 거대한 검의 형상을 보는 순간 용태웅도 위기를 직감했다. 피할 시간 따위는 없었다. 풍오자와 자신은 피할지도 모르나 뒤에 앉은 홍빈은 그럴 수 없었다.

피할 수 없다면 부딪친다. 간단한 그 진리를 떠올리며 주먹을 내뻗었다. 전신의 모든 힘을 짜내서, 홍빈의 거울이 보태준 힘을 더해 권환을 내던졌다. 평소보다도 더욱 짙고 커다란 권환이 터져 나갔다. 그것이 커다란 검과 부딪쳤다.

쿠콰콰앙!

풍오자와 용태웅의 몸이 훌쩍 날았다. 마치 거대한 폭풍이 전신을 때린 것 같은 충격이 엄습했다. 후끈한 그 느낌은 정신을 아득하게 만들었다. 흡사 가랑잎처럼, 그렇게 휘날린 두 사람의 몸은 땅을 구르며 멈춰 섰다.

"커헉!"

용태웅이 새우처럼 구부러진 모습으로 피를 토했다. 두 주먹과 전신은 피투성이였다. 엎어져 있던 풍오자는 한철검을 짚으며 무릎을 세웠다. 부들거리는 몸뚱이가 보기에도 안쓰러웠다.

"이, 이런!"

진언을 외우던 임홍빈은 두 사람을 보고 가부좌를 풀었다. 놀란 그의 시선 속에 풍오자가 피투성이로 일어서는 것이 보였다. 용태웅도 그랬다.

"어르신!"

소리치며 일어서려는 그에게 풍오자는 가만히 있으라는 손짓을 했다.

엉거주춤 주저앉는 임홍빈의 건너편에서 아보기는 잔인한 미소를 짓고 있었다.

"버러지들의 실력치고는 아주 제법이구나. 멸겁화염강이 더해진 천왕검을 막아내다니 말이야."

아보기를 향해 풍오자는 비틀대는 몸으로 물었다.

"너, 너는… 누구냐……?"

붉은 화염만큼 붉은 미소를 보이는 아보기는 간단하게 대답했다.

"나? 어버이 아리만의 뜻을 세상에 펼치는 산의 사자, 아보기다."

풍오자의 눈을 보고 있던 아보기는 희롱하는 투로 또 말했다.

"이런이런, 그게 궁금했던 게 아닌 모양이군. 그러나 뭐 어쩌랴. 이제 갈 시간인걸. 가거들랑 검왕의 후예에게 안부나 전해주렴. 예전보다 부풀리긴 했지만 몸뚱이를 잘 쓰고 있다고 말이야."

의혹 어린 시선을 보내는 풍오자를 보며 아보기는 딱딱해진 음성으로 최후의 용건을 말했다.

"자, 이제 거울을 내놓으렴."

임홍빈이 아보기와 풍오자를 번갈아 보며 안절부절못했다.

"순순히 거울을 내놓으면 고통은 줄여주마. 그러나 그렇지 않을 때는, 스스로 죽고 싶게 만들어줄 테다."

거듭된 아보기의 협박에 풍오자와 용태웅, 임홍빈의 눈동자가 흔들렸다. 그러나 고민은 잠시, 눈가에 독한 빛이 떠오른 임홍빈은 거울을 용태웅에게 집어 던졌다.

"거울을 부숴!"

임홍빈의 그 한마디에 모든 것이 담겨 있었다. 거울이 놈들에게 넘어갈 경우엔 예측할 수 없는 사태가 발생할 터였다. 그건 목숨을 걸고 거울을 지킨 홍빈 사부의 죽음이 헛되게 하는 일이고, 자신들이 저들과 싸우는 의미 또한 없어지는 결과였다. 그걸 막기 위해 홍빈은 거울을 파괴하라는 것이었다.

핑글핑글 돌며 날아오는 무극조화신경을 보고 있던 용태웅은 주먹을 말아 쥐었다. 그리고 반뢰권의 권강을 터뜨리기 위해 주먹을 내뻗었다. 그런데 그 순간 아보기가 움직이는 것이 보였다. 홍염의 검이 거대해지는 것도 보였다.

"건드리지 마라!"

후아아아앙!

불꽃이 휘날리는 거대한 검이 하늘에서 떨어져 내렸다. 도끼질처럼 찍어 내리는 검은 용태웅의 머리로 다가왔다. 거울은 아직도 날아오고 있었다. 용태웅은 고민했다. 거울을 파괴해야 할지 아보기의 검을 막아야 할지.

고민은 오래가지 않았다. 어차피 아보기의 공격은 막을 수 없을 터였다. 홍빈이 보태준 거울의 힘으로도 폭풍처럼 날려갔었다. 그렇다면 죽음과 거울을 맞바꾸면 될 터였다. 어차피 죽을 거, 거울을 파괴하고 가면 되는 거였다.

용태웅은 주저없이 거울을 향해 손을 뻗었다. 그런데 팔이 다 펴지기도 전에 누군가 옆에서 자신을 받았다. 동시에 회백색의 엄청난 빛무리가 아보기의 검과 충돌했다.

콰앙!

옆으로 밀려난 용태웅은 바닥을 굴렀다. 아까처럼 폭풍이 전신을 때렸다. 그런데 뭔가가 자신 앞에 떨어졌다. 흙먼지 속에 보이는 그것은 무극조화신경이었다.

반사적으로 거울을 집어 든 용태웅은 자신이 서 있던 자리를 보았다. 회백색 검강의 주인이 누군지 바로 알았다. 예상처럼 풍오자였다. 그런데 풍오자의 몰골이 아주 참혹했다. 자신을 밀어내고 아보기의 검을 받아낸 풍오자는 왼쪽 팔이, 아니, 어깨까지 잘려 나가 보이질 않았다.

"어르신!"

"도장 어른!"

용태웅과 임홍빈이 동시에 소리쳤다.

풍오자는 반 토막으로 검신이 부러진 한철검을 들고 비틀거리며 말했다.

"산으로… 가… 장수를… 불러……."

시뻘건 선혈이 풍오자의 잘려 나간 어깨에서 솟구쳤다. 그 선명한 피의 색깔을 보고 두 사람이 얼어붙었을 때 아보기는 이를 갈며 다가왔다.

"보기보다 지독한 놈들이로구나!"

다가오는 아보기에게 풍오자는 반 토막을 검을 들어올렸다.

"마지막까지 해보겠다 이거지?"

미간을 뒤튼 아보기의 검에서 붉은 화염강이 터져 나왔다.

푸앙!

화염강은 반 토막인 풍오자의 한철검을 뚫고 풍오자의 가슴마저 뚫고 지나갔다.

"어르신!"

용태웅이 외치며 튀어나갔지만 풍오자의 몸은 이미 쓰러지고 있었다.

"어르신! 어르신!"

풍오자의 몸을 받은 용태웅은 정신없이 소리쳤다. 피가 울컥대고 나오는 입으로 풍오자는 용태웅에게 말했다.

"산… 으로… 가……."

풍오자를 내려다보던 용태웅의 얼굴이 악귀처럼 일그러졌다. 그런 그의 앞쪽으로 아보기가 다가와 섰다.

"거울을 내놔라."

입술이 터지게 이를 문 용태웅은 풍오자를 조심스럽게 땅에 내렸다. 그리고 아보기를 올려다보며 천천히 일어섰다.

"거울을 달라고?"

용태웅의 얼굴에 비릿한 미소가 맺혔다. 그걸 본 아보기는 눈썹을 곤두세웠다. 용태웅은 아보기와 임홍빈의 중간 방향으로 걸음을 옮기며 말했다.

"가져갈 수 있으면 가져가 봐."

그 말과 동시에 용태웅의 손에 있던 거울은 다시 홍빈에게 날아갔다.

아보기는 아무런 조치도 취하지 않았다. 그냥 보고만 있었다.

용태웅은 홍빈에게 외쳤다.

"산으로 가!"

놀란 임홍빈이 거울을 움켜잡고 일어설 때 아보기는 잔인한 미소를 그리며 입을 벌려 말했다.

"너희 계획이 그거냐? 아쉽구나. 난 좀 더 특별한 걸 원했는데. 그런 허접한 거라면 이제 끝내야겠다. 산에 있는 너희들 친구, 흑마왕도 이미 황천길에 들었을 거다. 거긴 내 동료가 갔거든."

용태웅도, 임홍빈도 눈동자를 격하게 흔들었다. 아보기는 웃음을 더욱 짙게 피워 올리며 검을 세웠다. 모든 걸 끝내려는 의지가 그의 눈에 보였다. 그런데 바로 그 순간, 산을 흔드는 폭음이 산 정상에서 터졌다.

쿠아앙!

검을 들던 아보기도, 눈동자를 흔들던 임홍빈과 용태웅의 눈도 산 정상으로 돌아갔다. 그들이 본 것은 터지는 산의 정상이었다.

제15장
천 년(千年)의 유랑(流浪)

# 천 년(千年)의 유랑(流浪) !

**❶**

거의 쓰러질 듯한 모양새로 계장수는 달렸다. 지면에 붙은 것 같은 모양으로 달리던 그가, 정확히 아마간의 다섯 발 앞에서 몸을 날리며 귀신도를 쑤셔 넣었다.

피이잇!

당황하는 아마간의 눈이 보였다. 하지만 몸의 중심에 세워진 은창은 귀신도를 비껴나게 했다.

카앙!

칼과 창이 몸을 그으며 불꽃이 화려하게 피었다. 칼이 아마간의 목 옆으로 틀어지는 순간, 계장수는 팔을 접으며 왼쪽 팔꿈치를 후렸다. 귀신도와의 충돌로 비껴지던 은창이 다시 한 번 쾅, 소리를 내고 틀어졌다.

옆으로 흘러나가는 것 같던 계장수의 몸이 그 순간 뜨며 돌았다. 벼락처럼 오른발이 휘돌아 나오고 아마간의 면상에 공중 회축을 후려 넣었다.

부아아아!

쾅!

철퇴 같은 발뒤꿈치는 다시 한 번 은창의 몸통을 찼다. 창대를 두 손으로 잡은 아마간이 뒤로 밀려갔다.

계장수는 착지와 동시에 두 번을 돌며 몸을 세웠다. 바닥엔 발이 그은 자국이 선명하게 남았다.

둘 사이로 산바람이 휘돌아 나갔다.

휘이이이.

아마간은 일그러진 얼굴로 계장수를 보았다. 전광처럼 퍼부어진 연속 공격을 흔들리던 은창으로 겨우 막아낸 것이다.

"이, 이, 찢어 죽일 놈이……!"

벌겋게 상기된 아마간의 얼굴은 충격과 수치, 분노로 뒤섞여 말조차 더듬거렸다. 아마간의 손에서 울고 있는 창대의 울림은 아직도 잦아들지 않았다.

"죽일 놈! 가루를 내주마!"

우웅대는 창대를 씨잉 돌려 힘을 떨친 아마간은 계장수에게 창 끝을 겨눴다.

넉 자에 달하는 창날이 뿜어내는 살기를 느끼며 계장수는 차분하게 입을 열었다.

"마고자나의 충견, 결국은 만났구나."

"그래! 나도 널 만나러 중원 땅을 밟았다! 그 값을 오늘 치르게 해주마!"

"누가 값을 치르든 너희와는 세불양립, 한 하늘을 두고 숨을 쉴 수 없지."

"천둥벌거숭이 같은 놈! 한갓 인간에 불과한 놈이 죽고 살기를 반복했다고 안하무인이로구나! 네가 가진 피륙의 두께가 얼마나 허망한 것인지 내 오늘 가르쳐 주마!"

"그렇게 말하는 넌 인간의 몸이 아닌 게냐? 네 몸엔 피도 없고 살도 없다는 말이로구나?"

순간, 말문이 막힌 아마간의 얼굴은 더욱 흉측하게 일그러졌다. 뭔가 폭발할 것 같던 아마간의 입에서 나직하고 살기 어린 음성이 새어나왔다.

"흑마왕… 지금 이 순간을 즐겨라. 네가 세상에서 마지막으로 누리는 모든 것이다, 바로 이 순간이!"

말이 끝남과 동시에 아마간의 창이 휘돌아 나왔다.

후아아앙!

거대한 풍차가 돌아가듯 휘몰아치는 창대는 붉은 화염강을 둘렀다. 찰나간에 공간을 유린하고 쇄도한 창은 계장수의 전신으로 휘몰아쳐 왔다.

카카카카카카카카캉!

불꽃과 충돌음은 뇌성벽력이 치는 것 같았다. 번쩍이는 그 속에서 계장수는 정신없이 귀신도를 휘둘렀다. 찍고 후리고 베고 돌려 긋고, 다시 도끼질처럼 찍어대고. 두 손으로 후리는 귀신도는 검은 장막을 치는 것 같았다.

산 정상은 번쩍이는 불꽃과 충돌음으로 시야가 화끈할 지경이었다. 창을 휘두르는 아마간이나 칼을 휘두르는 계장수 둘 다 한 치의 물러

섬도 없었다. 두 사람 사이에선 끊임없이 번개가 터졌고, 주변은 경기에 밀려 모든 게 흩어졌다.

창을 휘두르던 아마간이 계장수를 보았다. 검은 얼굴로 무표정한 계장수는 눈만이 퍼렇게 빛을 냈다. 그 모습을 보면서 아마간은 이를 악물었다.

"이야아아!"

괴성을 지른 아마간이 창을 더욱 맹렬하게 휘두르며 계장수를 몰아붙였다. 괴력에 밀린 듯 계장수가 한 발을 주춤 물러서자 그 틈을 이용해 성큼 뒤로 도약해 거리를 벌렸다.

계장수가 바라보는 사이 한 번 땅을 딛은 아마간은 홀쩍 허공으로 비상했다. 순식간에 고공으로 솟구친 아마간은 창을 휘돌려 계장수를 향해 찔렀다. 꼭 창 앞에 선 자를 찌르는 모양이었다. 그러자 창이 수많은 그림자를 쏘아 보냈다.

화려한 빛의 분산처럼 은창이 쏟아져 내렸다. 그것은 정말 쏟아져 내린다고밖엔 표현할 길이 없었다. 비처럼 눈발처럼 지상으로 낙하했다, 살인의 의지를 담고서.

자욱이 허공에서 쏟아져 내리는 창의 분신들을 향해 계장수는 귀신도를 찔렀다. 그 역시도 근접한 누군가를 찌르는 모양이었다. 그 순간 칼도 수많은 분신들을 토해냈다. 검은 뇌전처럼 하늘로 퍼지는 자욱한 칼날들을.

크카카카카카카카캉!

허공에 뜬 아마간과 지상에 있는 계장수의 사이에서 빛의 폭발이 일어났다. 귀신도의 칼날들은 아마간이 쏘아낸 창의 그림자들을 모조리 부숴 버렸다.

"윽!"

충격을 받았는지 아마간은 외마디 신음을 내뱉었다. 허공으로 더욱 밀려 올라간 그의 몸은 이내 회오리처럼 맴을 돌며 땅에 내려앉았다.

계장수는 그 모양을 바라만 보았다.

아마간은 계장수를 노려보고 움직이지 않았다. 무섭게 일그러졌던 표정은 어느새 딱딱한 돌처럼 굳어버렸다. 움켜쥔 은창을 잡은 손엔 굵은 힘줄이 돋아 올랐다. 간간이 눈썹 끝이 흔들리는 것으로 보아 분노와 충격을 삭이고 있음이 분명했다.

바람이 또 산 정상을 스치고 불어갔다. 흙먼지를 몰고 가는 바람은 잠깐의 시간마저 그렇게 가져갔다.

"흑마왕, 대단하구나."

낮은 음성이 아마간의 입에서 흘러나왔지만 표정없이 칼을 세우고 있는 계장수는 아무 대꾸도 하지 않았다.

"신녀의 의식하심이 기우에 불과하다고 믿었거늘… 단매에 죽일 수 있는 존재라 여겼거늘… 이제 겪어보니 네놈은 그런 존재가 아니구나."

계장수는 역시 대답하지 않았다. 아마간은 그런 계장수에게 또 말했다.

"내가 경솔했음을 인정하마. 네가 중원육왕 중 삼왕의 진전을 이었다고 들었다. 하지만 대수롭지 않게 생각했다. 나 역시 그들 중 창왕의 진전을 이었다. 거기다 내겐 본래부터의 힘인 신교의 신공이 있었다. 그거면 충분하다고 생각했지."

처음으로 계장수의 입이 열렸다.

"창왕의 진전을 이었다는 건 무슨 소라냐?"

눈빛을 풀지 않고 아마간은 서슴없이 말했다.

"말 그대로다. 창왕 오세명의 진전을 이었지. 그리고 그의 후손이 넘겨준 몸을 잘 쓰고 있다. 본래의 내게 맞게 변모시켜서 말이야. 그런 건 아주 쉬운 일이지."

"몸을 넘겨받아?"

이번엔 아마간이 대답하지 않았다. 대신 비릿하게 미소 지었다.

"몸을 가로챘다는 소리로구나. 그들의 영혼을 몰아내고 너희 마고지나의 개들이 들어앉았다는 소리야. 그렇다면 또 다른 한 놈은 검왕의 후예를 가로챘겠구나?"

너무도 정확한 추리와 지적에 아마간은 일순 눈동자가 흔들렸다. 계장수는 보지도 않았건만 또 다른 존재인 아보기를 지적했고, 그가 들어앉은 것이 검왕의 후손이란 것도 알아맞혔다. 그것이 아마간을 놀라게 했다.

"너, 너, 너는 그, 그러한 일들을 어찌 아는 거냐?"

"어떻게 아냐고? 돌대가리로구나!"

눈동자가 흔들리는 아마간의 인상이 일그러졌지만 계장수는 개의치 않고 말을 이었다.

"너무 간단하고 명료한 일이다. 중원육왕 중 도왕, 독왕, 암왕은 나를 통해 이어졌다. 권왕의 후예는 내 친구다. 남은 건 창왕과 검왕인데, 그들 중 창왕의 진전을 네가 가졌다면 결코 우연은 아닐 터, 오래전부터 계획했다는 결론이 났다. 그렇다면 남은 검왕은 당연히 다른 한 놈이 되겠지."

"나 말고… 너는 아보기를 보지도 않았다. 그런데 그의 존재를 안단 말이냐?"

"알다 뿐인가? 너희 두 놈을 나는 본 적이 있다."

아마간의 눈이 의문으로 물들었다.

"지금도 똑똑하고 분명하게 기억하고 있지. 천지화가 가득한 들녘에서 마고지나 그년과 너희 두 놈이 벌이던 끔찍한 살육을 난 결코 잊지 못한다."

눈을 크게 뜬 아마간은 되물었다.

"천지화라고? 들녘… 이라고?"

"그래. 사람들을 무차별로 도살하던 그 일을, 비록 꿈일망정 난 잊어본 적이 없다."

"꾸, 꿈이라고……?"

"그래, 지독한 악몽이지."

크게 떠진 눈가를 경련하던 아마간은 목소리마저 떨며 말을 꺼냈다.

"그건… 꿈이 아니야……."

이번엔 계장수의 눈이 의문으로 치켜졌다.

"그 일은 실제로 있었다, 천산 아래의 구환족 마을에서. 거기는 아보기도 있었고, 신녀도 있었지. 그리고 우리를 세상 밖으로 몰아낸 너도 있었어……."

계장수의 미간이 깊은 골을 그으며 일어섰다.

아마간은 넋이 나간 듯한 목소리로 말을 이었다.

"신교일세로 처음 일어선 우리를 너는 세상 끝까지 쫓아왔어. 결국은 구환겨레의 영역을 벗어나서야 너의 손을 피할 수가 있었지. 나에겐 지금도 생생한 기억이야……."

몽롱한 옛 기억을 떠올리는 듯하던 아마간의 눈에 현실감이 돌아 나왔다.

"이제야 네가 누구인지 알겠어. 왜 이렇게 마주쳤는지도……."

의문 가득한 눈으로 쳐다보는 계장수에게 아마간은 나직한 음성을 말했다.

"너와 우린 그때부터 천적이 된 거지. 단군조선의 검은 장수… 목대고……!"

계장수는 벼락을 맞은 것처럼 온몸을 부르르 떨었다.

해가 지고 있었다. 바람이 또 불었다. 차가워진 바람은 계장수의 볼을 스치고 이마를 서늘하게 했다. 저녁이 다가옴을 알리는 바람은 그렇게 낙조 속으로 몰려갔다.

"그렇군… 그렇게 된 거군. 너희들과 나의 인연은 그렇게 맺어졌던 거였군. 천 년(千年)을 이어서 끊어지지 않고, 한쪽이 소멸될 때까지의 운명을 뒤집어쓰고서 말이야."

아마간의 볼 근육이 경련했다. 계장수의 말에 한 치의 어긋남도 없기 때문이다. 천 년. 천 년을 이어온 악연인 것이다. 서로를 죽이지 않으면 죽어야 하는.

계장수는 문득 귀신도를 소나게 휘둘렀다.

팽!

손목을 돌려 잡은 귀신도를 등 뒤의 도갑에 밀어 넣었다.

그리곤 바라보는 아마간에게 조용하게 말을 건넸다.

"이제 마무리를 지어볼까?"

경련하던 아마간의 볼이 떨림을 멈췄다. 눈동자도 차갑게 가라앉았다. 짧은 순간에 평정을 되찾은 것이다. 피할 수 없는 결투, 천 년을 이어진 천적의 숙명. 그걸 깨달았기에 아마간은 평온해질 수 있었다.

상대를 경시하는 마음 따윈 이미 아득히 차버렸다. 눈앞의 저 상대, 흑마왕이라는 저자, 검은 얼굴의 장수 목대고는 그런 마음을 가질 상대가 아니었다. 단 한 순간이라도 방심하면 목숨을 빼앗기는, 그런 상대였다.

"진작에 알아봤어야 했는데… 하지만 상관없겠지. 악연의 고리도 오늘이 마지막이 될 테니."

은창을 계장수에게 겨누며 아마간은 전신의 힘을 몰아냈다.

화르르르르.

붉은 화염이 거칠게 전신에서 일어섰다. 이제 싸울 준비는 끝났다. 지금 준비한 한 수로 둘 중 하나는 죽을 것이다. 상대가 칼을 집어넣었지만, 상관할 일이 아니었다. 저자가 검은 장수 목대고인 이상 그런 건 무의미했다.

목대고이며, 조극강이고, 계장수인 존재를 쳐다보며 아마간은 괴성을 질렀다.

"그아아앗!"

뒷발로 앞발을 밀어 차듯이 하며 주욱 발을 내뻗었다. 두 손으로 잡은 은창은 세상을 꿰뚫어 버릴 것처럼 앞으로 찔러갔다. 하지만 그냥 찌름은 아니었다. 손목의 비틀림으로 형성된 와류가 창 끝에서 소용돌이치며 나아갔다.

푸우아앙!

앞을 가로막는 공기마저도 비틀어 집어삼키는 화염강이 무섭게 폭출했다. 공간이 모두 화염강의 와류에 끌려가는 것만 같았다. 보이는 시야가 비틀리고 왜곡되는 것이 와류의 거력 때문이 분명했다.

가슴으로 뻗어오는 화염강의 와류를 보며 계장수는 두 주먹을 불끈

쥐었다. 일찍이 저런 것은 처음 보았다. 많은 강기의 공격을 받아보았고, 눈으로 보았지만 저런 거력이 느껴지는 공격은 단연코 처음이었다. 저것은 꼭 용의 몸통이 틀임을 하며 다가오는 것만 같았다. 하지만 보고만 있을 수는 없었다.

계장수는 화염강의 와류를 향해서 마주 달려갔다. 달리며 생각한 것은 오직 하나, 주먹과 파괴였다. 철령기도 떠올리지 않았고, 수단지공도 떠올리지 않았으며, 심지어 지금 공격과 비슷하다고 생각되는 화산파 매화삼수지강도 떨쳐 버렸다. 명료한 머리 속에 그린 한 가지는 최초의 주먹, 근본의 주먹이었다.

왼 주먹이 와류의 화염강 한가운데로 박혔다. 스며드는 소리조차도 나지 않았다. 와류의 끝 부분이 사방으로 터지며 흩어졌다. 하지만 그와 동시에 계장수의 왼팔 의복이 먼지처럼 흩어지며 피부가 갈라졌다. 와류는 어깨까지 타고 올라왔다.

계장수는 오른 수도로 와류의 몸통을 후려쳤다.

콰앙!

나무 둥치가 끊어지듯이 화염강의 와류가 끊어졌다. 계장수의 왼팔을 감싸고 올라오던 화염강은 푸드드드득, 소리를 내고 소용돌이치며 흩어졌다. 왼팔은 이미 피투성이였다. 그 팔로 계장수는 화염강을 다시 때렸다.

콰앙!

와류가 부서지는 순간 오른손이 거듭해서 정권을 날렸다. 곧이어 철기둥처럼 치솟은 발이 떨어지며 내리찍었고, 체중을 실어 돌린 팔꿈치에 의해 터져 나갔다.

콰콰콰콰쾅!

휘돌아치고 깎아치고 돌려치고 후려치고 매질로 때리는 계장수의 연환 공격에 화염강의 와류는 점점 줄어들었다. 창을 잡은 아마간의 얼굴에 어린 경악과 당혹이 한눈에 보였다. 하지만 기호지세, 공격을 거둘 수도 없는 상황이었다.

어느덧 계장수의 몸은 아마간의 창 끝에 근접해 있었다. 그 순간 아마간은 다시 괴성을 질렀다.

"으아아아!"

창대를 좌우 교차로 휘둘렀다. 창과 함께 화염강은 풍차처럼 회륜하며 터져 나왔다. 그것은 운명을 바꾸는 순간이었다.

거대한 륜처럼 터져 나오는 화염강 사이로 계장수는 몸을 날렸다. 후끈한 기운이 양어깨를 스쳤지만 상관하지 않았다. 눈앞에 아마간이 돌리는 창의 중심이 보이는 순간, 강하게 땅을 딛으며 체중을 주먹에 실었다. 그리고 주먹을 내질렀다.

푸아앙!

아마간이 서 있는 뒤쪽이 모조리 폭발했다. 땅도 풀도 바위도 돌도, 산 정상을 이루던 것들이 모조리 터져 오르며 밀려갔다. 아마간의 몸이 그 속에서 훨훨 날아갔다.

무려 오 장을 날아가서야 땅에 떨어진 아마간은 데굴데굴 굴렀다. 힘의 여력이 다 사라진 다음에야 새우처럼 꼬부라진 몸이 경련을 일으켰다. 입에서는 피도 터져 나왔다.

"우웩!"

선지피를 쏟아내는 아마간의 발 앞에 그가 놓친 은창이 보였다.

은창은 두 동강난 채 땅에 뒹굴었다. 돌아가던 중심이 주먹에 맞아 두 동강이 난 것이다. 그 힘이 뚫고 들어간 아마간의 복부는 내부가 걸

레처럼 흐트러졌다. 옷은 가루가 되어 없어졌고, 검게 괴사한 복부가 한눈에 보였다.

"구어억!"

거듭 피를 게워내는 아마간의 앞에 계장수는 몸을 세웠다. 창백하게 질린 얼굴로 피를 쏟아내는 아마간은 이제 가망이 없어 보였다. 부들부들 떨어대는 몸이 겨우 살아 있다는 증거였다.

차분하게 가라앉은 눈으로 내려다보던 계장수가 무감정한 목소리로 말을 꺼냈다.

"이제 끝내자."

피를 토하던 아마간이 떨리는 눈동자를 들었다.

계장수는 등 뒤의 귀신도를 잡아 뽑았다.

아마간의 눈동자가 격렬하게 흔들리는 것이 보였다. 그 눈동자 안에 계장수 자신의 칼 든 모습도 보였다.

계장수가 귀신도를 내려쳤다.

피잇!

아마간의 머리통이 옆으로 떨어졌다.

다시 칼을 갈무리한 계장수는 아마간의 머리통으로 다가갔다. 눈을 부릅뜬 머리통을 집어 들고 작은 한숨을 내쉬었다. 그런데 그 순간, 산 아래쪽에서 섬뜩한 기운이 몰려왔다. 아마간의 기운에 가려 있던 아보기의 기운이었다.

계장수는 아마간의 머리통을 들고 산을 달려 내려갔다.

❷

산 정상의 폭발을 본 아보기는 눈썹을 뒤틀었다. 뭔가 결정적인 공격이 터진 것으로 보였다. 하지만 터져 오른 흙먼지는 아마간의 공격처럼 여겨지지 않았다. 그렇다면 설마 흑마왕의 공격? 그럴 리는 없었다. 천에 하나도 그럴 가능성은 없었다.

의구심을 떨치지 못하는 아보기의 시선으로 누군가 달리는 자가 보였다.

"벌레 같은 놈이!"

아보기의 손에서 검이 날아갔다.

피이웅!

"아악!"

달리던 자의 다리를 잘라내고 날아오른 검은 다시 아보기의 검갑으로 들어갔다.

오른쪽 다리가 잘린 채로 바닥을 뒹구는 자는 이호패였다. 아보기와 풍오자, 용태웅이 격돌하는 순간까지 엎드려 있던 그가 기회를 포착하고 도망을 치려 한 것이다. 하지만 산으로 시선을 돌리고 있던 아보기는 그것을 놓치지 않았다.

"크으윽!"

다리를 붙잡고 신음을 흘리는 그에게 아보기는 성큼성큼 다가갔다. 산 정상과 자신을 번갈아 보는 용태웅에겐 신경도 쓰지 않는 태도였다. 그 모양을 임홍빈은 멍하니 바라보았다. 아보기의 행동은 한마디로 자신감이었다. 남은 자들쯤 언제라도 처리할 수 있다는 무언의 표출이었다.

"내 손에서 도망을 가겠다고? 어림없지."

쓰러진 이호패에게 아보기는 손을 내밀었다.

이호패의 머리가 저절로 둥실 들렸다. 그리고 아보기의 손 안에 덥석 잡혔다.

"아악! 이, 이보시오! 나는 무림맹주요! 말로, 말로 합시다!"

짐짝을 들어올리는 것처럼 이호패의 머리통을 들어올린 아보기는 피식 웃었다.

"무림맹주라고? 이거 아주 웃기는군 그래?"

"제발! 제발! 손에 사정을 두시오! 대화합시다! 서로 원하는 걸 채워 줄 수 있을 거요! 난 중원 상권의 삼분지 일을 가진 갑부요! 원하는 걸 말해 보시오!"

"그래? 원하는 걸 말해 보라고?"

아보기의 말을 듣는 순간, 이호패의 눈은 고통도 잊은 듯 기대로 반짝거렸다.

"내가 지금 원하는 건 말이야, 저기 저 거울이거든?"

머리통을 잡힌 이호패의 시선이 임홍빈의 손으로 돌아갔다. 놀란 얼굴의 임홍빈은 잽싸게 거울을 뒤로 감췄다.

"그런데 저 거울은 이미 내 손안에 있는 거나 같아."

이호패의 눈동자가 반짝임 속에 작은 불안으로 흔들렸다.

"그런데도 원하는 걸 말해 보라면……."

이호패의 눈은 이제 간절한 염원으로 물들었다.

"네놈의 목숨이야."

암울해지는 이호패의 눈을 들여다보며 아보기는 손을 움켜쥐었다.

"커허헉!"

눈을 까뒤집는 이호패의 머리통으로부터 파란 빛이 빠져나왔다. 빛은 아보기의 손으로 넘어가 팔을 타고 오르며 전신으로 퍼졌다. 이호패의 몸은 점점 쭈글쭈글하게 변했다. 그리고 땅에 떨어졌다.

파란 빛의 여운이 남은 팔을 내려다보며 아보기는 사이하게 웃었다. 그러다가 용태웅에게 돌아섰다.

"이제 우리 일을 마저 끝내볼까?"

천천히 걸어오는 아보기를 보며 용태웅은 이를 악물었다. 이제 최후가 다가온 것이다. 하지만 그냥 죽을 수는 없었다. 놈의 팔 한쪽이라도 뜯어내고 가야 했다. 그래서 두 손을 한껏 움켜쥐었다.

다가오던 아보기 놈이 멈춘 건 정말 의외였다. 놈은 멈췄을 뿐만 아니라 용태웅 자신이 아닌 산 정상을 올려다보고 있었다. 눈동자가 흔들리고 표정이 일그러지는 것으로 보아 뭔가 사단이 난 게 틀림없었다. 그것도 산 위에서.

"이런… 이런 어처구니없는……."

아보기가 산을 올려다보며 중얼대는 순간, 산으로부터 장대한 휘파람 소리가 터져 나왔다.

휘이이이익!

하늘 가득히 퍼져 나가는 소리에 용태웅도 임홍빈도 고개를 돌렸다. 그리고 보았다, 산을 타고 내려오는 질풍의 그림자를.

"장수다!"

임홍빈이 소리쳤다. 용태웅은 말아 쥐었던 두 주먹을, 아니, 전신을 부들부들 떨었다.

계장수는 더도 덜도 아닌 질풍이었다. 산을 일자로 그어 내리는 것 같은 궤적을 만들며 산 사면을 달려 내려왔다. 그 몸이 산의 아래쪽에 도달했을 때는 새처럼 비상했다. 그리고 몇 번의 도약으로 단숨에 거리를 좁히며 날아왔다.

바람을 동반하고 내린 계장수는 용태웅의 앞에 섰다. 그런 그가 본 것은 일그러진 아보기의 얼굴이었다. 계장수는 아보기를 보며 용태웅에게 물었다.

"괜찮은 거냐?"

용태웅은 격하게 대답했다.

"풍 어르신이 당했다!"

아보기를 보던 계장수의 눈이 격하게 부릅떠졌다. 곧바로 용태웅의 시선을 좇은 그의 눈에 쓰러진 풍오자의 신형이 보였다. 계장수는 달려가 풍오자를 안았다.

"어찌 된 거요!"

격한 계장수의 외침에 풍오자는 감기던 눈꺼풀을 파르르 떨었다.

"온… 거냐……?"

"이게 대관절!"

"크흐… 힘이… 부쳤… 어…….'"

계장수는 풍오자의 잘려 나간 어깨를 보았다. 이미 피가 다 빠져나간 듯 피는 더 이상 나오지 않았다. 가슴에 뚫린 구멍도 마찬가지였다. 풍오자의 몰골은 한마디로 참혹했다. 그걸 내려다보는 계장수는 두 팔을 부들부들 떨었다.

"기다리시오. 저놈을 먼저 요절내고 얘기합시다."

계장수는 풍오자의 단전에 손바닥을 얹고 내력을 불어넣었다. 파리하게 변해가던 풍오자의 안색에 조금씩 화색이 돌았다.

"소용… 없는… 짓이야… 난 이미… 사선을… 넘었어…….'"

"말하지 말아요."

"힘빼지… 마라……."

"잠시 후에 봅시다."

사색이 가신 풍오자를 눕히자 임홍빈과 용태웅이 바로 달려와 부축했다. 일어서 뒤돌아서는 계장수를 풍오자는 작게 불렀다.

"야……."

일어서다 되돌아보는 계장수에게 풍오자는 말했다.

"저 새끼… 죽여 버려……."

깊숙이 고개를 숙여 보인 계장수는 아보기에게로 돌아섰다. 그때까지 노려보고만 있던 아보기는 계장수의 허리 뒤춤에서 흔들리는 둥근 물체에 시선을 던지고 있었다.

"네가 아보기냐?"

시선을 올려 계장수의 눈을 직시한 아보기는 복잡한 심사가 담긴 눈빛을 보였다.

"어떻게, 어떻게 된 거지? 아마간의 생기가 사라졌다. 네가 여기 왔다는 건……."

"아마간이 죽었다는 거지."

간단명료한 계장수의 답에 아보기의 얼굴이 다시 일그러졌다. 그런 그에게 계장수는 차갑게 말했다.

"내 친구를 이 지경으로 만든 대가는 각오하고 있겠지?"

아보기는 다른 소리를 지껄였다.

"네가 그를 죽였다는 걸 믿을 수가 없다! 그는 그렇게 죽을 존재가 아니야! 그와 나는 그렇게 되기 위해서 이 세상에 다시 나온 게 아니라고!"

목에 핏대가 서도록 외치는 아보기에게 계장수는 아무 말도 하지 않았다. 그냥 허리 뒤춤에 매달려 있던 둥근 물체를 던져 버렸을 뿐이었다.

데구르르르.

자신의 발 앞에 구르는 둥근 물체, 아마간의 머리를 내려다보며 아보기는 사시나무 떨듯 떨었다.

부릅떠진 눈, 길게 내린 혀, 깨끗이 잘려 나간 목, 흙이 묻은 이마, 산발한 머리카락……. 분명히 아마간이었다.

"이, 이, 이……!"

이를 악문 아보기는 머리끝부터 발끝까지 바들바들 경련했다. 그것이 주체 못할 분노 때문이란 걸 모를 사람은 아무도 없었다. 그러나 그런 아보기의 분노는 조금씩, 아주 조금씩, 차츰차츰 사그라졌다. 그리고 차 반 잔을 마실 시간이 지난 다음에는 처음처럼 평온을 되찾았다.

"흑마왕… 너 같은 놈이 신교의 방해물이 될 수는 없다. 우리에겐 그럴 만한 상대가 있지 않아. 또 있어서도 안 되고. 유일신 아리만의 뜻을 세상에 전하는 우리에게 그런 존재는 있을 수가 없어. 넌 그냥, 세상의 먼지일 뿐이야."

서늘한 눈매로 말한 아보기는 검을 가슴 앞에 세웠다. 계장수는 그런 그에게 담담하게 말했다.

"그러냐? 아마간이란 놈의 말과는 다르구나. 너희가 처음 세상에 나왔을 때, 너희를 세상 밖으로 쫓아낸 이가 있다 하던데? 검은 장수, 목대고라고 하던가?"

검을 세우던 아보기의 얼굴이 꿈틀 경련했다.

"무슨 소릴 하는 거냐? 그놈을 왜……? 아마간이 그를 말했다는 거냐? 너에게?"

계장수는 대답없이 고개만 살짝 끄덕였다. 당혹과 의문이 서린 눈으로 무섭게 노려보던 아보기의 눈가가 갑자기 바르르 떨리기 시작했다. 그것은 기억 속에 묻었던 첫사랑을 다시 만난 듯, 불공대천의 원수를 조우한 듯, 치밀어 오르는 격정이었다.

"서, 설마? 네, 네놈이?!"

하얀 이를 살짝 드러내 보인 계장수는 차분한 목소리를 흘려냈다.

"아마간이 그렇게 말하더구나."

계장수의 얼굴만 보고 있는 아보기는 한동안 말을 하지 못했다. 살짝 벌려진 입은 감당할 수 없는 사실에 충격을 받은 듯 쉽게 다물려지지 않았다. 그러나 아마간의 머리통을 보았을 때처럼 스스로 자신을 진정시켜 나갔다.

"그런가……? 흑마왕 네가 그란 말인가……?"

주체 못할 놀람과 충격, 격정으로 흔들리던 아보기의 눈은 점점 가라앉았다.

"그럴지도… 그렇다면 모든 것이 얘기가 되지… 우릴 가로막는 너란 존재, 우리 옆에 생겨난 너란 생명의 의미가 분명해져……. 너와 우리는 이렇게 다시 만날 운명이었단 말인가? 우습군. 아주 우스워. 이 운명을 누가 짠 거지? 나의 신인가? 아니면 너의 신이냐?"

툴툴대는 웃음이 아보기의 입에서 흘러나왔다. 그 웃음을 입에 물고 아보기는 혼잣말처럼 중얼댔다.

"신녀는 과연 무슨 생각을 하는 걸까? 너란 존재를 알면 과연 어찌할까? 어버이 아리만의 뜻은 과연 무엇이지? 난 무얼 위해서 세상에 나온 것인가……?"

흐릿해지던 아보기의 눈은 아마간의 머리통에 시선을 고정했다. 그러다가 한순간 강렬한 빛이 뿜어져 나왔다. 마음속의 의지가 분명한 그것이 시선이 되어 다시 계장수를 보았다.

"결론 역시 한 가지군. 너의 존재는 우리에겐 해악이며, 예전에도 그랬고 지금에도 그렇듯이 세상에 우리의 뜻을 펼치기 위해서는 반드시 없애야 할 적이라는 것!"

계장수는 고개를 끄덕이며 대답했다.

"변하지 않을 결론을 꽤 오래 생각했구나."

치켜 올라가는 아보기의 눈가를 보고 계장수는 또 말을 이었다.

"나의 결론은 간단하다. 너희가 누구든 뭐든, 나와의 인연이 어떻게 얽혀 있든, 지금 이 순간 너희는 내 친구들을 해친 원흉이라는 거지. 그리고 무엇보다도 중요한 건, 어릴 적에 약속한 두 어른신과의 맹세, 바로 너희 암흑마궁을 박멸하겠다는 약속이지. 그 때문에 나는 너희들을 용서할 수 없다. 그것이 나의 결론이다."

치켜 올라간 눈에 이제 흉측한 살기까지 머금은 아보기는 검을 두 손으로 잡으며 나직이 대꾸했다.

"네 말이 맞다. 변하지 않을 결론이지. 그리고 그 결론을 이제 너와 나, 둘이서 내야겠구나."

계장수는 잔잔한 미소를 보이며 말했다.

"좋지. 가루를 내주마."

시뻘건 화염이 아보기의 눈에서 뿜어져 나왔다. 그와 동시에 전신에서 붉은 화염이 솟구쳐 올랐다.

화르르르.

너울대는 그 불꽃들을 계장수는 아무렇지도 않게 바라보았다.

"먼저 죽은 놈과 똑같은 짓을 하는구나."

바로 그 순간, 아보기는 검을 들어 내리그었다.

"천왕일검(天王一劍)!"

초식명을 천둥처럼 외친 아보기의 검은 거대한 화염강을 두르고서 떨어져 내렸다. 거리가 무용하게 뻗어 나온 검은 거대한 형상이 되어 계장수의 머리로 떨어져 내렸다.

검을 두 손으로 잡은 아보기는 전력을 다하고 있었다. 그 모습이 바라보는 자들의 눈에 선명했다. 이를 악문 얼굴과 눈가에 버럭대는 화염은 그가 얼마만큼의 전력을 기울이는지 여실히 보여줬다. 이미 아마간이 죽은 것이다. 그를 죽인 상대라는 걸, 천 년의 숙적을 마주하고 있다는 걸 아보기는 알고 있는 것이다.

정수리로 떨어져 내리는 거대한 검의 형상, 검왕 최염의 절기인 천왕검을 올려다보며 계장수는 두 손을 십자로 들어올렸다. 그 모습을 보고 용태웅은 놀란 외마디를 질렀다. 계장수의 모습은 그냥 권각을 막아내는 상단막기의 동작이었다. 결코 지금의 공격인 천왕검을 막아낼 수 있는 동작이 아닌 것이다.

콰앙!

놀란 용태웅의 입이 다물리기도 전에 상황은 끝이 났다. 천왕검은 계장수의 머리로 떨어졌고, 그 충격의 여파로 용태웅과 임홍빈의 전신이 흔들렸다.

"허어……."

임홍빈이 넋 나간 소리를 흘렸다. 용태웅도 놀라 벌어진 입을 다물지 못했다. 자신의 생각이 기우였음을 증명하듯, 계장수는 멀쩡하게 서 있었다.

"너……!"

아보기도 놀란 눈을 감추지 못했다. 자신이 찍어 내린 천왕일검이 계장수의 두 팔 십자막기에 걸려 산산이 부서지는 걸 본 때문이다. 눈에 보이는 계장수는 두 발이 땅을 파고들었을 뿐이었다. 그리곤 모든 게 멀쩡했다.

"이것이 검왕의 절기냐?"

팔을 털며 묻힌 발을 빼며 계장수가 물었다. 흉신악귀처럼 아보기의 얼굴이 일그러졌다. 거기 대고 계장수는 또 말을 던졌다.

"아마간 놈도 마공을 합쳤다더니, 너도 그런 게구나."

무가치한 걸 거론하는 듯한 계장수의 모양새에 아보기는 폭발하고 말았다.

"크아앗! 죽여주마!"

분노한 아보기의 일성을 타고 검이 날아올랐다. 까마득히 높은 하늘로 날아올라 간 검은 한순간 우뚝 멈췄다. 그리곤 핑글 몸을 돌려 검극을 땅으로 향했다.

"천왕이검(天王二劍)!"

아보기의 외침과 함께 검은 붉은 화염강을 지상에 토해냈다. 거대한 검의 형상으로 내리 꽂히는 그것은 멸겁화염강의 진체였다. 그런데 검의 형상을 한 그것은 계속해서 터져 나왔다. 첫 번째 것의 뒤를 이어 두 번째 것이, 또 그 뒤를 이어 세 번째가, 다시 그 뒤를 쫓아 네 번째가, 맹렬하게 다섯 번째가.

마치 하늘에서 붉은 천상의 기둥이 내리 찍히는 것 같은 장관이었다. 살기보다도 오히려 그 모습이 아름다웠다. 과연 천왕검이라 불릴 만하구나 하는 생각이 절로 들었다. 하지만 계장수는 아름다움에 취해 보고 있지만은 않았다.

검이 허공에 멈춘 순간 계장수는 이미 귀신도를 잡아 뽑았다. 칼끝에 뭉글거리는 기운은 천왕검이 쏟아질 때 절정에 달했다. 그걸 머리 위 쪽에 십자로 그어댔다.

"뢰(雷)!"

벽력같은 한 소리와 더불어 귀신도의 도극에서 푸른 뇌전의 초승달들이 뻗어나갔다. 핑글핑글 돌며 날아가는 그 뒤로 검은 초승달이 거푸 터져 나갔다. 그것들이 회전하며 날아가다 천왕검의 화염강과 부딪쳤다.

쿠콰콰콰콰쾅!

천번지복의 굉음을 동반한 폭발이 터졌다. 허공에서 터진 그 폭발은 감당할 수 없는 폭풍을 동반하고 사위를 휩쓸었다. 강기의 파편들은 우박처럼 지상에 작렬했다. 그것을 막아내느라 임홍빈과 풍요자를 막아섰던 용태웅은 정신없이 주먹을 뻗어내야 했다.

그 와중에도 용태웅은 보았다. 처음 것의 위로 겹쳐지는 천왕검의 분신과 또 그 위로 겹쳐지는 검의 화염강, 그리고 또다시 더해지고… 저 거력을 과연 어찌 막을 것인가 하는 생각 속에 푸른 초승달이 천왕검에 충돌했다. 그리고 그 찰나의 간극을 비집고 검은 초승달이 몸을 박았다.

천왕검, 검의 형상을 한 멸겁화염강은 그렇게 갈라졌다. 귀신도에서 튀어나온 초승달들에 의해 전신을 갈가리 찢기고 난자되어 부서졌다. 그것은 정녕 보고서도 믿지 못할 꿈같은 일이었다.

"다 부서졌어……."

용태웅의 그림자 아래서 바라보던 임홍빈이 넋 나간 사람처럼 말했다. 그 말을 듣고 누워 있는 풍오자가 꿈틀거리는 건 보지도 못했다.

마주 잡은 풍오자의 손에 힘이 들어간 것도 알지 못했다.

　폭풍이 가라앉은 장내에 숲 같은 건 이미 보이지 않았다. 그것이 있던 자리 앞쪽에 선 아보기는 어느새 검을 회수해서 계장수를 겨누고 있었다.

　"네놈이… 네놈이……!"

　할 말은 있지만 말이 되어 나오지 않는 듯, 아보기는 같은 소리만 반복했다. 그런 아보기에게 계장수는 차분한 목소리로 말을 던졌다.

　"나에겐 완성하지 못한 도법이 있다. 도왕 계문설 선조가 남기신 멸혼도법이지. 그 마지막인 '멸(滅)' 자결을 아직 완성하지 못했어. 그런데 지금 널 보니, 그걸 할 수도 있겠다는 생각이 든다."

　부들대던 아보기의 눈동자가 차츰 가라앉았다. 검을 잡은 두 손도 그랬고, 땅을 딛은 두 발도 그랬다. 계장수는 그 변화를 보며 다시 말을 꺼냈다.

　"너의 천왕검법과 나의 멸혼귀도법. 어때? 해보지 않겠나?"

　아보기는 눈꺼풀에 얹힌 마지막 떨림을 털어냈다. 전신을 엄습하던 충격과 경악, 수치와 분노, 긴장과 더불어 보고도 믿지 못할 회의, 그런 것들이 한꺼번에 몰리며 동반한 떨림은 주체할 수가 없었다. 하지만 이젠 괜찮았다. 계장수의 말을 듣는 순간, 모든 것은 거짓말처럼 사라졌다.

　"아마간이 네 손에 죽었다고 눈을 못 감진 않았겠구나."

　의미가 불분명한 소릴 지껄이고 아보기는 검을 다시 세웠다.

　"해보자. 나에게 마지막 천왕삼검이 있고, 너에게 그것이 있다면 겨뤄봐야겠지."

　아보기는 두 손으로 부여잡은 검을 미간 앞에 똑바로 세웠다. 그리고 전신에 화염을 거세게 일으켰다.

화르르르르.

멀리 떨어진 용태웅과 임홍빈이 낯을 찡그릴 정도로 화염은 짙고 강했다. 화염을 불러일으킨 아보기는 두 눈을 무섭게 부릅뜨고 있었다. 그런 그가 검을 머리 위로 들어올렸다.

"천왕삼검(天王三劍)!"

아보기는 검과 함께 한줄기 화염이 되어 하늘로 솟구쳤다. 몸의 형체도 흐릿해졌다. 마치 연기처럼, 화덕에서 달궈진 투명한 분홍색 불꽃처럼, 절정에 이르러 모든 걸 태우고 남을 힘을 투명하고 몽혼하게 응축시킨 모양으로 그렇게 검과 한 몸이 되어 아보기는 비상했다. 그리고 허공의 정점에서 부드럽게 방향을 틀었다.

휘아아아앙!

계장수를 향해 날아 내려오는 붉은 쾌섬. 아보기이며 검이기도 하고, 멸검화염강의 정수이며 천왕삼검의 절정인 어검비행의 궁극지체. 그것이 계장수에게 쇄도했다. 말 그대로 그냥 쾌섬이라고밖에 표현할 길 없는 속도에, 단순한 검신체에, 단순한 어검비행이 아닌 저 궁극의 경지에 대항할 것은 없어 보였다. 적어도 입 벌린 용태웅과 임홍빈의 눈에는 그래 보였다.

우묵한 눈으로 날아오는 붉은 빛살을 응시하던 계장수는 짧고 강렬하게 외쳤다.

"멸(滅)!"

귀신도가 머리끝에서부터 발끝까지 그어 내려왔다. 그 순간 천지가 숨을 죽였다.

쿠오오오오오!

이 세상이 아닌 다른 세상의 울부짖음 같은 소리가 칼에서 나왔다. 계장수가 선 전방의 공간을 하늘부터 땅까지 갈라 내린 귀신도에서 검은 귀신들이 튀어나왔다.

그랬다, 그건 귀신이었다. 공간이 갈라지는 순간, 그 사이를 검은 장막처럼 덮으며 튀어나온 그것들은 강기도 뭣도 아니었다. 그저 시커멓게 공간을 소멸시키며 나온 그것들은 귀신이었다.

그런 게 아니라면 말이 안 된다. 공간을 잠식해 소멸시키고 그 안에 들어온 아보기의 붉은 빛살을 삼켜 버린 그것이 과연 뭐란 말인가.

아보기는 불개미 떼에게 걸린 곤충의 몸뚱이처럼 깨끗이 사라졌다. 팔, 다리, 몸통, 검… 그를 이루던 모든 것이 귀신들에게 뜯어 먹혔다. 허공에서 흩어지는 그 모습은 소멸(消滅)이었다.

모든 걸 삼켜 버린 귀신들은 고개 숙인 귀신도와 함께 사라졌다. 옅은 안개처럼 스러지는 그 모습은 정녕 꿈만 같았다. 하지만 허공엔 귀신들의 울부짖음이 아직도 떠돌았다.

❸

바람이 풍오자의 산발한 머리를 흔들었다. 피 묻은 수염은 검게 얼룩으로 변해갔다. 창백한 얼굴은 아무리 내력을 넣어도 더 이상 나아지지 않았다.

"어르신……"

떨림을 주체 못하는 음성으로 임홍빈이 풍오자를 불렀다.

매미의 날갯짓처럼 풍오자의 눈꺼풀이 떨렸다. 소리를 들은 모양이다.

"이봐요, 노인네! 일어나요! 아직 할 일이 있잖소!"

용태웅은 격하게 소리쳤다. 외치는 소리에 심중의 격노와 슬픔이 묻어 나왔다. 커다란 목소리 때문인지, 파르르 눈썹을 떨던 풍오자가 천천히 눈을 떴다.

"시끄… 러… 워… 곰탱… 이…….."

"어, 어르신! 정신이 드쇼!"

"어르신!"

용태웅과 임홍빈이 바로 반색하며 달려들었다. 하지만 풍오자의 눈은 이미 흐린 빛이었다.

"장수… 어디… 있냐…….."

자신을 찾는 소리에 계장수는 바싹 다가앉았다.

"옆에 있소."

목소리를 들은 풍오자는 손목을 꿈틀댔다. 계장수는 바로 손을 잡았다.

"그래… 죽였… 냐……?"

무슨 의미인지 헤아리던 계장수는 바로 대답했다.

"가루를 냈소."

"잘했… 다…….."

희미한 웃음이 풍오자의 얼굴에 생겨났다. 눈엔 여전히 초점이 없었지만 모든 걸 보는 것처럼 고요한 미소가 눈가로 퍼졌다. 그리고 얼굴에 혈색이 돌아왔다.

'회광반조!'

계장수는 바로 알아보았다. 지금 화색이 돌아오는 풍오자의 저 모습은 촛불이 꺼지기 직전에 마지막 심지가 불꽃을 키워 올리듯, 생명이 다하기 전의 모습이란 것을.

풍오자의 변화를 알아본 용태웅과 임홍빈이 이를 악물 때, 풍오자는 평온한 목소리로 말했다.

"너를 처음 만났을 때… 그때가 생각나는구나……."

기억을 더듬는 것처럼 초점없는 풍오자의 눈동자가 작게 흔들렸다.

"난 그때 너를 보고 조극강이 살아 돌아온 줄 알았지. 기억나냐?"

마지막 기운 때문인지 목소리는 좀 전보다 또렷하고 분절이 덜했다. 무거운 낯빛으로 바라보던 계장수가 대답했다.

"기억나오."

"그래, 화산에서 너를 봤을 때 제일 먼저 떠오른 건, 철혈무제 조극 강이었어……."

계장수의 말을 기다리지 않고 풍오자는 자신의 말을 이었다.

"왜 그랬을까. 아무 상관도 없는 너를 두고 왜 그를 떠올렸을까… 그 후로도 계속해서 생각을 했었다……."

흐리디흐린 풍오자의 눈은 계장수를 보는 것처럼 움직였다.

"이젠 알 것 같아… 위지강천의 일도… 혁련휘의 일도… 그래서 네가 그랬던 거지… 이곳에 달려온 이유가 말이야……."

계장수는 대답없이 풍오자의 손을 꾸욱 움켜쥐었다.

바람은 또다시 불어 앉고 누운 자들의 몸을 스치며 지나갔다. 그 바람에 식어버리듯, 풍오자의 화색은 점점 엷어져 갔다. 풍오자는 힘들게 물었다.

"네가… 맞지……?"

뭘 물어보는 것인지 용태웅과 임홍빈은 알 수 없었다. 하지만 막연하게나마 가졌던 그동안의 생각들과 느낌들, 계장수를 둘러싼 모호한 의문들을, 그 핵심을 묻고 있다는 것만은 짐작할 수 있었다.

마지막 기운이 흩어져 가는 풍오자의 얼굴을 내려다보며 계장수는 고해하듯이 대답했다.

"내가 맞소."

만족한 미소가 풍오자의 얼굴에 피어났다. 그 미소가 사라지기도 전에 풍오자는 다시 말했다.

"그럼… 우린… 친구잖… 아… 그것… 도… 맞… 지……?"

"맞아. 친구지."

경어를 쓰지 않은 계장수의 대답에 풍오자는 더욱 만족한 웃음을 흘렸다. 그리고 눈꺼풀과 입술을 떨어대며 또 물었다.

"난… 어땠… 나……?"

점점 차가워지는 풍오자의 손을 움켜잡으며 계장수는 대답했다. 자신의 목소리가 떨린다는 걸 계장수는 알지 못했다.

"내가 상대한 무인들 중 최고였지… 청진이 비유가 되곤 했지만, 그의 무예는 깊이가 없었어. 하지만 당신은 그렇지 않았지… 당신이 펼친 매화삼수지강은 내 팔을 가져갈 뻔했지… 철혈무제 조극강을 몰아붙였던 거야… 기억나나……?"

풍오자의 얼굴은 어느새 파란 잿빛이었다. 식은 그 입술에서 마지막 숨결이 흘러나왔다. 기쁜 숨소리였다.

"그… 래… 기… 억… 나……."

풍오자의 입술이 움직임을 멈췄다. 경련하던 눈꺼풀도 가라앉았다.

계장수는 손을 들어 풍오자의 두 눈을 감겨 내렸다.

"어르신!"

"이보쇼! 노인장!"

임홍빈과 용태웅이 격한 소리를 터뜨렸다. 비애가 가득한 슬픈 외침이었다.

❹

불길은 점점 더 크게, 그리고 더 넓게 번져 갔다. 평정산의 아래쪽을 휘감은 불은 이제 본격으로 산 사면을 태우기 시작했다. 붉은 화마는 산을 먹어치우는 것처럼 위로 위로 올라갔다.

"잘 타는구나……."

허무한 음성으로 임홍빈이 중얼댔다. 옆에 선 용태웅은 그저 눈만 껌벅거리며 불타는 산을 봤다. 그러다가 힘없이 웅얼거렸다.

"땅에 묻어드릴 걸 그랬나……."

두 사람의 힘없는 음성을 들으며 계장수는 산을 봤다. 정확히는 산을 뒤로 두고, 자신들의 앞에서 타오르는 불 더미, 그 속에 누워 있는 풍오자를 본 것이다.

풍오자의 육신을 휘감은 불 더미는 훨훨 타올랐다. 그 뒤로 거대한 배경이 된 평정산의 불길도 무섭게 꿈틀댔다. 열기가 볼을 후끈거리게 할 정도였다.

산에다 불을 놓은 건 계장수였다. 모든 흔적을 지우기 위해서였다. 추악한 인간들의 싸움도, 산에 쓰러진 인간들의 육신도, 그들이 죽는 순간까지 버리지 못한 모든 욕망과 세속의 더러움을 한데 묻어 태워 버리기로 한 것이다.

왠지 그러고 싶었다. 모두 불태워 버리고 싶었다. 그런 마음을 아는 지 가을산은 잘도 타올랐다. 예전엔 이런 생각 자체를 하지도 않았다. 하지만 지금은 부끄러웠다. 산에 부끄러웠고, 바람에 부끄러웠으며, 하늘에 부끄러웠다.

인간이란 과연 무엇이매, 세상에 들고나기를 반복하며 이런 일들을 벌이는 걸까. 알 수 없는 일이었다. 자신도 그 범주에서 벗어나지 못하는 존재였다. 결국은 세 번의 환생을 거듭했지만 그것이 과연 옳은 것인지도 의문스러웠다.

'신의 의지는 과연 어디에 있는가?'

암흑마궁을 대적하기 위해, 스스로의 의지와 맹세를 위해, 한 핏줄인 동포와 형제들의 죽음을 막기 위해, 배신당한 치욕과 잃어버린 것들에 대한 복수를 위해 그렇게 세상에 다시 나왔다. 그것이 바로 계장수 자신이었다. 하지만 그것이 옳은 것인지, 진정 순연하게 자신의 의지인지 아무것도 알 수가 없었다.

풍오자는 결국 죽었다. 지금 불 속에서 육신을 태우고 있는 것이다. 그의 존재가 이제는 사라진다. 걸쭉한 욕설도, 추접하다고 욕을 먹던 식탐도, 산발한 머리와 수염도, 검무를 추던 두 손과 발도 모두 재가 되어 사라진다. 풍오자라는 존재는 이제 다른 이들의 죽음처럼 기억에만 남을 뿐이다.

'죽는다는 건 이렇게 이 세상과의 절연인데, 과연 나는 왜 다시 온 것인가?'

그랬다. 죽음은 모든 것의 끝이었다. 이 세상이 어찌 되든 죽음 이후엔 상관할 필요가 없었다. 단군조선이 멸망하고 새 나라가 서는 것도 상관없었고, 암흑마궁의 마고지나가 세상을 어둠에 물들여도 상관없었다. 또한 계집에게 배신당하고 이루었던 모든 것을 잃었다 해도 그건 사라진 물거품일뿐이다.

왜? 어째서? 그런데도 자신은 무엇을 위해 세상에 다시 나온 것인가? 그것은 정녕 스스로의 의지인가? 아니면 절대존재의 끈에 매인 꼭두각시처럼, 장기판의 졸이 되어 세상을 주유하는 것인가? 과연 무엇이 자신의 존재 이유인가?

"하늘나라에서 우릴 기억하실까?"

문득 들린 임홍빈의 목소리에 계장수는 눈가를 움찔 떨었다.

용태웅은 여전히 껌벅대는 눈을 하고 대답했다.

"보고 계시겠지… 옛날에 잠깐 만났던 울 어머니 말씀이, 사람의 인연이란 신의 섭리로도 재단할 수 없는 거라 하셨어. 특히 핏줄의 인연을 가진 사람들은 우주의 역사만큼 깊고 깊은 연이 닿아야 한다고 하셨지. 그리고 정을 나눈 자들의 인연은 그와 버금간다고 했어. 어르신은 나에게 핏줄이나 같아. 그렇지 않으냐?"

처연한 표정을 하고 있던 임홍빈은 고개를 끄덕였다.

"맞아. 나에게도 그런 분이야. 어릴 때 돌아가신… 아버지 같은 분이지……."

계장수는 머리통을 얻어맞은 것 같은 기분이 들었다. 두 사람의 대화에 답이 있었다.

인연, 그리고 핏줄과 정. 자신을 그걸 잊지 못해서, 그 소중한 것들을 잃지 않기 위해서, 그것들을 지키기 위해서 다시 온 것이다. 그 때문에 천 년을 죽고 살며 세상에 존재하는 것이다. 이미 알면서도 너무나 굳건한 근본이기에 마음 밑에 가라앉아 소중함이 망각되어 있던 그것을 지금 두 사람이 말한 것이다.

'내가 소중히 여기는 모든 것들, 모든 사람들… 그들을 두 번 다시는 잃지 않기 위해서다……!'

돌 같던 계장수의 표정이 서서히 풀어졌다. 그동안의 삶을 살면서 결정지어진 것이 아닌, 스스로의 존재 이유를 찾은 때문이었다. 그건 이제까지 알던 모든 가치에 우선했고, 절대적인 의미였다. 그리고 그 가치를 실현하기 위해서는 할 일이 있었다. 마지막 남은 일이기도 했다.

"난 이제 마고지나를 찾아간다."

계장수의 말에 임홍빈과 용태웅이 쳐다봤다. 임홍빈이 먼저 입을 벌렸다.

"그 말은 무슨 의미야? 꼭 혼자 가겠다는 말처럼 들리는데?"

용태웅이 바로 말을 받았다.

"맞어, 그런 소리라면 집어치워. 어르신의 복수를 너 혼자 하겠다는 소리냐?"

계장수는 두 사람의 눈을 직시하며 아무 말도 하지 않았다.

볼을 부풀린 용태웅이 다시 입을 벌렸다.

"네가 옛날에 누구였든 우리에겐 흑마왕 계장수일 뿐이야. 그리고 우리 친구지. 그 친구가 다른 친구의 목숨 빚을 받으러 가는데 혼자 보내는 건 친구의 도리가 아니야. 더구나 그 목숨 빚이 내가 소중히 여기는 사람의 것이라면 더욱 그렇지. 더군다나… 이제 와서 내가 빠질 것 같아?"

임홍빈이 바로 거들고 나섰다.

"맞아! 피 빚은 피로 갚는다고 네가 말했잖아!"

아무런 표정 변화도 없이 두 사람을 바라만 보고 있던 계장수는 다시 산으로, 불타는 풍오자의 시신으로 눈길을 돌렸다.

만산홍엽의 계절에 산은 그야말로 붉은 물결이 되어 넘실거렸다. 그 안에서 모든 것이 다 재가 되고 있었다. 그런 산을 보는 계장수의 귓가에 임홍빈의 말소리가 계속해서 메아리쳤다.

'복수라… 피 빚이란 말이지… 그래, 누구의 의도이든 내 시작은 그걸로 인해서였다……. 나야말로 지옥의 악귀인 거지……!'

불을 바라보던 계장수는 갑자기 걸음을 옮겼다. 풍오자의 육신을 태우는 불길을 향해서였다. 멀뚱히 바라보고 있는 두 사람에게 아무 일도 없는 듯이 말했다.

"유골을 수습하자. 조상들의 땅에 뿌려줘야지."

서로를 마주 본 임홍빈과 용태웅은 기쁜 얼굴로 계장수의 옆으로 다가갔다.

산의 불길은 그런 세 사람의 등 뒤에서 시뻘겋게 타올랐다. 하늘마저도 태워 올릴 것 같았다.

# 천 년(千年)의 유랑(流浪) 2

❶

"저기 보이는 저 산이 대설산(大雪山)입니다."

장엄하게 솟은 설산은 끝없는 설원의 한복판에 우뚝 솟아 있었다.

"그래, 저 산이구나."

조용한 음색으로 마고지나는 태전동의 말을 받았다. 작은 감탄과 감회가 어린 목소리였다.

마고지나와 태전동이 설산을 마주 보고 서 있는 곳, 하얀 설원 위로 눈바람은 여전히 거셌다. 피부를 에이는 추위와 눈을 동반한 삭풍은 시야를 부옇게 만들었다. 설원을 가로지른 지 십여 일. 드디어 목적한 대설산의 자취를 찾은 것이다.

"눈바람이 잦을 때까지 잠시 더 휴식을 취하시지요."

태전동의 권유에 마고지나는 그저 고개만 까닥여 보였다. 두툼한 짐승 가죽옷을 입고 있었지만 한기는 몸을 파고들었다. 추위와 더위에 구애받지 않는 몸인데도 그 영향이 미치니 대단한 추위와 바람이라 할 만했다.

마고지나는 힐긋 뒤를 돌아다보았다. 휴식을 권유한 태전동의 말은 마을을 두고 이른 말이었다. 마을은 불에 타는 중이었다. 순록 등을 사냥하고 저 북해의 고래를 잡으며 살아가는 오지 마을이었다. 삼십여 호의 마을은 지금 몇 집을 제외하고 모두 불에 휩싸였다.

마을 사람 모두가 죽었다. 수행하는 진태구와 그의 부하들이 만든 결과였다. 놈들은 마을 사람들의 생기를 빨아 죽이고 그들이 저장한 고기를 약탈해 처먹고 있는 중이었다. 오지의 눈보라에 지쳤던 놈들에게 마을은 눈에 불을 켜게 했다.

"몇이나 죽은 거지?"

마고지나의 물음에 태전동은 진태구와 그 무리 등을 바라보며 대답했다.

"출발할 때 정확히 백이십팔 명이었으나, 지금은 아흔두 명 올습니다."

"서른여섯이나 죽었군."

"그렇습니다. 빙원의 틈 사이로 빠진 자들이 대부분입니다. 생각보다 손실이 많은 편입니다."

"저놈은 수완이 좋군."

"예? 무슨 말씀이신지……."

"진태구란 놈 말이다."

태전동의 시선이 진태구에게로 향했다. 제 수하들과 불타는 마을 집들 앞에서 서 있는 그 모습이 자못 약탈자다웠다. 태전동은 곧 마고지나의 말을 알아들었다.

"각지에 여러 개의 끈을 가지고 있는 놈입니다. 교토삼굴이라 토끼는 세 곳의 구멍을 파놓는다지만, 저놈은 꼬리를 잘라내도 잘라내도 다른 꼬리가 나오는 구미호 같은 놈입니다. 또한 암흑가를 장악하는 능력이 탁월한 놈이지요."

"봉공의 말이 맞다. 잔인하고 통솔력이 있으며, 상황 판단이 남다른 놈이지. 만일 저놈에게 기회가 주어졌다면, 세상은 저놈의 이름을 기억해야 했을지도 몰라."

"설마, 그렇게까지야……."

"왜? 아닌 것 같으냐? 그렇다면 봉공이 저놈을 잘못 보고 있는 것이다. 저놈은 강자에게 비굴할 만큼 자신을 낮추고, 약자에겐 철저한 포식자로서 군림하는 놈이다. 그리고 자신의 이빨이 강해졌다고 느낄 땐, 가차없이 뒷목을 물어뜯을 놈이야."

불길에 어른대는 진태구의 대머리를 보면서 태전동은 말을 내놓지 못했다. 자신도 진태구의 능력을 인정하고는 있었지만, 신녀인 마고지나처럼 생각해 본 적은 없기 때문이다. 하지만 지금 보니 마고지나의 말이 맞는 것도 같았다.

진태구, 자신이 직접 수하로 삼은 놈이지만 놈에겐 두 명의 동료가 있었다. 하지만 나머지 두 놈은 모두 죽었다. 저놈만이 살아남은 것이다. 처음부터 셋 중에 특별한 놈이라 여기긴 했었다. 때문에 지시를 내리는 것도 저놈을 통해서만 했다. 따지고 보면 나머지 두 놈은 저놈에게 이용당하다 죽은 것이다.

봉현에서 노대호가 죽을 때 손발이 될 거점은 모두 사라졌다고 생각했다. 상관없는 일이었다. 포교로서 일구어낼 신교도들은 무궁무진했으니까. 그런데 진태구 저놈은 오지나 다름없는 북변 땅에서도 자신의 끈을 만들어냈다. 단기간에 거점을 늘려가고 세를 불린 놈은 천여 명의 인원을 병사로 만들어냈다.

신공을 수혜 받은 천 명의 병사. 그들은 아마간과 아보기를 따라 중원으로 갔다. 친위원정대가 된 것이다. 그 일을 저놈이 해냈다. 누가 시키지도 않은 일이었다. 그리고 대설산의 원정에 곁꾼 노릇할 인원 백여 명도 놈이 만들었다. 제 스스로 일의 성격을 알아 세심하게 처신한 것이다.

태전동은 진태구의 모습이 새삼스럽게 위험해 보였다. 불빛에 번들대는 놈의 대머리는 흉악한 꾀를 감춘 것만 같았다.

"저놈에 대한 소신의 생각이 짧았습니다. 이제부터라도 저놈에 대해 각별한 주의와 대비를 해야겠군요. 아니면 차제에 없애 버리는 것도 좋겠습니다."

"과민 반응을 보이는구나. 그럴 필요까지야 있겠나? 그래 봐야 인간이 인간에게 행한 짓거리들일 뿐이다. 저놈은 그냥 인간이 아닌가 말이야."

마고지나의 붉은 입술을 보던 태전동은 고개를 숙였다.

"그러합니다. 한갓 인간일 뿐이지요. 그러한 자가 신의 대리인인 신녀에게 해를 줄 수는 없겠지요. 거듭 소신의 생각이 모자랐습니다. 송구합니다."

"괘념치 마라. 인간사의 모든 것, 이젠 머지않아 우리들의 손아귀에서 돌아갈 것이다. 그날이 바로 코앞이다."

포만스런 표정을 짓던 마고지나는 차 오르는 웃음을 참을 수 없는 듯, 큰 소리로 웃음을 토해냈다.

"오호호호호!"

득의의 웃음이 마고지나의 붉은 입술을 뚫고 나왔다.

웃음은 잦아들 줄 모르는 눈바람을 타고 멀어져 갔다. 그런데 웃음의 여운이 사라지기도 전에 번개가 쳤다.

우루르릉― 꽝!

가득히 명멸하는 빛과 동시에 천둥이 쳤다. 아주 가까운 곳에 번개가 떨어졌음이 틀림없다. 하지만 눈보라 속에서 번개라니, 흔치 않은 이 괴사에 마고지나와 태전동은 주변의 하늘을 봤다.

"괴이한 일이로군요, 눈보라 속에 뇌성벽력이라니."

태전동의 말을 흘려들으며 마고지나는 하늘을 봤다. 부옇게 하늘을 덮은 눈보라 속에서 아무런 자취도 발견할 수 없었다. 천둥 번개는 꼭 자신의 웃음을 비웃는 것처럼 울려 퍼졌다. 그래서 알 수 없는 짜증이 치밀어 올랐다. 하지만 그게 다가 아니었다.

"헛!"

갑자기 눈을 치켜뜨는 마고지나의 모습에 태전동은 급히 물었다.

"왜 그러십니까? 어디 불편한 데라도 있으십니까?"

"그, 그들이……!"

"그들이라니요? 누구를 이르는 말씀입니까?"

"아마간과 아보기가……!"

마고지나는 이제 눈썹 끝과 입술을 부들거렸다. 그 모습에 불안감을 느낀 태전동은 마고지나를 불렀다.

"신녀! 고정하시오소서!"

하지만 마고지나의 떨림은 몸 전체로 번져 갔다.

"그들이……! 두 궁주가……!"

"대관절 무슨 일입니까? 보중하시옵소서!"

떨던 마고지나가 그 순간 몸을 멈췄다. 갑자기 끓던 물이 식은 것처럼 고요한 몸태를 보이는 마고지나는 대설산 쪽으로 눈길을 고정했다. 눈동자는 뭘 보는지 모르게 흐릿했다. 작은 목소리가 식은 숨처럼 흘러나왔다.

"그들이… 죽었다……."

태전동의 눈이 벼락처럼 떠졌다.

"무, 무슨 말씀입니까? 죽다니요? 누가 누구에게 죽었다는 말씀입니까?"

흐릿하던 마고지나의 눈에 초점이 생기며 태전동에게 돌아왔다.

"둘 다 죽었다, 흑마왕에게."

태전동은 입을 벌리고서 숨조차 내뱉지 못했다. 마고지나의 가라앉은 목소리는 또 들렸다.

"방금 전 번개가 치던 순간, 그 직후에 둘의 생기가 사라졌다."

"그, 그럴 리가! 흑, 흑마왕이! 아, 아무리 그라고 해도 이건!"

"그놈을 진실로 잘못 판단했구나."

"하, 하지만!"

"내 불찰이다."

마고지나의 눈은 다시 대설산으로 돌아갔다.

침묵이 흘렀다. 눈바람 소리는 여전히 거셌고, 태전동은 굳어버린 것처럼 움직이지 못했다. 마을 쪽에선 불탄 집들이 무너지는 소리가 희미하게 들렸다.

설산을 보고 있는 마고지나와 그런 마고지나를 보고 있는 태전동. 둘은 한동안을 그렇게 못 박힌 듯 서 있었다. 그러다가 태전동이 조심스레 입을 벌렸다.

"소신의 책임입니다. 진작에 그놈을 죽여 없앴더라면 이런 일은 없었을 터인데……."

얼어붙은 것 같던 마고지나도 입을 열었다.

"봉공의 탓이 아니다. 그놈의 능력이 그러한 게야. 봉공에게 죽지 않은 것도 그놈의 능력인 거지. 염두에 두고는 있었지만, 그놈이 그런 존재인 줄은 정말 몰랐구나."

마고지나의 목소리에는 후회의 여운이 짙게 배어 있었다. 태전동은 조심스레 물었다.

"하오나 소신은 정녕 이해가 되질 않습니다. 소신에게도 죽을 뻔하였던 자가 어찌해서 궁주들을 대적할 수 있었는지, 아니, 그들의 생명을 소멸시킬 수 있는 건지 추측조차 되질 않습니다. 그자도 인간이 아닙니까?"

그 순간 마고지나의 어깨가 작게 떨렸다. 뒤이어 나온 목소리는 훨씬 무거웠다.

"나도 그 점은 알 수 없다. 겨우 반년도 되지 않은 시간에 그런 변화를 보인다는 건… 우리가 알지 못하는 다른 점이 있다는 거겠지. 흑마왕 그놈에게 말이야."

이를 악무는 게 분명한 마고지나의 음성에 태전동은 고개를 숙이고 말을 덧붙이지 못했다. 끓어오르는 그 심정을 이해한 듯 마고지나는 복수를 다짐했다.

"일어날 수 없는 일이 일어났다. 그놈은 그런 존재다. 일어날 수 없는 일을 해내는 그런 존재. 그놈이 내게로 올 거다. 하지만 거기까지다."

시뻘건 화염의 빛을 눈으로 뿜어낸 마고지나는 분명한 음성으로 다시 말했다.

"그놈이 내게 오는 순간 모든 건 끝난다. 두 궁주의 목숨 값을 받아 낼 터이다……!"

마고지나의 몸 주위로 붉은 화염이 뻗어 나왔다. 붉은 안개처럼 몸을 감싼 화염은 옷을 태우지는 않았다. 대신 휘날리는 눈보라와 주변의 눈을 녹여 버렸다.

화염을 두르고 대설산을 쳐다보던 마고지나는 태전동에게 짧게 명했다.

"출행한다!"

허리를 꺾어 보인 태전동은 진태구와 그 무리에게 소리쳤다.

"출행이다!"

불타는 마을 앞에 있던 백여 명의 사내가 분분히 일어섰다.

눈보라와 불타는 마을, 그리고 음울한 모습의 사내들……. 대설산은 그들의 움직임을 말없이 내려다보았다.

**❷**

굽이쳐 흐르는 모란강가에 서서 계장수는 풍오자의 유골분을 뿌렸다. 하얀 뼛가루는 바람에 날리며 강과 산야로 퍼져 날아갔다. 혼이 퍼져 나가듯이.

"편히 잠드세요."

홍빈은 목곽 속의 유골분을 집어 뿌리며 나직하게 말했다.

"극락에서 맛난 거 많이 드시우."

용태웅의 손에서도 유골분이 날렸다.

셋이 뿌린 한 줌의 유골분은 이미 자취가 없었다. 셋의 염원을 담고 모두 바람에 날려갔다. 이제 풍오자는 완전하게 흙으로 돌아갔다. 그 넋이 산과 들과 강과 하늘에 퍼져 세상의 거름이 되었다. 거름이 된 그의 생이 바탕이 되어 또 다른 생명들이 자라날 것이다. 이제 그저 바라는 바가 있다면 안온하기만을 바랄 뿐이었다.

"아무 구애됨 없이 그저 편안하기를……."

마지막 한 줌의 뼛가루를 날려 보낸 계장수는 네모난 목곽을 불태웠다. 삼매진화로 불붙인 목곽은 잘도 타올랐다. 그것이 재가 되는 모양을 말없이 내려다보던 세 사람은 서로 눈을 맞췄다. 제일 먼저 입을 연건 용태웅이었다.

"이제 남은 놈들을 박살 내러 가야지?"

임홍빈은 주먹을 내밀며 힘주어 말했다.

"당연하지!"

두 사람의 뜨거운 시선을 받은 계장수는 고개를 끄덕였다. 그러다가 홍빈을 보고 문득 물었다.

"그놈들이 무극조화신경을 뺏으려 했다고?"

"음, 그랬지. 꼭 거울을 노리고 온 놈들 같았어."

홍빈의 대답에 이어 용태웅도 가세했다.

"놈들이 온 목적 중에 거울을 찾는 것도 있던 게 틀림없어. 아보기란 놈이 제 수고를 덜어주어 고맙다고 하더군. 거울을 본 그놈의 눈알이 떡을 본 호랑이 같았다니까? 틀림없이 거울을 차지하려는 속셈이었어."

뭔가를 생각하는 눈치이던 계장수는 다시 홍빈에게 물었다.

"적염호귀 놈이 예전에 네 사부에게서 도망갔다고 했지?"

홍빈은 고개를 끄덕였다.

"그랬지."

"그놈이 거울의 신력을 당하지 못해 부상당했다고 했지?"

"맞아."

"네 사부와 적염호귀 그놈이 처음 만난 곳이 대설산이라고? 그곳에서 무극조화신경을 찾아냈고?"

"그대로야."

두 사람의 대화를 용태웅은 끔벅거리며 바라보았다.

"놈들은 거기로 갔겠군."

계장수가 내린 결론의 말에 둘은 바로 되물었다.

"거기라니? 어디?"

"놈들이 어디로 갔다고?"

차분한 목소리로 계장수는 대답했다.

"대설산."

"뭐, 대설산?"

"뭐야? 북해로 가는 길에 있다는 그곳?"

고개를 끄덕이는 계장수의 얼굴에서 뭔가를 읽어낸 듯, 임홍빈의 눈이 반짝 빛을 냈다.

"설마 그놈들이 전설의 보물을 찾으려고 그곳을……?"

용태웅은 달아오른 목소리로 다그쳐 물었다.

"뭐야? 뭔 얘기야? 보물이라니?"

큼지막한 용태웅의 눈을 직시하며 임홍빈이 말을 꺼냈다.

"언젠가 풍 어르신이 해줬던 얘긴데, 내가 가진 무극조화신경하고 건곤진혼령, 그리고 제황의 이렇게 셋을 대륙삼대보물이라고 한대. 그런데 우리 사부는 상고 시대의 유적을 찾다가 거울을 발견하셨거든, 그 대설산에서 말야."

눈을 끔벅대던 용태웅은 스스로 정리하고 말하며 물었다.

"그러니까 네 말은 그 뭣이냐… 그 대설산에서 거울을 찾았으니 그 놈들이 거기서 다른 걸 찾으려고 한다? 그곳이 유적지이니까 가능성은 높은 편이고 그걸 찾아내면 놈들에겐 힘이 되고… 그래서 거울까지 뺏으려고 했다?"

"맞아. 제대로 짚었네. 놈들은 그걸 노리는 게 틀림없어."

"그런데 그런 보물들이 진짜 있는 거냐? 난 당최 허무맹랑한 얘기 같아서……."

말하던 용태웅의 눈은 임홍빈의 품 쪽으로 시선을 보냈다. 그리곤 고개를 저으며 말을 이었다.

"네가 가진 거울을 보면 거짓은 아니고… 이거야, 원."

임홍빈은 제 품을 더듬으며 다시 입을 벌렸다.

"내가 알기로 대설산의 유적은 배달동이족의 것이 틀림없어. 워낙 춥고 험한 곳이다 보니 세상에 잘 알려지지 않았지. 그리고 대륙의 삼 대보물이라 일컫는 것도 그들의 유산이 분명해."

모란강을 보고 있는 계장수를 흘긋대다 용태웅은 또 물었다.

"도대체 그 보물이란 게 뭐냐? 거울은 그렇다 치고, 나머지는 뭐길 래 그놈들이 그걸 가지려고 한단 말이냐? 그걸 가지면 세상이라도 뒤 집어 엎을 수 있다더냐?"

"맞아. 뒤집어엎어."

"뭐?"

멍청한 얼굴로 되묻는 용태웅에게 임홍빈은 차분하게 말을 했다.

"건곤진혼령은 죽은 자의 혼을 불러내는 방울이고, 제황의는 세상을 다스리는 힘이 담긴 옷이야."

용태웅은 더욱 멍청해진 얼굴로 되물었다.

"야, 무슨 그런 말이 다 있냐? 전설 속의 보물을 얻으면 부귀영화를 누린다는 얘기는 나도 들어봤지만, 그건 너무 허무맹랑하잖아?"

"사실이다."

계장수의 말에 용태웅은 물론 임홍빈도 시선을 돌렸다.

"이미 그들은 건곤진혼령을 손에 넣었다."

두 사람은 화들짝 놀랐다.

"에? 그게 무슨 소리야?"

"뭐라고? 설마?"

강물을 보는 시선 그대로 계장수는 말을 꺼냈다.

"아마간과 아보기가 그 증거다. 마고지나 년은 건곤진혼령을 손에 넣어 그들을 지옥에서부터 불러냈다."

너무 놀라 꿀 먹은 벙어리가 된 두 사람에게 계장수는 계속 말했다.

"그 두 놈은 삼백 년 전에 죽은 놈들이다. 그놈들을 다시 살려낸다는 건 건곤진혼령이 아니면 불가능하지. 마고지나 년은 긴 계획 아래 검왕과 창왕의 후예를 돌봐왔다. 그리고 그들의 몸속에다 두 놈의 혼을 불러 넣은 거지."

임홍빈이 신음처럼 말했다.

"서, 설마 그럴 리가……."

용태웅은 놀란 눈을 껌벅대며 물었다.

"그, 그런 일을 그놈들이 했단 말이야? 하지만 삼백 년 동안 그들의 후예를 누가……?"

또렷한 목소리로 계장수는 대답했다.

"적염호귀 태전동이지. 그놈이 삼백 년 동안 세상에 남아서 그 일을 해왔던 거야. 다시 나올 마고지나를 위해 만반의 준비를 해왔던 거지. 그들의 후예는 그렇게 쓰인 거다."

그래도 수긍이 안 되는 듯, 용태웅은 자신의 의문을 말했다.

"그렇다고 해도 죽은 자들을 지옥으로부터 불러온다는 건 말이 안 돼. 마고지나도 그냥 살아났지 않나? 그놈들도 그런 게 아닐까? 이미 죽어 지옥에 간 자를 불러온다는 건 세상의 섭리를 깨는 일인데, 그 방울에 그런 힘이 있단 말이야?"

계장수는 시선을 돌려 용태웅의 눈을 직시했다. 그리고 차분하게 말했다.

"마고지나는 죽었던 게 아니야. 그년은 제 몸을 버렸던 것뿐이지. 그리곤 새 옷을 갈아입듯이 삼백 년 만에 다른 몸을 입고 부활한 거야. 그동안 그년의 영체는 세상에 있었지. 하지만 그 두 놈은 달라. 완전하게 죽었던 놈들이지. 그런 놈들이 다시 살아났던 거다. 건곤진혼령이 없다면 안 되는 일이지."

"하, 하지만 너도 다시 살아났잖아."

용태웅의 말에 계장수는 잠시 동안 말을 하지 못했다. 확실히 자신도 죽었었다. 그런데 암흑마궁의 생사비결을 외우고 천시지간(天時地間)의 운명이 돌아 다시 살아났다. 그런 비결을 가진 암흑마궁은 확실히 그런 방면의 연구와 조예를 가진 것들임에 틀림없다. 그것들은 오랜 기간 동안 쌓여온 것임이 분명했다.

그러나 생사비결은 소실됐고, 자신처럼 운명의 조건이 맞아떨어지는 사람은 찾기 힘들 것이다. 그렇다면 역시 결론은 하나다.

건곤진혼령. 그것이 아니면 그들은 살아날 수가 없었다. 그것도 지옥에 불바다에 있던 자들이.

문득 계장수는 죽고 살던 순간의 기억을 떠올렸다. 거대한 암흑의 동공으로 빨려 들어가던 순간 자신에게 말을 걸던 붉고 거대한 눈의 존재. 그것은 과연 무엇일까? 그리고 그 혈안의 존재가 말하던 얘기는 무슨 뜻일까?

'살아난 걸 후회할지도 모른다고 했었지…….'

귀를 파고드는 헛기침 소리에 계장수는 상념을 버렸다.

"허험! 허험!"

임홍빈이었다. 계장수의 눈치를 살핀 그는 용태웅을 다그쳤다.

"아, 그 방울이 그런 거라니까 웬 잔소리가 그렇게 많아? 그리고 그보다도 중요한 건 제황의야."

"뭐? 그건 또 왜?"

"제황의엔 천하를 다스리는 힘이 숨어 있다고 했어. 그걸 가진 자는 세상 위에 군림한다는 거지. 즉, 제황이 된다는 거야."

"제황이라고?"

"그래, 거기다가 제황의를 입은 자는 건곤진혼령을 무애하게 사용할 수가 있지. 지금처럼 한둘을 살려내는 게 아니라 지옥문을 열어젖힐 수도 있단 얘기야."

용태웅은 놀란 건지, 할 말이 없는 건지 맹한 표정을 지었다.

임홍빈은 또 말했다.

"아마도 제황의는 구환겨레를 다스리던 단군조선의 수장, 단군이 입던 곤룡포 같은 게 틀림없어. 무극조화신경은 그 가슴에 달던 흉배이고, 건곤진혼령은 천계와 지계의 질서를 교통하고 조율하던 신기(神器)라 하겠지."

여전히 표정에 변화가 없는 용태웅에게 임홍빈은 쐐기를 박듯이 말을 던졌다.

"마고지나 년 패거리들이 그것들을 모두 가지려는 거야. 그래서 세상을 저희 것으로 만들려는 거지."

드디어 용태웅의 입이 벌어졌다.

"지금도 골치 아픈데 그것들을 다 가지겠다고? 혹시 그것들이 정말 지옥문을 열어젖히려는 거 아냐?"

뜻밖의 소리에 임홍빈은 물론 계장수의 시선도 급히 돌아왔다.

둘의 시선을 받은 용태웅은 계면쩍은 얼굴로 말을 늘였다.

"아니, 뭐 내 얘기는… 듣고 보니 그럴 수도 있겠다 싶어서… 지금도 세상을 휘젓는 것들이 그런 신기들을 취하겠다면 무슨 소용으로 그러겠나 싶어서……."

"지옥문을 연다고?"

임홍빈의 되물음에 용태웅은 눈만 껌벅거렸다.

임홍빈은 시선을 계장수에게로 옮겼다.

"정말일까?"

짧은 물음, 그러나 많은 얘기를 담고 있는 홍빈의 물음에 계장수는 고개를 깊게 끄덕였다.

"그런 것 같다. 태웅이가 생각 못한 걸 얘기해 줬군."

둘의 대화 사이에 낀 용태웅은 의미 파악에 분주했다.

"뭐야? 그럼 내가 핵심을 찌른 거야? 내 말이 맞는 거야?"

임홍빈이 고개를 끄덕였다.

"그런 것 같아."

하지만 대답한 임홍빈이나 계장수의 표정이 무겁게 내려앉는 걸 보고 용태웅은 사태의 심각성을 깨달았다.

자신이 아무렇게나 뱉은 말. 지옥문을 연다는 말. 그저 말뿐인데도 등골에 소름이 돋았다. 그러나 마고자나 패거리는 그걸 실제로 하려는 거다. 이젠 그것이 명백해졌다. 그건 세상과 우주의 균형을 무너뜨리는 미증유의 일이었다.

뜨거운 침을 삼킨 용태웅은 이를 사려물며 침중하게, 그리고 격하게 말했다.

"그것들을 그냥 놔두면 안 되겠는데? 그것들이 제황의를 찾아내기 전에 박살을 내자고!"

임홍빈이 무거운 얼굴을 들고 용태웅의 말을 받았다.

"그래, 이젠 그것들이 어디 있을지 알았으니까 쳐들어가자고."

두 사람의 시선을 받은 계장수는 다시 강물을 보았다. 유정한 눈길로 강물과 그 뒤로 놓인 산하를 바라보던 계장수는 마지막 염송을 하듯 누군가에게 말했다.

"그리던 조상들의 땅에서 깊이 잠들기를 바라네……. 난, 마지막 빛을 받으러 가겠네."

돌아서는 계장수의 뒤를 용태웅과 임홍빈이 주절대며 따라갔다. 강물에 섞인 그들의 목소리는 재재대는 참새들 같았다. 벌써 제황의를 찾았으면 어떡하느냐는 임홍빈의 말에 재수없는 소리 말라는 용태웅의 고함이 터졌고, 얘기한 보물의 내력과 이야기들은 언제 알았냐고 용태웅이 묻자, 다 너 같은 줄 아냐고, 그동안 해온 공부의 결과라고 임홍빈이 핀잔을 던졌다.

그렇게 사람들이 떠나간 자리엔 소리의 여운만이 맴돌았다.

**❸**

대설산의 눈은 깊고도 두터웠으며 강하고 견고했다. 눈은 헤치고 들어가면 무너져 내렸고, 또 그걸 치워내면 다시 허물어졌다. 그 눈에 깔려 벌써 서른 명이 죽었다.

지쳐 쓰러져 있는 진태구와 그 수하들을 보던 태전동은 특단의 대책이 필요함을 깨달았다. 등 뒤의 천막 안에선 마고자나가 차를 마시고 있었지만, 더 이상 신녀를 기다리게 해서도, 시간을 허비해서도 안 될 일이었다.

"비켜라."

쓰러졌던 자들이 분분히 일어나 길을 비켰다. 그들이 길을 내던 방향, 눈이 아득하게 쌓여 있는 계곡의 입구로 태전동은 다가섰다.

기억을 더듬어봐도 이곳이 틀림없었다. 그 옛날 이름 모를 도사 놈과 거울을 놓고 싸우다 도망친 곳. 등 뒤로 거대한 눈사태가 덮쳐 내린 곳. 틀림없이 저 눈 속에 유적이 있었다.

화르르르르.

태전동의 전신에서 적염이 피어올랐다. 새빨간 그 빛은 하얀 눈 위에 비쳐 피를 뿌린 것처럼 너울댔다. 적염의 기세는 점점 더 크고 강해졌다. 그 기운이 이 장여에 달했을 때 태전동은 눈을 향해 걸어갔다.

푸시시시시.

적염에 닿은 눈이 녹아내렸다. 녹은 눈이 물이 되어 바닥을 흐르다

다시 얼어붙었다. 하지만 태전동은 눈을 뚫고 계속 걸어갔다. 켜켜히 쌓인 만년설에 구멍이, 통로가 뚫리기 시작했다. 꼭 태전동을 둘러싼 적염만한 크기였다.

눈은 무너지지 않았다. 진태구의 수하들이 눈을 파낼 때는 위와 좌우가 무너졌지만, 태전동이 한 중앙을 녹여 들어가자 눈이 무너지지 않은 것이다.

그것은 녹임과 동시에 적염의 기운에 받쳐진 때문이기도 했다. 그렇게 느리게 적염이 지나가면 다시 결빙이 이루어졌다. 바닥을 보면 알 수 있는 일이었다.

눈이 녹은 물이 바닥을 흐르고 다시 얼고를 반복한 지 두 시진여. 느리게 전진하던 태전동의 앞에 드디어 돌벽이 나타났다. 드디어 상고 시대의 유적, 그 외부의 벽을 발견한 것이다.

태전동은 이미 이 유적에 와봤었다. 암중성(巖中城)으로 이루어진 거대한 성. 이 유적은 대설산의 계곡 사이, 암벽을 파고 들어가 성을 짓고 그 외부에 집채만한 돌벽을 쌓은 천혜의 요새였다. 안쪽의 규모는 상상을 초월했다.

마지막 관문인 돌벽을 보며 태전동은 긴 숨을 내쉬었다. 그리곤 손바닥을 격자로 쌓인 돌벽에 갖다 댔다.

후우우웅.

적염의 기운이 태전동의 손바닥으로 가득 몰렸다. 그것이 돌벽의 한 부분에 스며들어 발갛게, 그러다가 점점 더 달구어진 색으로, 종내에는 한 줌의 흙물로 녹아버렸다.

휘우우웅.

바깥으로부터 불어온 바람이 검은 성의 내부로 밀려들어 갔다.

태전동은 밖을 향해 명령했다.

"버팀목을 세워라!"

긴 눈의 동굴을 건드리지 않고 소리는 맴돌이쳐 나갔다. 그 소리를 들은 진태구와 수하들은 바로 달려들어 통로에 버팀목을 설치하기 시작했다.

천천히 돌벽 안으로 몸을 들이민 태전동은 사방을 둘러보았다. 보이는 건 짙은 어둠뿐이었다. 기억이 맞다면 흩어진 잔해들이 도처에 있을 터였다. 곧바로 적염을 키워 올리자 사방이 분간되기 시작했다. 부서지고 파괴된 목재 잔해들이 여기저기 보였다. 그것들을 모아서 불을 붙였다.

어둠 속에 빛이 생기자 사방이 넓게 보였다. 자신의 적염으로 보는 때와는 또 달랐다. 손에 들 수 있는 횃불을 만든 태전동은 불 더미를 이탈해 천천히 전진했다.

높은 돌벽이 쌓인 성벽, 그것이 닿은 위로는 바로 산의 암반이었다. 산은 꼭 밑부분을 둥그렇게 파낸 것처럼 공간이 있었다. 그 안에 이 성을 만든 것이다. 때문에 보이는 것의 거의 대부분이 암반인 것이다.

수북하게 세월의 먼지가 쌓인 바닥에 발자국을 남기며 태전동은 앞으로 나갔다.

작은 도시처럼 정비된 길과 각종의 구조물들, 군영이나 무기고가 분명한 건축물과 깊고 큼지막한 우물들. 모든 것이 이 성의 규모를 짐작하게 해주었다.

하지만 이곳은 외성이었다. 내성은 저 앞이다. 그 이름 모를 도사 놈이 거울을 발견한 곳. 견고한 석축으로 담장을 두른 저 앞쪽이 내성인 것이다. 대관절 저 안엔 무엇이 있을지 알 수 없었다. 시커먼 어둠과 암반의 천장이 높다랗게 보이는 저곳에.

"저 안인가?"

기척도 없이 들린 소리에 태전동은 흑 하고 숨을 들이마셨다. 급히 몸을 돌리니 마고지나가 여유롭게 미소 짓고 있었다.

"납시었습니까?"

고개 숙이는 태전동에게 슬며시 미소를 던진 마고지나는 내성의 석축 담장을 보며 신기한 듯이 말했다.

"거대한 광장의 동굴 같은 성이로군. 그 안에다 저런 담장을 또 세우다니, 축성 기술도 놀랍지만 발상이 정말 기상천외로군. 누구도 범접하지 못하겠어."

"그러합니다. 정녕 그 오랜 시간 전에 이러한 축성을 하였다니 놀라울따름입니다."

"과연 배달동이족이야. 그들의 치수와 축성에 관한 능력은 타의 추종을 불허하였지. 그들이 아니라면 엄두도 내지 못할 역사로군. 정녕 대단해."

감탄하며 성 내부를 둘러보던 마고지나는 태전동에게 명령했다.

"앞장서라."

태전동은 급히 허리를 꺾은 후, 횃불을 앞세우고 내성으로 향했다.

성문은 세월을 견디지 못하고 삭아 넘어간 상태였다. 내성 문을 넘어서자 넓은 광장이 나왔다. 광장의 저 끝 중앙에는 굵은 석조 기둥들이 받친 거대한 대전이 보였다. 그 주변으로 크고 작은 석축 건물과 구조물들이 벌려 섰고 양옆의 끝, 암반의 바로 아래에는 수로가 휘어져 돌아나가고 있었다.

감탄한 눈으로 바라보며 태전동과 마고지나는 대전을 향해서 광장을 가로질렀다. 역시 문이 없는 대전 입구를 지나자 대전의 위용이 눈에 들어왔다. 태전동은 넘어간 문짝 등을 모아 또 불을 붙였다. 잠시만에 대전이 밝아졌다.

자수정으로 장식한 벽면에, 조화롭게 다듬고 정교하게 장식한 돌 탁자들. 거대한 회의탁이 분명한 그것들의 뒤로 보이는 복도와 방들. 그리고 마고지와 태전동이 서 있는 자리에서 정면으로 보이는 커다란 석조 의자.

삼층의 기반석으로 쌓아 올린 그 위에 석조 의자는 오연하게 놓여 있었다. 특이하게도 석조 의자의 양손 받침대는 용(龍)과 봉(鳳)이 조각되어 있었다. 의자에서는 저절로 허리를 굽히게 하는 위엄이 흘러나왔다. 저건 분명 제황의 의자였다.

"아름답군……!"

홀린 듯이 바라보고 있던 마고지나는 천천히 석조 의자를 향해 다가갔다. 삼층의 기반석을 밟고 올라가 의자 앞에 선 마고지나는 천천히 의자를 쓰다듬었다.

"이것이 제황이 앉던 태사의인가?"

차가운 손의 감촉을 음미하며 의자를 만지던 마고지나는 홀연 몸을 돌렸다. 그리고 천천히 의자에 앉았다.

"차갑군… 하지만 이 기분은… 천하를 얻은 기분이야……."

불 앞에서 넋 놓고 바라보는 태전동에게 시선을 던진 마고지나는 양쪽 손 받침대, 용과 봉이 수놓아진 조각을 애무하듯 매만졌다. 손 안에 서늘한 기운이 쩌르르하고 흘러들어 왔다. 하지만 잠시 후, 용과 봉의 눈알이 돌아가는 느낌을 받은 마고지나는 두 신수의 눈알에 내력을 불어넣었다.

바로 그 순간이었다. 마고지나의 앞, 태사의가 놓인 바로 앞의 바닥 한 부분이 좌우로 벌어졌다.

그르르르릉.

네모난 모양으로 벌어진 바닥을 마고지나는 놀란 눈으로 내려다보았다. 그런데 그곳에서 뭔가가 밀려 올라왔다.

구구구구궁.

네모나고 투명한 관. 영롱한 수정으로 이루어진 관이 밀려 올라왔다. 그리고 그 안에는 단군의 석상이 있었다. 또한 그 석상에는 푸른 베옷이 입혀져 있었다.

마고지나는 자신도 모르게 탄식 같은 소리를 냈다.

"제황의……! 드디어 찾았구나……!"

수정빛에 어른대는 불빛을 보면서 태전동은 침을 삼켰다.

태전동의 뒤 대전의 입구에는 진태구가 서서 그 광경을 지켜보았다. 하지만 마고지나와 태전동 둘 다 그걸 보지 못했다.

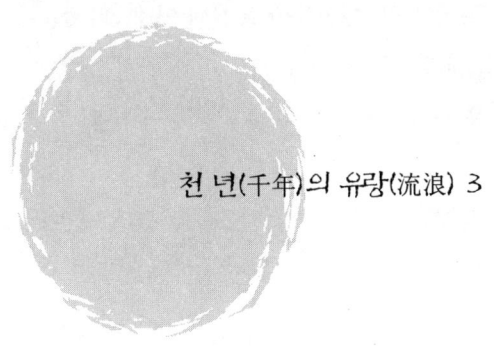

천 년(千年)의 유랑(流浪) 3

❶

눈에 덮인 마을의 흔적은 참상을 그대로 간직한 모습이었다. 불에 탄 가옥들과 사람들의 시신은 타고 얼고를 반복하여 더욱 처참했다. 마고지나 패거리들은 흔적을 지우려 하지 않았다. 오히려 보란 듯이 흔적을 남기고 갔다.

"개 같은 연놈들!"

용태웅은 지나온 마을의 참상이 계속 떠오르는듯, 주먹을 쥐고 이를 갈았다. 하지만 이미 죽은 사람들을 되살릴 수는 없는 노릇이었다. 그러나 저 분노 속에 더해지는 다짐은, 그것들을 반드시 박멸하리라는 생각이었다.

"지독한 눈발이네."

가죽옷으로 무장하고 눈알만 내놓은 임홍빈이 앞을 보며 겨우 말했다. 임홍빈의 말처럼 눈보라는 거세게 불어댔다. 하지만 이제 눈길을 헤매는 것도 끝이었다. 목적한 곳, 대설산이 목전에 있기 때문이다.

"마을서 볼 땐 가까운 것 같았는데 꽤나 멀구먼. 제기럴."

가벼운 욕설을 하며 용태웅은 옷깃을 여몄다. 거구에 바위 같은 몸을 가진 그였지만 추위에는 감당이 안 되는 모양이었다.

두 사람의 앞에 선 계장수는 한 발 한 발 걸음을 옮겼다. 눈보라 속에서 설산의 모습은 점점 더 가까워졌다. 이제 한 식경 정도만 걸으면 설산의 초입에 다다를 것이다.

'마고자나, 기다려라. 네 목을 가지러 내가 왔다.'

속으로 다짐을 되뇌이며 계장수는 계속 걸었다. 얼마나 기다려 왔던 시간인지 모른다. 그 마지막의 순간이 목전에 다가온 것이다. 이 일의 끝이 어찌 될지는 계장수 자신도 모른다. 하지만 가야 할 길이고, 와야만 한 길이었다.

"어? 눈발이 그치는데?"

임홍빈이 하늘을 보며 말했다. 말처럼 눈발은 점점 잦아들었다. 앞으로 나아갈수록 점점 더 그랬다.

"산이다!"

용태웅의 외침 속에 산은 모습을 드러냈다.

대설산. 전설을 간직한 산. 눈보라 속에 윤곽만 보여주던 산이 드디어 실체를 드러낸 것이다.

"이상하네? 산 앞에 오니까 눈보라가 그쳤잖아?"

임홍빈의 말대로 눈보라는 완전히 그쳤다. 미심쩍은 마음에 뒤를 돌아보니 그쪽엔 눈보라가 여전했다. 산을 둘러싸고 있는 눈보라가 정작 산에는 불지 않는 것이다.

"이게 무슨 조화 속이야?"

앞뒤를 돌아보며 용태웅이 말했지만, 거기에 뚜렷한 답을 줄 수 있는 사람은 없었다. 무슨 특별한 사연이나 조화가 있는지는 모르지만, 그저 눈이 그친 것이 일단 반가웠다. 그리고 목적한 곳에 도달한 안도가 밀려왔다.

"저기 봐! 횃불이다!"

손가락으로 가리키는 임홍빈을 좇아 용태웅과 계장수도 횃불을 봤다. 이미 어둑해지기 시작한 하늘을 배경으로 횃불은 선명하게 몸을 흔들었다.

"길을 밝혀놨군."

계장수는 횃불을 그렇게 단정했다. 임홍빈과 용태웅의 눈에도 횃불은 그렇게 보였다. 왜 인지는 모르지만 놈들은 길 안내를 위한 횃불을 밝혀놓은 것이다. 저건 그렇게밖에 생각할 수가 없었다. 이 오지에 횃불을 밝힐 자도 없거니와, 저렇게 보란 듯이 이어진 횃불의 용도는 너무도 명확했다.

"저게 무슨 의미일까?"

임홍빈은 걱정스럽게 계장수를 봤다. 대답은 용태웅이 했다.

"올 테면 오라는 뭐, 그런 얘기겠지. 얼마든지 상대해 줄 수 있다는 자신감, 뭐 그런 거 아니겠어?"

"그럼 저것들이 준비하고 있었다는 거잖아?"

"그렇지. 준비하고 기다리는 거지. 그렇게 보면, 저것들이 그걸 찾은 게 확실해."

"그거라니… 혹시……?"

"혹시는 뭐가 혹시야? 제황원가 뭔가 하는 그걸 찾은 거지! 빌어먹을!"

용태웅은 거칠게 욕설을 내뱉었다. 임홍빈은 얼굴이 경직되어 말을 잇지 못했다. 계장수는 그런 둘에게 아무렇지도 않은 듯 말을 던지며 앞서 나갔다.

"횃불을 쫓아가자."

용태웅이 어이없는 얼굴을 하고 계장수를 불렀다.

"야! 우리도 뭔가 대비를 해야잖아!"

걸음을 멈춘 계장수는 뒤를 돌아 용태웅과 임홍빈을 보며 또박또박 말했다.

"난 저것들을 박살 내러 왔어. 저것들이 뭘 가졌든 상관하지 않아."

다시 뒤돌아 걷는 계장수의 뒷모습을 용태웅은 멍하니 바라보았다. 그러다 미간을 뒤틀며 어금니를 물었다.

"그래, 까짓거. 살자고 온 길이 아니었으니까. 이제 와서 무슨 뾰족한 수가 있겠나. 야, 가자."

임홍빈에게 턱짓을 하고 용태웅도 계장수의 뒤를 따랐다. 멀뚱거리고 보던 임홍빈도 걸음을 옮겼다.

셋의 걸음은 횃불의 따라 이리저리 산자락을 타고 안으로 향했다. 대설산의 위용은 눈앞에 다가왔고, 횃불은 산의 깊은 계곡 쪽으로 일행을 안내했다.

얼마나 더 걸었을까. 눈에 세워진 횃불이 끝나는 지점에 큰 장작더미가 타오르고 있었다. 그리고 그 앞에 그가 있었다.

"다시 만났구나."

적염호귀 태전동이었다.

"개새끼!"

용태웅이 주먹을 파랗게 물들이며 튀어나왔다. 그걸 계장수가 가로

막았다.

"잘 있었던 모양이구나."

계장수의 담담한 어투에 태전동은 씨익 웃어 보였다.

"잘 지냈지. 그러니 이렇게 다시 보는 게 아니겠느냐?"

계장수는 바로 또 물었다.

"마고자나가 젖이라도 물려주던? 그걸 먹고 배를 불린 게로구나. 얼굴에 개기름이 흐르는걸?"

웃던 태전동의 얼굴은 삽시간에 돌이 되었다. 거기에 대고 계장수는 돌팔매질을 했다.

"그년의 몸뚱이는 원래 근본이 그렇다. 이놈 저놈에게 젖을 물리고 사타구닐 벌려 제 욕심을 채우는 년이지. 그 몸에 배인 습성을 버리진 못했을걸?"

"이노옴!"

태전동은 불처럼 화를 냈다. 아니, 실제로 온 전신에 화염을 피워 올리며 불을 키웠다.

"감히 신녀를 욕되이 말하다니! 아가리를 찢어놓고 말 테다!"

붉은 화염이 화르륵 허공으로 치솟았다. 그런 태전동의 서슬에도 불구하고 계장수는 차분한 음성을 이어냈다.

"그년은 너에게나 신녀지 나에겐 옛 계집일 뿐이다. 서방을 배신한 더러운 년이지."

"이놈이 그래도!"

"네가 여기서 날 기다린 이유가 뭐냐? 그년이 시키더냐?"

그 순간 태전동의 분노가 멎었다.

경직된 얼굴로 계장수를 바라본 태전동은 잊었던 것을 머리 속에 떠올렸다. 그것은 이렇게 흥분해서는 안 되는 것이었다.

"그렇지… 널 기다린 이유가 내겐 따로 있었지."

계장수는 태전동의 눈을 직시하며 물었다.

"보아하니 네 스스로의 의지로 기다린 게로구나. 기다린 이유는 물론 그전의 일을 마무리하고 싶어서겠지?"

계장수의 검은 얼굴을 바라보던 태전동은 천천히 고개를 끄덕였다.

"물론 그 일이다. 못다 한 승부는 끝을 봐야지."

"저놈이 미쳤나 봐."

난데없이 끼어든 말소리의 주인은 임홍빈이었다.

"저놈은 옛날에도 도망만 다니던 놈이었어. 그러면서 힘없는 사람들을 죽이던 놈이었지."

태전동은 미간을 구기며 임홍빈을 봤다.

임홍빈은 따지듯이 물었다.

"넌 내가 누군지 모르지? 하지만 난 너를 알아. 네가 죽인 마을 사람들의 원혼은 지금도 내 귀에 소리치고 있단다. 너를 죽여달라고 말이야. 난 그 원한들을 풀어주기 위해서 너를 찾아다녔어."

미간을 구긴 태전동은 의아스럽게 물었다.

"넌 누구지?"

품 안에 손을 넣었다 뺀 임홍빈은 무극조화신경을 들고 대답했다.

"이 거울을 물려받은 사람이다."

태전동의 눈은 놀람으로 치떠졌다.

"그, 그건 무극조화신경!"

"그래, 네놈이 사부에게서 뺏으려고 했던 그 물건이지. 그리고 난 네놈이 살해한 우리 아버지의 아들이고, 누나의 동생이며, 마을 사람들의 형제다. 널 만날 날을 학수고대했지. 언젠가 그들의 피 빚을 갚기 위해서 말이야!"

놀란 눈의 태전동은 잠시 동안 말을 하지 못했다. 그러나 차츰차츰 표정을 누그러뜨리고 기세를 안정시켰다. 그 때문인지 화염은 더욱 짙고 강렬해졌다.

"그랬구나… 그렇게 된 거였구나……."

고개를 주억대는 태전동에게 임홍빈은 파란 눈빛을 번득이며 쏘아붙였다.

"알았으면 이제 네가 할 일도 알겠구나? 목을 내놓는 일 말이다."

태전동은 사뭇 태연하게 말을 받았다.

"내가 이곳에서 너희를 기다린 이유는 단 하나다. 두 궁주인 아마간, 아보기와 나를 비교하기 위함이다. 내 이미 그들의 죽음을 알며 그럼에도 신녀의 뜻을 피해 흑마왕 너를 기다린 이유는 단 하나다. 삼백 년에 걸쳐 깨우친 나의 신공을 믿기 때문이지. 나의 신공은 그들과는 다르다."

단호함과 자신에 대한 믿음이 우러나오는 목소리였다. 그 목소리에 계장수가 화답했다.

"더 지껄일 필요 없다. 붙자꾸나."

입매를 실룩해 보였지만, 태전동은 불타는 눈으로 계장수를 보며 고개를 끄덕였다.

"좋다."

그 말이 떨어짐과 동시에 태전동의 전신에서 화염강이 솟구쳐 올랐다. 그것은 눈부시고 놀라운 광경이었다. 마치 등 뒤로 여러 개의 발을 올린 게나 거미처럼 사방으로 뻗은 화염강은 살아 있는 짐승처럼 꿈틀거렸다.

"기대해라! 너희들의 영혼까지도 태워주마! 크하하하하!"

소리 높여 웃던 태전동은 두 팔을 앞으로 휘둘렀다. 그러자 화염강들이 앞쪽으로 휘어지며 길게 뻗어 나왔다. 꼭 거대한 문어나 오징어가 발을 뻗어대는 것만 같았다.

"받아주지!"

소리치며 뛰어나간 사람은 계장수였다. 화염강이 뻗치는 그 순간, 계장수는 땅을 박차고 나갔다. 그렇게 달리는 그의 몸통이 온통 시커먼 색으로 물드는 걸 태전동만이 아닌 용태웅과 임홍빈도 보았다. 그 검은 몸에 화염강들이 부딪쳤다.

쿠콰콰콰쾅!

붉은 강기의 파편들이 하늘과 땅, 좌우로 터져 나갔다. 하지만 달리는 계장수의 검은 몸 뒤로는 아무것도 넘어오지 않았다. 검은 악마가 된 계장수의 몸은 그렇게 태전동에게 다가갔다. 그리고 태전동의 옆으로 스쳐 가며 하단차기를 날렸다.

휘잉!

상체를 숙인 계장수의 머리 위로 태전동의 손이 맹렬하게 지나갔다. 휘돌려 차는 자의 다리와 후려 그은 자의 손이 그은 궤적이 한소리를 냈다. 그러나 그 직후에 터진 장작 뽀개지는 소리는 태전동의 몸을 허물어뜨렸다.

버걱!

"크흑!"

팽그르르 돌아버린 태전동은 바닥에 쓰러졌다. 계장수의 하단차기에 맞은 오른쪽 다리가 꺾어진 것이다. 무릎의 뒤쪽으로 꺾어진 다리는 뼈를 보이며 덜렁거렸다.

쓰러진 태전동은 안간힘을 다해 상체를 세웠다. 그리고 한 다리로 지탱하며 몸을 세웠다.

"이, 이놈 흑마왕!"

고통보다도 분노가 앞선 태전동은 계장수를 보며 악귀처럼 인상을 일그러뜨렸다. 그런 그에게 다가서며 계장수는 차분하게 말을 건넸다.

"친구들 곁으로 보내주마. 거기 가서 너희들끼리 다시 힘 겨루기 해 보렴."

계장수는 주먹을 움켜쥐었다. 그런데 뒤에서 이상한 기운이 터져 나왔다.

"제마귀령 봉령봉신(制魔鬼靈 封靈封身)."

갑자기 들린 소리는 임홍빈의 목소리였다. 계장수가 돌아본 시선 안에서 임홍빈은 거울을 땅에 꽂고 수결을 맺는 중이었다. 두 손이 합쳐지고 양 검지가 모였다. 그 손가락 끝을 태전동에게로 겨누었다. 그러자 거울에서 변화가 일어났다.

파랗고 투명한 빛이 거울에서 뿜어져 나갔다. 그것이 겨우 서 있는 태전동의 전신을 비췄다. 팔을 들어 눈을 가리는 태전동을 보며 임홍빈은 또 주문을 외웠다.

"제마귀령 봉령봉신!"

그 순간 태전동을 비추던 파란 빛들이 가는 선들로 모이며 분획(分劃)되었다. 그것은 꼭 파란 빛의 그물을 뒤집어씌운 것만 같은 모습이었다. 그 모습을 계장수는 언젠가 본 적이 있었다, 놀랍고도 참혹한 그 모습을.

"크아악!"

태전동은 괴성을 지르며 몸부림쳤다. 얼굴은 고통으로 일그러졌고, 온몸은 오그라들었다. 그 일을 만드는 것은 파란 빛의 그물이었다. 적염을 가르고 온몸을 조여 버리는 그물의 힘에 몸은 갈라지기 시작했다.

"커헉! 사, 살려……!"

구원의 비명이 다 이어지기도 전에 일은 결말이 나버렸다.

퍽.

몸을 뭉뚱그려 버린 빛그물의 힘에 태전동의 몸은 갈가리 조각나 버렸다. 피가 퍼지고 살덩이들이 흩어졌지만 그게 다가 아니었다. 붉은 태전동의 영혼, 꿈틀거리며 빠져나가려고 애쓰는 그 영혼을 제마광망이 잡아당겼다.

거울 앞에 당겨진 태전동의 붉은 영혼, 그걸 보며 임홍빈은 입술을 달싹였다.

"제마귀령 봉령봉신……."

영혼을 가둔 파란 제마광망은 거울 안으로 사라졌다.

뒤늦게 용태웅이 한숨 같은 소리로 말했다.

"허어… 그 거울이… 그런 거구나……."

거울을 갈무리하고 몸을 일으키는 임홍빈을 용태웅은 그냥 멍하니 바라보았다.

시선을 돌린 계장수는 장작 불 더미 뒤, 눈 속에 뚫어진 통로를 보면서 두 사람에게 말했다.

"여기가 입구다."

성큼성큼 들어가는 그의 뒤를 따라서 두 사람은 걸음을 옮겼다.

❷

눈 속의 통로를 지나 외성으로 들어선 임홍빈과 용태웅은 입을 딱 벌렸다. 사방에 밝혀진 불 속에 드러난 유적의 규모는 놀랄 수밖에 없었다. 하지만 내성 쪽으로 발길을 뗄 때는 계장수의 뒤를 따라 계속 걸었다. 그리고 또 놀랐다.

"이런 암중 성이 존재했다니……!"

내성의 입구를 넘어서는 순간, 용태웅은 사방을 두리번거리며 감탄을 금치 못했다. 옆으로 걷는 임홍빈은 아예 말을 꺼내지도 않았다.

"대단하군, 대단해! 장대한 역사(役事)였겠어."

용태웅이 또 말하는 사이 계장수는 광장의 끝, 대전을 향해서 걸어갔다. 주변으로 눈길 한 번 안 주고 걷는 그 모습은 차가웠다. 움켜쥔 주먹과 바위 같은 뒷모습에선 섬뜩한 살기가 흘러나왔다.

어느덧 대전의 입구로 들어선 계장수는 그대로 멈춰 섰다. 마주 선 정면의 중앙에 자신의 목표가 있었다. 석조 의자에 다리를 포개고 앉아 요염한 미소를 뿌리고 있는 여인. 정소연의 몸뚱이를 뒤집어쓴 요녀. 세상을 악으로 물들이기 위해 삼백 년을 잠들었다 깨어난 마귀. 마고지나였다.

"드디어 네가 왔구나."

붉은 입술을 벌리는 마고지나의 얼굴엔 화사한 미소가 피어났다.

"저 개 같은 년……!"

역시 용태웅이 욕설을 내뱉었지만, 태전동에게처럼 달려들지는 않았다.

웃음을 잃지 않은 마고지나는 계장수에게 시선을 맞추며 다시 말했다.

"봉공의 모습이 보이지 않는다 했더니 너를 반기러 갔던 게구나. 쯔쯔쯧. 쓸데없는 호승심은 명을 재촉하는 법이거늘. 그 오랜 시간을 살고도 그걸 버리지 못했으니 그런 일을 자초한 게지."

고개를 가로저으며 혀를 차는 마고지나에게 계장수는 천천히 입을 열었다.

"너야말로 그 오랜 시간을 살았으면서 깨닫지 못한 것 같구나."

마고지나의 눈매가 좁아졌다.

"세상이 결코 너희들의 뜻대로 되지 않는다는 것. 그 불변의 진리를 거듭 사는 네년이 모른다는 게 정말 안타까울 뿐이다."

"오호호호! 한 번을 죽고 살았다고 진리를 아는 듯이 말하는구나? 너 같은 인간 종자가 과연 우주의 섭리를 알 수 있겠느냐? 위대하신 유일신 아리만의 의지를 네놈이 터럭만큼이라도 이해할 수 있냔 말이다!"

"그따위 잡신의 의중을 내 알 바 아니다."

"뭐라! 이놈이!"

"난 다만 그 옛날 천지화의 들판에서 너희를 쫓아냈듯이, 그리고 도왕 계문설이 너희들을 도륙했듯이, 이제 너희를 깨끗하게 소멸시키려는 것뿐이다. 그것이 다시 사는 나의 의지이다."

"뭐라고? 천지화의 들판?"

마고지나의 미간은 급격하게 좁혀들었다. 그러다가 점점 표정이 일그러졌다.

"설마 네놈이……!"

눈길에 의문을 떨치지 못하는 마고지나에게 계장수가 대신 말했다.

"설마가 아니야. 나는 너의 천적, 검은 장수 목대고다."

마고지나의 눈이 부릅떠졌다.

계장수는 또 말했다.

"이제 너와 나 사이에 얽힌 악연의 고리를 이해하겠지? 너희의 처음 발호를 막은 것도 나였고, 다시 세상에 태어난 너희들을 막은 것은 나의 후손, 목씨 가의 후예인 계문설이다. 그의 염원과 나의 맹세로 나는 목씨 가의 아이로 다시 세상에 나왔다. 그리고 조극강이란 이름을 스스로 지어 세상을 제패하고 네 껍질의 남편이 되었지. 하지만 그년에게 죽임을 당하고, 너희의 경전으로 또 다른 삶을 얻었다. 그 역시 목씨 가의 후손이지."

계장수가 담담하게 말하는 사이 마고지나의 표정은 점점 더 흉측하게 일그러졌다. 하지만 계장수의 말은 계속 이어졌다.

"지금의 나는 도왕 계문설의 후손이지. 귀도문주 계은범의 아들 몸으로 살아난 거다. 그런데 나의 아비가 된 계은범도 네년 껍데기의 손에 의해 죽임을 당하셨지. 어때? 참으로 오묘한 인연이 아니냐? 더욱이 결정적인 건, 네년이 석모도에 있을 때 나와 만났다는 거다. 생령을 나누던 그 순간을… 나는 지금도 잊지 않았다."

악귀처럼 변한 마고지나는 소리를 쳤다.

"집어치워라!"

그녀의 전신에 피어나는 붉은 화염은 대전에 밝혀진 횃불들보다도 훨씬 더 밝았다.

"좋아! 네놈이 검은 장수 목대고라 이거지! 나와의 악연이 그렇게도 질기게 얽혀 있는 놈이 네놈이란 말이지? 다 좋다! 하지만 이제 모든 건 끝이다!"

석조 의자에서 일어선 마고지나는 오른손을 치켜들며 커다랗게 외쳤다.

"나에겐 제황의와 건곤진혼령이 있다!"

치켜든 마고지나의 오른손엔 황금색 나뭇가지 같은 것이 보였다. 또한 자리에서 일어선 그녀의 몸엔 초록색의 삼베 장삼이 걸쳐져 있었다.

"저년이 입은 게 제황의, 그건가 보다!"

"뭐야? 어떡해!"

용태웅과 임홍빈은 놀람으로 부르짖었다. 그리고 그 순간 마고지나가 짐승처럼 입을 벌렸다.

"크아아아!"

화우웅!

흉측하게 벌려진 입에서 붉은 화염이 쏟아져 나왔다. 기둥처럼 쭉 뻗어 나온 그것이 계장수와 일행을 덮쳤다.

"피해!"

강하게 외친 계장수는 두 주먹을 연속해서 올려쳤다. 그 순간 계장수의 몸은 전체가 검은빛에 싸였다.

콰쾅!

주먹에 맞은 멸겁화가 위쪽으로 부서지며 흩어졌다. 하지만 그 순간 계장수의 몸은 주르르 뒤로 밀려갔다.

이를 악문 계장수는 마고지나를 향해서 뛰어나갔다. 돌바닥이 패이도록 달리는 그에게 마고지나는 왼손을 휘둘렀다.

푸아앙!

공처럼 둥근 화염강이 마고지나의 손끝에서 날아왔다. 달리는 계장수가 좌로 몸을 이동하자 그 자리가 폭발했다. 돌바닥이 거칠게 파여 날리는 그 순간 또 다른 화염구가 날아왔다. 바로 계장수의 코앞이었다.

콰앙!

계장수의 주먹에 맞은 화염구는 사방으로 폭산했다. 후끈하게 시야를 가리는 그 뒤로 다른 화염구가 날아오는 게 보였다. 발끝을 밀어 중심을 이동하자 왼쪽 옆구리로 후끈한 느낌이 지나갔다. 하지만 바로 그 순간, 그 뒤를 이은 화염구는 계장수의 허벅지를 강타했다.

퍼엉!

중심을 잃은 계장수의 몸이 핑그르르 돌며 쓰러졌다. 하지만 쓰러진 계장수에게 더 이상의 후속 공격은 없었다. 대신 싸늘한 마고지나의 목소리가 던져졌다.

"하룻강아지 같은 놈! 네놈이 가진 알량한 능력이 얼마나 하찮은 것인지를 뼈저리게 알려주마! 감히 신의 역사에 끼어든 네놈의 최후가 어떤 건지 스스로 느껴보아라!"

마고지나의 왼손이 다시 들려지는 걸 계장수는 쓰러진 채로 보았다. 화염구를 맞은 오른쪽 허벅지는 후끈한 감각 외엔 아무것도 느껴지질 않았다.

"개 같은 년."

표정 변화도 없이, 작은 목소리로 욕설을 내뱉은 계장수는 훌떡 몸을 뒤집었다. 곧바로 풍차처럼 두 다리를 돌려 몸을 솟구쳤다. 그리곤 손을 휘두르는 마고지나에게 다시 달려갔다.

"죽어라, 이놈!"

휘아이앙!

마고지나의 격한 목소리와 그 손을 떠나는 화염강의 구체를 보며 계장수는 두 팔을 십자로 모았다가 바깥으로 떨쳤다.

피아앙!

십자 모양의 철령기가 포환처럼 터져 나갔다. 그것이 화염구와 충돌하는 찰나, 계장수의 손을 따라 귀신도가 날아올랐다. 그리고 또 하나가 날았다. 귀신도의 뒤를 이어 날아오른 그것은 언제나 등에 매여 있던 목도(木刀)였다.

피이잉!

달리는 계장수의 등 뒤로 솟구친 두 개의 칼, 귀신도와 목도는 전광처럼 날아갔다. 미간을 뒤트는 마고지나에게로 그것들은 벼락처럼 쇄도했다. 마고지나는 찢어질 듯이 입을 벌려 멸겁화를 쏘아냈다. 그것은 귀신도와 충돌했다.

키아아아아!

귀신도가 퉁그러지며 방향을 틀었다. 하지만 그 뒤를 바로 이어 목도가 날을 디밀었다. 마고지나는 또다시 멸겁화를 뱉어냈다.

"크아아아!"

후우우웅!

시뻘겋게 뿜어진 멸겁화에 목도가 삼켜졌다. 그냥 불 속에 던져진 장작처럼 사라진 것이다. 하지만 바로 그때에 계장수는 달리던 걸음을 멈췄다. 그리고 두 손을 모아 중지만 세운 검결을 하늘로 세웠다. 그 손을 내려 마고지나를 겨눈 후, 양손을 뿌리치듯 떼어냈다.

푸아앙!

멸겁화 속에서 목도가 용틀임을 했다. 시뻘건 윤곽만 보이는 그것이 멸겁화를 뚫고 나아갔다. 그러다 계장수의 두 손이 떨어지는 순간, 칼끝부터 손잡이까지 주욱 터졌다. 갈기리 폭발한 그 파편들은 불타는 유성이 되었다. 그것들이 멸겁화를 뚫고 내려와 마고지나의 전신에 작렬했다.

카카카카카카카캉!

마고지나가 정신없이 춤을 추었다. 술 취한 사람의 걸음처럼 뒤로 물러나는 마고지나는 충격으로 몸을 가누지 못했다. 목도의 파편들이 유성우처럼 몸을 때렸지만, 제황의를 뚫고 들어가진 못했다. 하지만 그 충격은 고스란히 몸에 전해졌다.

"크흐윽!"

결국 무릎을 꿇은 마고지나는 입에서 멸겁화가 아닌 피를 흘렸다. 바닥에 떨어진 자신의 피를 본 마고지나는 고개를 쳐들었다. 무섭게 일렁이는 화염이 그 눈에서 뻗쳤다.

"흑마왕……! 이 노오오옴!"

분노를 억제치 못하는 마고지나는 오른손을 들었다. 그 손에 들린 것은 건곤진혼령이었다. 그걸 마고지나는 흔들었다. 하지만 바로 그 순간 귀신도가 울며 날았다.

피아아아앙!

귀신도의 검은 궤적은 마고지나의 오른손을 긋고 지나갔다.

"크아아악!"

비명과 함께 마고지나의 오른손이 떨어져 나갔다. 바닥을 구른 그것은 건곤진혼령을 움켜쥔 모습이었다.

"이, 이놈! 목대고! 아, 아니, 조극강! 아니, 계장수!"

전신으로 치를 떨며 일어선 마고지나는 악귀의 형상에 다름 아니었다. 잘려 나간 손목을 움켜쥔 마고지나는 전신에 화염을 키워 올렸다. 그것은 이제까지와는 다른 지옥의 불길이었다. 넘실대는 그것이 분리되어 계장수에게 날아왔다.

"네놈을 반드시 죽일 테다!"

저주 같은 소리와 함께 마고지나의 입은 다시 벌어졌다.

"크아아아!"

푸우우앙!

입에선 멸겁화가, 전신에선 화염강들이 분리되어 계장수의 전신으로 날아왔다.

계장수는 발을 교차하며 돌았다. 도는 계장수의 전신에 검은 철령기의 기운이 새카맣게 뒤덮었다. 그 모양은 검은 회오리였다. 거기에 멸겁화와 화염강들이 몸을 던졌다.

쿠아앙! 푸파파파팡!

검은 회오리에 튕겨진 멸겁화와 화염강은 사방으로 비산했다. 천장과 바닥, 구조물들에 부딪친 그것들이 굉음을 토할 때, 계장수는 핑그르르 회전하며 마고지나에게 쇄도해 갔다.

놀란 마고지나는 다시 입을 벌렸다. 멸겁화를 쏘아내려는 것이다. 하지만 그 턱을 계장수의 검은 주먹이 돌려 쳤다.

파앙!

홀떡 돌아가는 마고지나의 턱을 휘돌아 나온 왼발이 또 돌려 쳤다.

패액!

뒤로 쓰러지려는 그 몸에 회전하며 나온 팔꿈치를 옆구리를 후렸다.

퍼억!

꺾어지는 상체의 가슴에 무릎을 올려 박았다.

바악!

다시 들려진 몸이 뒤로 밀릴 때, 시끄무레하게 회전하며 손발을 박아댔다.

슈파파파바바바바방!

제황의를 입은 마고지나의 몸에 계장수의 손과 발이 수도 없이 작렬했다. 하지만 마고지나는 쓰러지지 않았다. 계장수의 손발이 그럴 틈을 주지 않았기 때문이다. 하지만 끝없이 돌며 공격할 것 같던 계장수의 몸이 어느 순간 멈춰 섰다.

계장수가 멈춘 순간, 마고지나의 몸은 비틀비틀 뒤로 두 걸음을 물러났다. 그리고 바로 그때, 허공을 선회하던 귀신도가 검은 번개로 내리 꽂혔다.

피이이이잉!

"컥!"

귀신도는 마고지나의 가슴에 꽂혔다. 하지만 제황의를 뚫고 들어가진 못했다. 그래서 계장수는 주먹을 내질렀다. 주먹이 때린 건 귀신도의 손잡이였다.

팡!

"커헉!"

어느새 마고지나의 몸은 벽에까지 몰려 있었다. 그 가슴에 꽂힌 귀신도를 계장수는 주먹으로 또 때렸다.

파앙!

"크흑!"

마고지나의 입에서 선지피가 흘러나왔다. 계장수는 또 주먹을 내질렀다.

팡!

"커허억!"

귀신도가 제황의를 뚫고 들어갔다. 삼분지 일이 박힌 귀신도에 계장수는 주먹을 또 때렸다. 쉬지 않고 계속해서 두 주먹으로.

파파파파파팡!

경련처럼 버르적대며 마고지나는 피를 뱉어냈다. 화염을 뱉어낼 때보다 훨씬 더 붉었다. 하지만 그 움직임도 잠시, 벽에 박혀 버린 마고지나는 두 팔을 늘어뜨렸다.

"커허흐으……."

피 섞인 숨소리가 마고지나의 입에서 흘러나왔다. 그때서야 계장수는 손을 멈췄다.

"네년의 가슴 사이에 칼을 박을 날을 기다려 왔지."

흐려진 마고지나의 눈이 계장수를 봤다.

"네년이 정소연이든 마고지나이든, 언젠가 이날이 올 거라고 난 생각했다. 그리고 그 시간이 오면 네년의 피 색깔이 어떤 건지 꼭 보겠다고 맹세했지."

계장수를 보는 마고지나의 눈꺼풀이 바르르 떨렸다. 계장수는 그 눈을 내려다보며 말했다.

"네년 피도 붉구나."

그 말을 던지고 계장수는 주먹을 들어올렸다. 이제 마지막 일격을 머리통에 박아 넣으려는 것이다. 그런데 그때 마고지나가 불렀다. 정소연의 목소리였다.

"여보… 살려… 줘요… 난… 당신… 여자잖… 아……."

미간이 좁혀진 계장수는 주먹을 더욱 움켜쥐었다. 하지만 내려치지는 못했다. 그런데 이번엔 또 다른 목소리가 흘러나왔다. 그것은 언젠가 기억 속의 그년, 엽초희라는 년의 음성이었다.

"흑… 마… 왕… 네놈…을… 죽이… 고… 싶… 었는… 데……."

눈썹이 치켜지는 계장수의 시선 속에서 마고지나는 본래의 음성으로 또 말했다.

"어째서… 내가… 너에게… 죽어… 야… 하지……?"

아직도 체념이 가시지 않은 그 음성과 눈빛을 보며 계장수는 주먹을 내리찍었다. 그런데 바로 그 찰나 마고지나의 시선이 다른 것을 보았다.

주먹은 마고지나의 얼굴 앞에서 멈췄다. 그리고 계장수의 시선도 마고지나의 시선을 따라갔다.

"진… 태구……."

흐린 마고지나의 목소리가 말하는 놈. 대머리에 고약한 개 같은 인상을 풍기는 놈. 석모도에서 계장수 자신에게 귀신의 보석을 훔쳐 오라고 명령하던 놈, 진태구가 그곳에 서 있었다.

"이것이 건곤진혼령인가?"

진태구는 기쁜 얼굴로 건곤진혼령, 아니, 잘려 나간 마고지나의 손목을 잡았다. 그런 그의 뒤로는 육십여 명의 수하가 모습을 드러냈다. 모두 광기에 찬 얼굴이었다.

"저 새끼들이!"

용태웅이 입구 쪽에서 발끈했다. 싸우던 계장수나 용태웅 모두 저들의 존재를 감지했었다. 하지만 마고지나만 죽이면 모든 것이 해결되기에 신경 쓰지 않았었다. 그런데 진태구 놈이 소리없이 나타나 건곤진혼령을 잡은 것이다.

마고지나와의 결투에 집중하느라 계장수는 놈이 다가오는 걸 보지 못했다. 그건 눈을 부릅뜨고 결투를 보던 용태웅도 마찬가지였다. 존재감은 느끼고 있었지만 중요하게 생각하지 않은 것이다. 그것이 실수였다.

"이런 걸 어부지리라고 하나? <u>흐흐흐흐.</u>"

보기 거북한 웃음을 흘리는 진태구에게 용태웅이 다가가며 외쳤다.

"그거 버려, 이 새끼야!"

진태구는 웃는 얼굴로 대답했다.

"너 같으면 버리겠니, 곰 같은 놈아?"

"뭐? 이런 씨부러질 새끼가!"

용태웅이 달려가려는 순간 진태구 놈이 건곤진혼령을 흔들었다.

딸랑, 딸랑, 딸랑.

맑고 청아한 방울 소리가 울리자 진태구가 진언을 외웠다. 그것은 아주 잠깐이었다.

"뭐, 뭐하는 거야?"

"어? 저 새끼가?"

임홍빈이 놀라고 용태웅이 놀라는 그때 마고지나는 기쁜 듯이 말했다.

"주문을… 잘도… 외웠… 구나……. 그래… 불러… 라… 네… 스스… 로… 제물이… 되어……."

뭔가 위험을 감지한 계장수는 진태구에게로 몸을 날렸다. 하지만 너무 늦고 말았다. 놈에게 반도 다가가기 전에 일은 벌어졌다.

놈의 머리 위에서 공간이 회오리치기 시작했다. 거기서 나온 바람이 대전 안을 휩쓸었다. 달려가던 계장수의 몸도 뒤로 밀렸고, 용태웅과 임홍빈도 몸을 가누지 못했다.

바람은 잠시 만에 거짓말처럼 멎었다. 하지만 바람을 내보내던 진태구 머리 위의 회오리는 점점 커지고 넓어지며 검은 공동(空洞)으로 변해갔다. 검고 짙은 무저갱 같은 공동. 허공에 그것이 생겨나자 진태구가 터졌다.

퍼퍼퍼퍼퍽!

건곤진혼령을 흔들던 그의 몸은 다리부터 시작해 소 오줌보가 터지듯 터져 올라갔다. 복부와 가슴이 터지고 쳐들었던 팔마저 터진 직후에 머리통이 터졌다. 하지만 피와 살들이 흩어지지 않았다. 그대로 허공에 있던 그것들이 검은 공동으로 빨려 들어갔다.

붉은 피와 육편들. 진태구의 몸을 이루었던 그것들은 공동 속에서 회오리쳤다. 그리고 차츰차츰 하나의 형상을 이루어냈다. 그것은 커다란 눈이었다.

"저, 저게 뭐야?"

용태웅이 신음 같은 소릴 낼 때, 계장수는 거대한 눈을 알아보았다. 저것은 자신이 죽고 다시 살아나던 그 암흑 속에서 보았던 그것, 혈안이었다.

―나를 기억하는 모양이구나.

대전이 울리는 목소리로 혈안이 말했다. 일정한 방향성도 없이 퍼지는 그 소리는 머리 속에 계속 울림을 남겼다.

계장수는 전신에 힘을 넣으며 입을 벌려 물었다.

"너는 누구지?"

혈안이 잠시 출렁이는 것 같았다. 아마도 웃는 것 같았다.

―환생을 도운 은인에게 무례히 구는구나.

"네가 날 살린 그놈이라고?"

―이미 네 마음속에선 알고 있지 않느냐?

"널 기억하지만, 네게 살려달라고 말한 적은 없다."

―호오, 그래? 하지만 그러한 일이 겨우 경전의 글귀 몇 줄로 이루어진다고 생각하지는 않겠지?

　"넌 나에 대해 몰랐나?"

　―네 전생을 말하는 거냐? 그런 건 내게 중요하지 않아. 난 인간들과 맺은 계약을 이행할 뿐이다.

　"계약이라고?"

　―네가 죽는 순간에 외운 책자 나부랭이가 그런 거지. 저기 저것들에게 태초에 약속했던 것들 중의 하나. 아주 하찮은 거지.

　혈안이 가리키는 것은 벽에 박힌 마고지나였다.

　"네 수족들인데 그렇게 말하는가?"

　―나에겐 그런 것의 의미가 없다. 서로 필요에 의해서 주고받을 뿐이야.

　"필요에 의해서 주고받는다고? 지금 이 자리에 그럼 왜 나타난 거냐?"

　―누군가가 나를 불렀다. 그 주문은 오직 저기 저년에게만 알려주었는데, 엉뚱하게도 다른 놈이 나를 불렀군. 하지만 상관없다. 내가 세상에 나왔다는 것이 중요하지.

　계장수의 미간에 깊은 골이 그려졌다.

　"세상에 나온다고? 네가? 네가 누구인데? 무얼 하러?"

　―크하하하하하!

　머릿속을 온통 쥐어흔드는 웃음소리 뒤에 혈안은 다시 말했다.

　―어리석은 인간이여, 내가 세상에 강림할 기회는 많지 않다. 난 그 기회를 놓치지 않으려는 거다.

　잠시 사이를 둔 혈안은 훨씬 무거워진 음색으로 다시 말했다.

─내가 세상에서 할 일은, 아리만의 이름으로 인간계의 역사를 다시 쓰려는 거다. 그 일을 기반으로 다른 신들의 간섭을 배제하고 우주의 기틀을 바로잡으려는 것이지.

계장수는 순간 전신에 오한이 들었다. 하지만 바로 코웃음을 쳤다.

"미친놈!"

혈안이 꿈틀댔다. 그리고 광포한 음성이 뒤를 이었다.

─먼지 같은 인간들이여, 나의 뜻을 세상에 펼쳐 보이마!

혈안의 주변, 검은 공동 안으로부터 붉은 광망들이 쏟아져 나왔다. 그것들이 육십여 사내, 진태구 수하들의 몸에 뒤집어씌워졌다. 아니, 정수리 속으로 파고들어 갔다.

"크아아아!"

"크워어어엉!"

붉은 빛을 뒤집어쓴 사내들은 짐승의 괴성을 지르며 달려나왔다. 그들의 눈에 인간의 빛은 보이지 않았다. 다만 언뜻언뜻 그들의 머리 뒤로 환영처럼 보이는 그림자가 있었다. 흉측한 음영의 그것들은 지옥의 괴수들이 분명했다.

"크아악!"

악귀처럼 달려든 한 사내의 손을 피해 계장수는 머리를 숙였다. 그리고 동시에 주먹을 옆구리에 꽂았다.

쾅!

철벽을 치는 소리가 나며 사내는 훌렁 뒤로 넘어갔다. 하지만 바로 일어서며 다시 달려들었다.

"이놈들!"

때마침 용태웅이 가세했다.

파파파팡!

푸른 뇌전의 반뢰권에 맞아 몇 놈이 쓰러졌다. 하지만 곧 다시 일어섰다. 그렇게 달려드는 그들의 몸엔 아무 이상도 없어 보였다.

상황은 순식간에 육십여 사내와 계장수, 용태웅이 벌이는 난투극으로 변했다. 하지만 좀처럼 반전이 이루어질 기미는 없어 보였다. 어금니를 문 계장수는 전후좌우로 주먹과 발을 날리고 뒤로 몸을 도약했다. 용태웅에게도 소리쳤다.

"뒤로 빠져!"

용태웅도 정신없이 주먹을 날리고 뒤로 빠지자 계장수는 손을 뻗었다. 마고지나를 벽에 박고 있던 귀신도가 빛살처럼 날아와 잡혔다. 계장수는 귀신도를 두 손에 붙잡고 달려나갔다. 사내들처럼 괴성을 지르면서였다.

"우와아아아!"

한 사내를 머리부터 두 쪽으로 갈라 내렸다. 곧바로 몸을 돌리며 옆 사내의 허리를 잘랐다. 다시 전진하며 칼을 사선으로 내리그었다. 어깨부터 갈라지는 사내의 뒤에서 누군가 덤벼들었다. 그 사내의 머리를 올려쳤다.

괴력난신의 힘을 보이던 사내들은 삽시간에 계장수의 칼 아래 도륙되었다. 주먹질, 발길질에 아무 충격도 받지 않던 사내들은 귀신도의 칼부림에 조각조각 갈라졌다.

계장수가 지금 보이고 있는 칼부림은 멸혼도법도, 뭣도 아니었다. 그냥 말 그대로 성난 칼부림일 뿐이었다. 그 칼질에 모두가 죽어 넘어가는 것이다. 거기에 다른 사연이 있는지 따져 볼 겨를 따윈 없었다. 그래서 용태웅은 임홍빈에게 소리쳤다.

"야! 도와줘!"

용태웅이 달려나가자 임홍빈은 바로 가부좌를 틀고 앉았다. 품속에서 거울을 빼 바닥에 고정시킨 후 진언을 외웠다. 거짓말처럼 노란 빛이 나와 용태웅의 몸을 감쌌다.

"이 새끼들!"

용태웅의 반뢰권이 벼락처럼 터졌다.

파파파팡!

푸른 권강에 맞은 사내들의 몸통이 뚫어졌다. 피 분수가 날리는 그 속을 누비며 용태웅은 주먹을 날려댔다.

파파파파팡!

잠시 만에 사내들은 피 곤죽으로 날아갔다. 계장수가 휘두른 귀신도에 잘려 나가고 용태웅의 주먹에 맞아 죽었다. 그렇게 육십여 명의 사내가 모두 바닥에 쓰러졌다. 하지만 그 순간 붉은 번개가 혈안으로부터 터져 나왔다.

쫘르르릉!

"커헉!"

"크흑!"

그것은 정말 번개처럼 두 사람을 때렸다. 계장수와 용태웅, 둘 다 신음을 뱉었다. 계장수는 제자리에 주저앉았고, 용태웅은 임홍빈의 곁으로 날아갔다.

"이런… 제기랄……!"

오만상을 쓰고 상체를 일으키는 용태웅의 가슴에는 붉은 번개가 때린 자국이 선명했다. 가슴의 의복을 가루 내고 시커멓게 피부를 죽인 힘이 피까지 흘리게 했다.

"썅노무거······!"

입가에 흐르는 피를 닦아내며 용태웅은 계장수를 봤다. 자신은 거울의 힘으로 보호받아 이 정도지만, 계장수는 어떤지 염려가 되었다.

"야! 괜찮아? 쿨럭!"

피 기침을 토하는 용태웅을 돌아보며 계장수는 고개를 끄덕였다. 하지만 실상은 괜찮치 않았다. 심장을 노리고 들어온 붉은 뇌전을 본 순간 몸을 틀었지만 어깨를 뚫고 나가 버린 것이다. 팔을 타고 피가 흘러내렸다.

"어? 피!"

임홍빈이 놀라 외쳤다. 하지만 어찌해 볼 수 없는 상황이었다. 그래서 홍빈은 이를 물며 안타까워했다. 그런데 계장수가 일어섰다. 힘들게 일어서더니 혈안을 마주 보고 귀신도를 세웠다. 오른손만으로 잡은 귀신도였다.

—호오. 아직도 해볼 마음이 남은 게냐? 네 재주는 보았다만, 인간과 신의 차이는 엄존하는 것이다.

"개소리. 난 팔 하나만 못 쓸 뿐이다."

—네 팔이 여러 개라도 소용없다. 그만 칼을 내리려무나. 생각을 돌리는 게 어떠하냐? 다른 쓰레기들보다 너 같은 종 하나면 천군(天軍)이 두렵지 않겠구나. 나에게 너를 바친다면 세상 위에 군림할 권세를 주마. 그것은 신의 권능이다!

계장수는 갑자기 비식대고 웃었다. 그러다가 차갑게 말했다.

"날더러 저년처럼 살란 말이지? 네 까짓 게 신이라고? 복날 죽은 개가 웃겠구나."

혈안, 아리만은 무섭게 요동치기 시작했다. 그것이 분노라는 걸 용태웅은 물론 임홍빈도 느낄 수 있었다.

―신의 분노를 사는 것이 어떠한 것인지 가르쳐 주마!

혈안을 둘러싼 검은 공동이 회오리치기 시작했다. 그곳에서 다시 바람이 휘몰아쳐 나올 때, 계장수는 임홍빈에게 소리쳤다.

"거울을 써!"

소리침과 동시에 귀신도가 날았다.

바람을 뚫고 혈안에게 날아간 귀신도는 귀신처럼 울부짖었다.

휘이이이이이.

소리 지르며 비행하는 귀신도에 거울의 빛이 날아갔다. 노란 빛으로 감싸인 귀신도는 기쁜 마음으로 귀신들을 토해냈다.

쿠오오오오!

귀신도의 도극(刀極)에서 검은 귀신들이 터져 나갔다. 그것들이 바람을 잡아 먹고 공간을 잠식하며 혈안에게 다가갔다. 그리고 혈안의 검은 공동 속으로 밀려들어 갔다.

혈안이 소리쳤다.

―이게 뭐야!

검은 공동의 공간은 검은 귀신들에게 갉아 먹혔다. 그리고 그 중심의 혈안, 아리만에게 귀신도가 꽂혔다.

―크아아아!

혈안의 괴성이 산 자들의 머리 속을 부젓가락처럼 헤집었다. 그 소리에 귀를 막은 용태웅과 임홍빈이 바닥을 구를 무렵, 소리는 거짓말처럼 잦아들었다.

계장수는 귀를 틀어막던 손을 떼고 혈안을 보았다. 검은 공동은 회오리치며 점점 사라져 갔고 혈안은 귀신도를 박은 채 떠 있었다. 차츰 일그러지는 그 원 안에서 혈안이 말했다.

　─네가 결국은 나를 막는구나. 하지만 이건 알아야 해. 신은 결코 죽지 않아. 그리고 언젠가 내가 말하지 않았던가? 다시 태어나는 대가를 치르게 될 거라고. 그걸 알면 다시 태어난 걸 후회하게 될지도 모른다고 말이야……

　퍼런 살기를 두 눈에 띄운 계장수는 씹어뱉듯이 말했다.

　"뒈져 버려!"

　오른발을 성큼 내밀어 바닥을 찍은 계장수는 오른 주먹을 뒤틀어 내밀었다. 모든 걸 버린 주먹, 아무것도 담지 않은 주먹, 그 주먹이 날아갔다.

　슈아앙!

　주먹에서 바람이 밀리는 소리가 나며 혈안에게 날아갔다. 검은 철령기도, 푸른 수단지도의 공력도 아니었다. 그냥 투명한 아지랑이가 뭉친 듯한 기운이었다. 하지만 그 안에 모든 것이 다 있었다. 그것이 귀신도를 때려 박고 혈안에 작렬했다.

　쩌어엉!

　혈안에 금이 가고 갈가리 박살나는 것이 보였다. 그것은 보석보다 비싸다는 서역의 유리, 그것이 깨지는 모양과 똑같았다. 그와 동시에 소용돌이치던 원형의 공간은 사라졌다. 작은 점으로 사라진 그 정점에서 귀신도가 떨어졌다.

　터엉!

　둔중하고 맑은 쇳소리가 울려 퍼졌다. 그 소리가 계장수는 물론 용태웅과 임홍빈의 귀에도 선명하게 들렸다. 모든 것이 끝나는 소리였다. 그리고 휴식을 알리는 소리이기도 했다.

횃불만 일렁이는 암중성의 공간에 무거운 정적이 찾아들었다. 그 무게감을 이기지 못한 임홍빈이 조심스레 입을 열었다.

"끝난 건가……?"

아직 안심하지 못하는 임홍빈의 목소리에 용태웅은 고개만 까딱댔다. 그러다가 갑자기 미친놈처럼 웃기 시작했다.

"으헤헤헤헤헤! 이제 끝났다! 끝난 거야!"

흥분한 임홍빈이 용태웅과 계장수를 번갈아 보며 물었다.

"정말이야? 이제 집에 가는 거야?"

계장수는 귀신도를 주워 들며 미소를 지었다.

"돌아가자."

용태웅과 임홍빈, 둘은 아픈 줄도 모르고 웃어 젖혔다.

"으하하하하!"

"하하하하하!"

귀신도를 갈무리한 계장수는 이미 숨을 거둔 마고자나에게 시선을 주었다. 그러나 곧 뒤돌아섰다.

❸

목련이 소담스럽게 피어나는 어느 날, 항주의 태호로 가는 길목에 위치한 약포에는 손님이 가득했다. 이유는 다름 아닌 약포의 여의원, 모용화연이 득남(得男)을 한 때문이다.

한때는 배가 불러오는 그녀를 두고 근동의 사람들이 수군댔었다. 처녀가 아이를 가졌다는 둥, 약포를 운영하는 신율호와 신달호 형제가 아이의 아버지라는 둥, 갖은 해괴한 소문이 나돌았다. 하지만 그 소문들은 지난겨울 아이 아버지가 돌아오고 나서 일거에 사라졌다.

아이 아버지 계장수는 지금 손님들의 축하를 받느라 정신이 없었다. 마당에 마련한 간이 탁자와 멍석 등엔 찾아온 사람들이 차와 술을 즐기느라 만원이었다. 동주와 애령이는 심부름하느라 바빴고, 신가 형제도 손님들 접대에 분주했다. 오직 용태웅과 임홍빈만이 술추렴에 혜롱거렸다.

사람들의 웃는 얼굴을 살피던 계장수는 슬그머니 자리에서 일어섰다. 그리고 내원을 넘어 후원으로 들어갔다. 작은 정원을 지나 후원문을 열자 산파들이 호들갑을 떨었다.

"아이구, 아직 들어오시면 안 되는데."

"찬바람 들어요. 어여 문 닫아요."

고개를 머쓱해 보인 계장수는 모용화연이 누워 있는 방으로 들어갔다. 땀으로 머릿결이 젖은 모용화연이 고운 눈길로 쳐다본다. 그런 그녀의 옆에는 작은 아기가 강보에 싸여 있었다.

"아기가 예쁘지요?"

침상에 걸터앉은 계장수는 아기를 내려다보았다. 대답도 없이 아기만 보는 그 눈에 어린 것은 경외와 감탄, 그리고 감사와 기쁨, 그런 것들이었다.

"손을 한번 보세요. 얼마나 작고 예쁜지 몰라요."

강보에 싸인 아이의 손을 모용화연이 끄집어냈다.

계장수는 신기한 듯이 내려다보았다.

"정말 작네… 어? 움직이는데?"

아이가 손을 꼼지락거렸다. 그 느낌이 경이로운 듯, 계장수는 만지

작대며 웃음을 물었다.

"당신 닮아서 튼튼한 사내가 될 거예요."

모용화연이 계장수의 얼굴을 쓰다듬으며 말했다. 기쁨과 애정이 충만한 그 눈으로 시선을 돌리고 계장수는 작게 속삭였다.

"수고했어."

모용화연은 환한 미소를 지으며 계장수의 목을 감았다.

"안아줘요."

계장수는 모용화연의 젖은 머리칼을 쓸어 내리며 안았다.

그저 이 순간 계장수는 모든 것이 기쁘고 감사했다. 살아 있다는 것이 이렇게 기쁜 일인 줄은 예전에 미처 몰랐다. 핏줄이라는 게 이런 건지, 혈육이라는 게 이런 의미인지, 생의 분신인 자식이라는 게 이런 존재인지 정녕 몰랐다. 그저 세상 누구에게라도 절하고 감사하고픈 마음뿐이었다.

오늘에 이르기까지 때없는 불안에 시달렸다. 대설산에서 돌아온 이후 내내, 혈안의 마지막 말이 가시처럼 가슴에 걸렸었다. 하지만 지금은 그 모든 걸 떨쳐 냈다. 축복받은 아들이 생겼기 때문이다. 이것은 정녕 신의 축복이었다.

"사랑해요."

속삭이는 모용화연의 입김을 귀로 느끼며 계장수는 아이에게 시선을 주었다. 그런데 그 순간 이상한 게 보였다. 아기의 이마 위, 몇 가닥 머리칼에 덮인 그곳에서 껌벅대는 작은 주름이 있었다.

꿈틀대는 작은 주름……

그건 주름이 아니었다. 위아래로 움직이는 그건 눈꺼풀이었고, 그속에서 붉게 빛나는 그것은 혈안, 바로 그것이었다.

계장수는 찬 숨을 들이마셨다. 바로 그 순간 아기의 다른 두 눈이 띄여졌다.

아기는 계장수를 보며 밝게, 그리고 행복하게 웃었다.

[終]

FANTASTIC ORIENTAL HEROES

# 청어람신무협판타지소설

## 제1회 신춘무협 공모전에 『보표무적』으로
## 금상을 수상한 작가 장영훈의 신작!!

일도양단(一刀兩斷) / 장영훈 지음

### 한 겹 한 겹 파헤쳐지는
### 음모의 속살을 엿본다!

# 『일도양단』
# (一刀兩斷)

그의 이름은 기풍한.

**천룡맹(天龍盟) 강호 일급 음모(一級陰謀) 진압조(鎭壓組)**
**질풍육조(疾風六組)의 조장이다.**

임무를 위해 출맹한 지 사 년이 지난 어느 겨울날 새벽,
돌아온 그에게 천룡맹 섬서 지단 부단주가 말했다.

"질풍조는 이미 해체되었네."

그리고…
그의 존재를 알던 모든 이들이 죽었다.